三民叢刊108

烟塵

姜穆著

三民書局印行

自剖（代序）

孟絲

我於一九二九年的五月二十一日，誕生於貴州省錦屏縣的一個閉塞的小村莊裡。那個村莊叫做文斗寨。雖然叫文斗，卻未曾出過李白或杜甫，據說曾出了一位武舉，抗戰期間，出了一位上校，其外就未出過人才。她之所以叫寨，推想多少有些防禦的意思。到底是防苗，還是苗人防朝廷進剿的軍隊，難說。歷史雖然重要，那個村寨卻並不重視歷史，不要說沒有甚麼可記；就是有值得記載的事體，也沒誰有興趣去記它。歷史還不如那家釀出香醇的好酒，誰家的豬崽被山貓叼去了，只剩下一些骨頭或雜碎，或者誰家殺了狗，加了新的佐料，簡直比龍肉好吃等等有趣得多。所以那裡的長者，儘管他活上一百二十歲，也不能說出甚麼古典來。故而，人們只知道有這麼個寨，而不知道它的由來。怎麼選上那個既缺水，又上不巴天，下不著地，交通不便的地方落腳繁衍子孫，誰也說不上來。

我讀了些雜書，又舞文弄墨以後，曾經想對那小小村寨，和屬於我的那個族群進行探索，但資料缺乏，這個願望難以達成，也就只好沿襲人們對苗子的道聽塗說，人云亦云了。

大概是一九三七年吧！也許更早些，我的祖父打著燈籠，把穿了一身乾淨的我帶到河邊墟集上的一家私塾去拜師讀書。一同拜師的師兄弟不少，孔子像前香煙裊繞，拜了孔子後拜老師。那是位年紀不小的老冬烘，傳說教學嚴得近乎苛虐。一方面是不慣於陌生環境，一方面是怕那位塾師，我的祖父出了私塾的前門，自己也從後門蹓走，祖父到家時，那學生崽已經在家等他的祖父了。

我是長子，據說我們那一房，直到我的父親昌銓先生，是數代單傳，既沒有讀書人，也沒有玩槍弄棍的，做官的自然沒有，可也沒出過强盜。因此，我們家任何事都得吃點虧，那是口惡氣，非出這口惡氣不可，才決定讓我不必跟在牛背後掌犁耙，背朝青天，面向土地討生活，送我去讀書。足見對我期望之殷切了。無如我不是那塊料，至少沒有向外闖蕩的膽。另一方面捨不得長孫受恐懼，家庭也並不寬裕，既然跑了回來，跑了就跑了吧！省下那堆做學費的白花花大米，省得六、七月再向人借貸。

惡氣是不易讓人忘記的，不久，文斗寨自己設了個私塾，就在自己老屋後的房子裡，據說，在林業鼎盛時期，那原是一條街中的一個店鋪，後來林業衰落，一些南北貨的鋪子全都關了門。那也是我家的產業，我讀書時，那房屋還是店鋪活窗板的型格，中間是堂屋，兩邊兩間是櫃臺，西席老師也極嚴，大學生們作弄先生，把茅廁的木板抽鬆，做成陷阱，結果讀者可以料到，先生跌了一身糞。

在那裡讀了趙錢孫李、子曰大學等，與其說是讀書莫如說「唱書」來得更貼切。好在那地方的人都能唱山歌、酒歌、哭嫁歌等等，對於一些韻文不難。現在想起來，大概讀書的興趣與那位先生唱書的教學方法多少有些兒關係；培養讀書的興趣，極為重要，我的童年往事，足可作為註解。

抗戰對國家是嚴重的傷害，對人類的文明發展也造成無法估計的損失，可是對西南的山旮旯裡卻帶來了先進的文明。首先文斗寨有了初級小學，學校就設在姜家祠堂內，其次，天空上有了飛機和許許多多的新事物。我進了那所小學，又不要錢，佔了便宜，於是我便進了小學，而且也有了某某這個學名，不再是大寶、小狗崽了。

那間小學，只有一位先生，是我們遠房的祖公，他既是校長，又是教員，嚴而不苛，予學生的感受是既尊敬、又害怕、喜愛的那種感情。有時到寨腳他家去，校長的么妹，也是我的同學便讓我在家裡玩，校長先生雖然仍舊嚴肅得如同廟裡的菩薩，可比在學校親和慈藹得多了。因此，我便以他為啓蒙的業師，至今不忘。

那時學校沒有制式課本，課程配當也不是教育主管的規定，而是家中有甚麼書，先生教甚麼書，或先生有甚麼書，大家讀甚麼書。於是「春天在嫩綠中來了」伴著「子曰：君子喻於義，小人喻於利。」琅琅書聲，一屋歡笑，那便是我的童年。

文斗小學男女合校，小朋友又都是街坊鄰居，我再也不曾逃學，但五斗溪水清時，仍有相當誘惑，同學們偶然以農忙需幫助下田勞動為理由騙過先生，到五斗溪去抓魚，捉螃蟹伴青椒，吃硬飯，痛快的做浪裡白條，受了責罰，也屬痛快。

讀了些什麼書，我已記不得了，不過我父親的一本新約《聖經》，和商務的《元曲》，我曾不求甚解的唸過。

四年級讀完了，到瑤光中心小學去讀了一個學期，認為不好，又到王寨（即錦屛）的中心小學再從四年級讀起，五年級時，以同等學力考取錦屛縣立初級中學，那是一九四四年的事吧！也許是四五年，誰去記那些無聊的時間？要記也記不起來。

那時期，正是人生做夢的時期，武的軍師長，文的縣市省長是不屑幹的，至少要做個部長甚麼的，然後衣錦還鄉。不過在我的腦子裡，天下比山區大，海自然比家鄉的池塘大得多、深得多。輪船既是鐵造的，鐵比水重，為甚麼不沉？飛機也是鐵做的，沒有羽毛，為甚麼能飛？一棟棟房屋似的火車，居然在原野上奔馳等等，都是不可解的問題；令人迷惑，但我不敢發問，因為這些都不懂，有失一位中學生的「尊嚴」呀！

城市與鄉下的區別是消費的不同，搭伙與房租是家庭沉重的負擔，故常拖欠。遇到催討急了，便請假回家去拿，家裡只好賣穀或賣田來支應。記得，每年夏末秋初，為青黃不接的季節，家人以兩稀一乾度過，或則借貸，或則上高山挖葛根蕨根來填飽胃囊，以這樣的家庭，大陸「四清」時代，我的父親竟然是「開明地主」，母親竟然也成為「地主婆」。「解放」以後，我們家突然間「富」起來了，確然非常奇怪。事實上，我們家送我讀書以後，三個弟弟、五個妹妹幾乎未進過學校，不是他們的資質不能讀書，而是負擔不起學費與在外鄉的吃住、衣著等花費。當然，後來成為「黑五類」、成為「專政」的對象，那些可能是提材料的人一種報復。

說到這些，家裡供我讀書，卻犧牲了三位弟弟、五個妹妹，我至今仍有罪惡感。

初二下時，我與幾位同學玩紙牌的博戲，被學校的訓導人員逮住了，立即貼出開除學籍的布告。博戲以今天的觀點來看，固然仍不能接受是一種娛樂，也不致罪惡到斷送幾位年輕學子前程的程度。學校的行政效率之所以那麼高，而且又那麼快做開除學籍的決定，另有原因。我父親昌銓先生在洪江讀機械學校時，買了枝藍寶的派克，後來被那位武崗籍的訓導主任「借」去後「丟失」了，不太懂得人情事故的年輕人，竟然不知趣的討索那枝鋼筆，訓導主任在舊貨攤上買了一枝花色相同，已不能用的舊筆還了我。主張開除我們最力的，是那位

「授業解惑」的訓導師表。

「學校這一措置，斷送了我回家之路，既無面目見江東父老，又怕受到責罰，我只好逃避。到了鎮遠，旅費用盡，走投無路之下，沒有選擇地，經我祖母的一位堂侄，我叫舅舅的范先生的推介，說了情，才得到黔東師管區去當兵。且不問今後的出路，也不管是那黨那派，至少食宿問題解決了（那對我們來說，天大一般的事）。未料從此，成為飄蓬，數十年流落異鄉，以我幼稚的生命，去寫那悲苦的歷史。

我比其他同伴幸運，送到南京交給國防部警衛二團，在砲標站國防部圖書館的衛兵。那時代的兵與官沒有幾人肯讀書，我們的工作是擦槍、瞄準、踢正步。每天八小時的警衛勤務，我得以閱讀那些發了霉的書籍。一九四八年徐蚌會戰（一說淮海戰役），數十萬精銳瓦解，內爭不斷，經濟崩潰，據以阻擋共黨大軍南下的長江天險已無法保住半壁江山，雖然師法抗戰故技，企圖以西南為對抗的根據地，不幸對手為游擊起家的中共，終於在一九四九年整個大陸易手，退至臺灣。

我在這場驚濤駭浪的戰爭中，捲入漩渦，如浮萍般隨波逐流而去。從一九四九年十二月起，出操上課、扔木質代替的手榴彈、打大車輪、跳木馬、爬吊桿。不過我沒有完全把寶貴的青春，浪費在那些不能賴以謀生的「戰技」中，因此我不是個好士兵，提升後也不是一位好軍官。因為我居然從微薄的給與中買書閱讀，打野外攜書不便，就撕開來，帶幾頁乃至幾十頁到野外去閱讀、去嚼咀。其實讀書不是為了追求知識，我還不到那種境界，只為了排遣思鄉的苦悶。未料這竟然成為我日後謀生的一種職業、一種技能。所以說，人生是很難計畫甚麼的。

一九四九年對我來說，是黑色的一年，我被戰爭的漩渦捲了進去。一九四八年為了增加野戰軍的兵力，後勤部隊改編為野戰軍，駐守江寧鎮對岸的橋林鎮，一九四九年四月二十一日中共在千餘里的長江渡江作戰，蕪湖與江陰不守，南京三角洲即陷入鉗形包圍中，二十三日早晨渡江，我才發現自己已被部隊放棄，直奔石頭城，只剩下老弱的憲警維持秩序。事實上南京已陷入無政府狀態，沒有甚麼秩序需要維持了。我經湯山、句容，到安徽的廣德，部隊完全解體。我與戰友經浙江、江西到贛州，為了生活，再度進入軍隊。這時期，共軍「優待俘虜」的政策改變為懲治，我只好走那條唯一的不歸路。

一九四九年四月底起到十二月，我用雙腳丈量祖國肥沃的土地、美麗的山河，經信豐、揭陽、梅縣、汕頭、廣州、鬱林、博白、廉江、湛江，渡海到東海島，乘登陸艇到臺灣。此期間，嚐遍了各種生活，豐富了我寫作的題材。這些，都成為日後作品的部分內容。

一九六〇年十二月，我犯下最大的錯誤：與臺灣板橋的一位美麗吳菊代小姐結婚了。像我這種沒把土地揹到臺灣，又未學到討生活技能者的最佳選擇應當是絕子絕孫，沒有成家的條件與資格。犯下此一錯誤，使我庸碌一生，做子孫、做生活的牛馬。

這種錯誤，我認為是一種罪惡，曾公開形諸於文字。我不是特殊的材料做成，有七情六慾，跳不出「食色性也」的人生兩大需要，因此，我做了「食色」的奴隸。不過雖有人四大皆空，但悟透人生的畢竟不多，我也不過是凡夫俗子，豈能例外？

身如寄萍的年輕人，與臺灣籍女子結婚了，為情慾結婚也則罷了，未能免俗的又生兒育女，那六張口如同機關槍黑洞洞的槍口向我開火，生活如同烈焰煎熬著我。那位不堪王化的青年苗子，接受文明的規繩，不再是蠻夷。有時我想，還不如在血液裡留下一些蠻性好些，能偷、能搶多便當？問題是我的父祖送我去讀了書，把那點謀生本領的野蠻性消磨盡了。

唯一的路便是追求更多的知識，以便負起做丈夫、父親、祖父的責任。於是囫圇吞棗的讀《論語》、《左傳》、《資治通鑑》、《戰國策》，乃至《天工開物》那等純技術的書，從字面自以為是解析義理，我用的是明代名臣楊繼盛赴義前給他兒子的遺書中的笨辦法，死讀書，無奈一位初中生終難解開古典的那些扣兒，後來把自己的理解與先生教的對照，竟然有那樣大的謬誤，使我啞然失笑，也難怪教書先生有飯吃了。

這一發現對我是有正面效益的，我到臺灣大學去做法律補習班（夜間部的前身）旁聽。

由於我的父祖與中仰寨因埋葬曾祖母的地界糾紛中，曾有被訟師刀筆剝削的痛苦經驗，我選了法律系，同時也聽國文與歷史之類的課程。目的並不純正，還是為的是準備出口惡氣。

那訟師包寫狀紙，除了供應在省城的食宿和雅片菸之外，寫狀紙的代價是一坵二十畝水田。這印象極為深刻，我決心也讓自己能獨立的打官司、寫狀紙，後來理想居然實現了。

這個決定，對我極有益處，雖然後來因沒有高中文憑，而不能畢業，但是法律嚴謹的邏輯思維方法，對我是有用的。我的寫作，從各個不同角度去思考與著墨。

解決苦悶也好，解決孤獨也好，我結婚了。軍隊嚴酷的條條框框，除了定俸，沒有任何鬆動的餘地。唯一「合法」的路就是寫作，有時一筆稿費勝過軍隊一個月的待遇。那的確是極大的誘惑。於是我走了一條狹窄的道路——寫作，並成為臺灣寫作快刀手之一，每天定量寫作。

不斷奮鬥的結果，一九六四年我被徵召進入「中國電影製片廠」做了兩年編導。一方面我沒有這方面的才華，另一方面對這個圈子靡爛與黑暗的生活不能適應，使我決定放棄端在手裡的、人人羨慕的飯碗。

一度曾任《青年戰士報》（軍報，現改名《青年日報》）副刊的助理編輯，從此搬弄鉛字與我的生活密不可分，繼任《文藝月刊》主編、「華欣文化中心」發行主任、「黎明公司」的企劃經理、副總編輯、「源成文化圖書供應社」總編輯、《臺灣時報》副刊編輯，最後進入《聯合報》系的《民生報》，下海編新聞版，幹了兩年主編，八年輪編，直到一九八九年五月六十歲時，慘綠少年的我忽然發現在生活的烈火煎熬中，兩鬢飛霜，鬍鬚的黑色素急遽減少，有的金黃、有的灰白，才發覺真的老了。我從工作崗位上退休。

一夢驚醒時，「勞動基準法」規定我必須把工作崗位讓出來，去「享受人生」了。雖然我仍然虎虎生風，雖然我還充滿了活力，雖然我感到自己的智慧剛成熟，但是我必須離開工作。無產者離開工作即失去生活憑藉，不過，我很快就適應了股市的金錢遊戲，這正適合我那賭徒的性格。從翻騰的股市市場獲得生活的必要經濟。這也許就是一枝草一滴露的道理吧！

自一九五八年出版詩集《拾夢》，至一九九四年十一月出版《三十年代作家臉譜》止，共出版了四十多本書，出版的種類極雜，有詩、小說、散文、工商、評論、雜文等等。拍攝成短片及電視劇的劇本尚未計算在內。大概因學歷關係，本應得到的重視未獲重視，又由於不肯遷就讀者，著作亦未暢銷。「著作等身」也者，不過為稻粱謀的成果，如此作品，汗牛充棟，終歸腐朽消滅，逃不過時間這位判官大人的裁量。說穿了，這不過是中國現代史政爭下的一個悲劇插曲，一顆流星而已。這就是我的全部事蹟。

說起苗族，自在涿鹿一戰失敗，被趕著流徙數千里，歷朝歷代視苗族為不可王化的生界，時而羈縻，以收安撫而靖邊，讓皇帝們在龍椅上能夠苟安；時而進剿，北方一旦防衛鞏固，則苗夷不足以馴服，刀兵相向，十室九空。苗族確然是一個苦難的民族。又因被趕遠離海口，教育不發達，迄今未有文字，本是勢均力敵的漢苗兩大民族，即因此差距越來越大。這個民族尚未絕種，在這世界上消失，誠屬奇蹟。不過這也足以證明，斯民之韌性驚人。

對於文斗那兒的人——無論漢人或苗人——是從何而來呢？對於這個問題，極想追本溯源，臺灣的經濟、工商雖然發達，少數民族的研究方面卻是貧乏的，學術上也是走的現實主義、輕薄短小的路線，人文、史哲的研究太少，蒐集的資料有限，官辦機構如中央研究院，亦付諸闕如，民間就更少了。所以對於這種探索困難重重，也就不甚了了。而長期的落後，且處於被壓迫的一個群族，羞於承認自己是苗族，凡是有人說某人是苗子時，很可能大家要打一架才能了事。

老於異鄉的那個慘綠少年，並不以自己是苗族而自卑，相反，我頗想在這方面有所發現、有所作為，改變五族共和的說法。

成家雖然使我同老牛一樣，為生活忙碌，迎合傳播媒體，寫一些時尚的作品，卻也養活了妻兒一家六口。大兒子被空軍官校開除後，以計程車為業，女兒投身於商業，老三學電機，老四高商畢業了。我覺得人生是一種責任，責任了了，人也老去。

在寫作的歷程中，我曾獲得「幼獅小說獎」、「國軍新文藝中篇小說銅像獎」、「中山文化基金會小說獎」、「中國文藝協會小說獎」等項。

在工作上，有兩度退休，一次是軍職，一九七一年以少校軍階退役；一次是一九八九年五月，從新聞工作上退休。對於做官，興趣不大，所以自一九四九年以後，曾有多次保送軍事院校就讀的機會，均予以放棄。我從歷史中看到政治與官場的污濁黑暗，但我又是一位無神論者，未曾接受科學的訓練，卻只信任科學，同時又是一位有陶潛性格，而具有鄭燮的灑脱，山島由紀夫的豪情的人。總之，我的性格和思想，是充滿了矛盾的，要說我是個怪物，並無不當。

舉例言，六十歲以後，每年大年初一寫遺囑一篇，有效期一年。當人人說吉利話時，我卻做那極不吉利的事；我主張一旦無工作能力，失去應有的價值，應當自了，以減輕社會及子孫的負擔，所以我研究自殺之法。

又主張不污染大地，不准土葬我的屍體，人人死了一把火，燒化了事，也免得佔用寶貴的土地，又省得麻煩子孫年年去除草修墓。有些事，子孫本不願做，卻非做不可，「掛青」這件事，農業社會還無所謂，繁忙的工商業社會，浪費金錢事小，浪費時間則是無法估計的損失。但在「孝道先生」的權威下，卻不得不如儀的慎終追遠，這是何苦呢？

還有些孝道是我所反對的，譬如慶祝生日我就不以為然。母難之日，痛苦得呼天搶地，如何歡樂得起來？倘使有出息，光宗耀祖，或對人類有重大貢獻，也則罷了，强盜土匪也慶生，明明是禍國殃民，殺之尚且嫌遲，母親悔之已晚，那有慶祝之理？怪的是這類人不僅慶生，而且是恬不知恥的大慶特慶。我認為生日是母難日，這一天應當絕食，閉門自問，母親賦予的生命，增其光榮呢？抑或使母蒙羞？其次，養活母親授予的身體尚且艱苦萬分，有何慶祝可言？綜此種種，實在就沒有慶生的理由了。當然富人又當別論。

雖說，人應趣其當生，趣要有趣的條件，苦中作樂，那就是魯迅筆下的阿Q，乃自慰性質，期期以為不可，因此故舊過生日，一律視為打抽豐，不理不睬。至於我自己，我是實踐其理念的，拒絕親友為我過生，卽六十亦不例外。數十年如一日，未稍改其行，人視之為怪物，不過我也未必對。

對於這些責備與議論，常嗤之以鼻，久了，多了，忍不住，曾形諸於筆墨，把那些大事慶生者都痛痛快快罵一頓。

我推崇楊朱，拔一毛以利天下固然不為，悉天下奉一身也是不取的，可說，我是伯子成高的信徒。我也不太重視自己的作品，我總認為那同工農商一樣，以勞動換取生活的必需品，所以就不太重視作品能否流傳下去的問題。

我又反對於死後崇辱，故不爭生前之名，一切視如浮雲。臺灣自七十年代起，一九四九年後受教育的一代——學院派，有取代以軍中作家為主流的趨勢，但我不在乎，我行我素。當軍官，是行伍；寫作，是行伍；做編導，是行伍；新聞工作又是行伍，我在夾縫中生存。說我是個悲劇人物，可！說我怪誕，可！說我不近人情，也可！總之，我覺得這一生荒謬絕倫。略加自剖，不是甚麼傳記。

一九九〇、十、二十九

《臺灣新聞報》西子灣

烟塵 目次

輯二 竹頭木屑

輯三　小築清談

輯四　萍踪記趣

輯一

人生如寄

沉　思

回頭看看這年即將過去了，不少事情都有巨大的變化，如果能放下工作、閱讀等等，來沉思一回，對我們有益。

高僧閉關面壁，名人離群索居，莫不爲著沉思。張栻講學於岳麓，朱熹執教於武夷，都各有成就。尤其理學到了朱熹一代理出體系，集其大成，莫不得自於清靜。「學而不思則罔，思而不學則殆」：大概沉潛下來思想一回，則是此中的所謂「思」。沉思使人能冷靜，得到的結論是比較正確的。故思與學是做學問的兩隻輪子，缺一不可。

做事更是如此，如果屬於身邊瑣事，影響範圍小，草率一些害處有限，軍國大事，對了可以強國強種，立千秋基業；一著錯，則全盤輸，義和團引起來的禍害，至今未曾根除；希特勒好勇一戰，德國至今仍品嚐戰爭的苦果；列寧把俄國帶上貧窮之路，害得戈巴契夫要冒大不韙還不一定把列寧、史達林的錯誤糾正過來；毛澤東發動「文化大革命」，出現的後遺症，一百年也難以恢復。凡與眾人有關的事，便不得不深深的思考了。所以不少偉人，凡碰到關鍵時刻，都會躲到深山幽谷裡去，他們不是去享受，而是在靜裡苦苦的思索，即使是兩害，也要取其輕者。

當年共產黨大搞「三面紅旗」，發展農村經濟，砍山圍湖為田，傷害了大地；大煉鋼連草根都挖來燒煉爐的結果，是水土保持差，植被破壞，水土已流失一一五〇億公噸。據何博傳在《山坳上的中國》一書說，現在每年還要流失五十億噸土壤。中國雖號稱地大物博，也經不起這種流失啊！

長江每年的輸沙量為五億噸，黃河為十六億噸，而其流沙更以可怕的速度增加。那些表土都是中國的糧食、也是命脈。

這不是偶然的疏失，以「糧為綱」的開發，是自馬寅初當年因人口問題失寵於坐上北京龍椅的毛澤東時就已經開始了。當時中國的人口只有五億多一點。毛澤東以打「人海戰術」的經驗，一句輕描淡寫的「人多好辦事」，就否定了馬寅初的人口控制政策，所以是「以糧為綱」邁出錯誤的第一步。

水土流失、西北迅速沙化已逐漸逼近華北，也是當今的嚴重問題。一九九一年的澇災，已不是第一次，如果不健忘，一九七五年黃河汜區洪水沖垮板橋、漫灘水庫，造成災難已是空前！一九八三年黃氾區水災有一千二百萬災民，但比起一九九一年來，那已不算是災害。

有人把水災歸因於中東油田的破壞，引起大氣的變化，卻沒有誰去追問開山、圍湖爲田與濫墾使水土流失帶來的災難。其實細細的追索，難道「三面紅旗」的「政策」制訂者不該負一點責任嗎？

當然，那也不是「一無是處」；人多吃飯也多，十二億人一人一口要吃多少？於是貧窮落後有理了。四十年人口成長一倍半怎麼來的？如不拐個彎兒去想，那的確值得同情。

中華民國如何?!用錢買外交，我們也做了不少蠢事，犧牲利益，以示泱泱大國，現在也還沒有改變破落大少的性格。看看來路，只不過是一段段的笑話罷了。我們的朋友在那裡？

希特勒、列寧、史達林、毛澤東都是一樣，毛躁決定了多少人的命運？這都是功利作祟。如懂得「菩薩於法，應無所住」這道理，淡一些、慢一些，這決定縱然要許多人去受苦，也可能輕一點、少一點。

政治家需要沉思，讀書人要想有所得也要沉思，這是發現的不二法門。佳構常常是躺下來了，一天煩惱狂歡都放下了的時候泉湧而出，那便是人頭腦最清晰的時候。古時出現那麼多文學家、思想家，大概是他們有較多的時間去思想，才有那麼多晶瑩、充滿智慧的名章名句。這些莫不從清靜中得來。所以在政治上有人主張無爲，我想是多少有些道理的。

試想，一位決定眾人之事的人，醬在煩雜的事務裡，他怎能冷靜的去做那重大的決定？

這樣說來，無爲倒是有爲了。

所以，我們樂意見到那些大人物、大作家去打高爾夫，去度假休閒，全然不是甚麼浪費；反而可能是一種收穫。多一些沉思，便多一分冷靜，往深處去想問題，得到的結論可能不一樣。

當然，僅有沉思還是不行的，還需要智慧。這是使我們進入精緻文化的兩個輪子，缺一不可。沒有資格到青山綠水的別墅去度假，那不要緊，撥些時間來面壁沉思，對人有益。

一九九一、九、四《臺灣新生報》副刊

談吃飯

吃飯是人類爲了活命的行爲之一，由吃供給營養，使人從幼兒成長，以致到細胞老化死亡爲止，如同一部機械一樣，飯是能源，有充足的能源，機器才能轉動；人類全少要有澱粉供給起碼的熱量，他們才能走路、才能戰鬥、才能做事。這種需要，活命是唯一的目的。可是人類吃飯的方式卻完全不同。

初民的吃和現代人的吃，已經有很大的區別，沒有火之前，茹毛飲血，的確不會有甚麼滋味；有了火，吃就考究了許多，以致今天燒牛排，要講究幾分熟，還得放許多作料，色、香、味俱全，現代的吃與初民的吃，又豈能相提並論？差距不是以道里計了。

猶記得，五十年前，招待佳賓首在「吃飽」，惟恐佳賓餓肚皮，因此添飯最禮貌的便是「滿」。現代則截然不同，飯量多少，全憑佳賓的意思，澱粉已經不再是攝取熱量的唯一途徑，甚至由於運動的減少，熱量消耗有限，在身上形成贅肉。由這裡看，現代人的吃，成爲口腹之樂，是味覺的一種享受。現代人的吃，不要與初民相比，五十年前和五十年後的今天，差別已經極大。

過去我們聽到加州以生產過剩的糧食填海的新聞，認爲不可思議，但數年前，我們看到果農把芒果倒進曾文溪裡，一九八七年的香蕉過剩而有製香蕉乾作飼料，以紓解蕉農及市場的壓力，減少他們的損失。而科學家、農業家們卻又在日以繼夜的改良品種，提高品質與產量，所以當人口不斷增加，農地不斷縮小，糧食還是無虞匱乏，其間顯示了科技的成就，但是人類還是積極爲了改進吃的問題，繼續絞他們的腦汁。

有時，吃的因果常是難以分開的，人類爲了塡飽肚子（胃囊）而忙碌的工作，吃飯是爲了工作，而工作卻又是爲了吃飯，到底吃飯是爲了工作呢？還是工作爲了吃飯？這問題，幾乎又和蛋生雞或雞生蛋是一樣的難解。且不管吃是爲甚麼，吃得好壞，卻非常重要，所謂「民以食爲天」，我們的祖先是不管誰當皇帝老子，給飯吃是先決條件，當然吃得飽，吃得好的是好皇帝，如果竟然有皇帝爲子民們「沒飯吃，何不吃肉」而發問，老百姓只好另找一位能「衣食足」的人來當他們的「皇帝老子」了。

數年前讀《中國大陸》雜誌，有則華國鋒與胡耀邦的花邊：胡耀邦「嫌用筷子吃飯不衞生，他主張用刀叉」；華國鋒則提倡「大陸同胞少吃米飯，多吃麵包點心，並且要求各『國營』食品公司出產花式多樣的麵包」，此與「何不食肉糜」有異曲同工之妙。正如《中國大陸》中〈問中共〉的作者所說的，「眞是千古笑談」。用筷子吃飯的確有礙衞生，麵包也比米飯的熱量高，問題是生產根本不足，大陸有上億的同胞在半飢餓狀態中，那些人，吃得飽是天下第一等大事，延續並使生命成長最重要，至於用筷子、用刀叉吃都無關重要；無論是米飯、麵包都囫圇呑棗，不知甚麼滋味，也無法去談甚麼色、香、味了，甚至用手抓，也香也甜，分甚麼筷子、刀叉？

臺灣的吃，不僅講究滋味、講究營養，而且講究情調。前些時，有一家飯店要開辦「滿漢全席」，更有人要宰虎，吃虎肉，嚐鱷魚與狒狒。嚐新鮮的滋味原是好奇，不值大驚小怪，有的人還講究要有演奏，要有美女陪座，有優美的音樂，喝酒要世界名酒，菜式要出自名廚之手，極盡奢侈之能事。

「食」與「色」結合，眞是人生兩件大事都十分完美，滿足了慾望，已不是當初吃——爲延續生命、存活的目的了，而到了享受的境界。

由於營養過剩，容易引起病變，如肥胖，由肥胖引起的糖尿病、血管阻塞而形成心臟與腦血管問題，澱粉與脂肪、膽固醇等又成爲人類的殺手，「吃飯」便有了新的要求，吃清淡與素淨的食物，已成爲我們吃的時髦趨向。

「吃飯」原是爲了活，如今吃可以把人撐死，僅僅幾十年，變化是多麼大，與當年吃蕃薯籤、「八寶飯」比起來，相去何止千里？

「民以食爲天」，吃是與政治有極大的關係了。政治不能使經濟發展，生產落後了，那能吃得考究？要用「刀叉」吃飯，要「少吃米飯、多吃麵包」，那是資本主義社會的產物，華國鋒和胡耀邦還沒把問題搞通，要達到他們的目的，先得把共產主義的包袱丟掉，才能改變大陸同胞吃的觀念。

富裕之後，由吃引起的各種病變，讓人這不敢吃那不敢吃，必須有許多節制，甜食不敢進口、內臟成爲禁忌，反而不如飢餓後的狼吞虎嚥來得痛快淋漓，而且吃是有極限的，任何山珍海味都會膩人，一旦膩了，再美的東西都失去了誘惑力。因此，有人說，過於富裕，並不是人類之福。譬如現代的新年，就沒有我們這一代小時候那麼具有吸引力，因爲過年不外乎吃與玩，至少現代過年，吃已失去了它的誘惑。

富裕的社會，似乎謀生容易，其實那是錯的，工商業高度的發達，人就必須提高自己的技能去適應需要，而且財富集中，多數人吃飯都靠企業主，手心向上，就低人一等，爲了吃飯，只好放棄尊嚴。

所以我認爲，貧窮的社會吃飯固然難，富裕的社會吃飯也不容易，吃飯消耗，十分可怕。最好的吃，是像陶淵明式的，有座南山種竹，自食其力，即使是粗茶淡飯，也是香甜的。能留一些邊際，讓口胃永遠都不滿足，懸一個目標在那裡，也許對人類有許多好處，所以餓一些並非甚麼壞事。

一九八七、十、八 《中華日報》副刊

一種快樂

當年一些文藝創作的朋友聚會，偶然談到三十年代的作家，插不上嘴，躲在一旁慚愧，覺得自己讀的書實在太少了。不知怎地，竟然發憤要把「左聯」這個怪胎弄通；於是從蒐集史料開始，到撿些便宜的寫三十年代作家，不知不覺的，竟然滿坑滿谷都是三十年代的作品與史料。

過去因情勢所逼，政府雖並未明令禁止三十年代的作品與史料流通，可是凡玩文字的都自動不碰三十年代。就因爲如此，所謂鑽研三十年代，也都是通過二手資料，有的人引用能力差，常是語焉不詳，也只能囫圇吞棗、拾人牙慧，不人云亦云奈何？

我卻有股子牛勁，既然投入了，就一頭栽下去，起初是條死胡同，資料來源不易，偶然獲得一本大陸的原版，如獲至寶，猶恐懷璧其罪的躲躲藏藏，幸喜解嚴後，文史資料已不限制，大量資料流入的結果，有些未解開的謎題，都柳暗花明，有豁然開朗之感。那種快樂，是無法形容的。

我國兩套名歷史著作《資治通鑑》與《史記》都可以當成散文來欣賞，其中的合縱連橫，非常有趣，尤其是政治人物的機智辯證手法，令人叫絕。很多人之所以喜歡讀史，就是這種發現讓人有無窮的樂趣。

人的生命是有限的，而我們的國家卻是一個文明的古國，曾有人戲謔的說，一部二十四史不知從何說起。不說別的學問了，要把本國的歷史弄通，用畢生之力未必能完成這個心願，我國悠久的歷史，有人竟喻爲包袱，就學歷史者而言，國人的負擔的確要比外國人重得多，像美國，不過二百年歷史，每人都可如數家珍，不像我們，皓首也不一定能窮史。

這種情形，近代史更爲複雜，如沒有治絲的本領，是很難找出頭緒來的。不說久遠，就以民國史來說罷，抗戰前縱橫捭闔，時而獨立，時而倒戈，簡直不知道一些政治人物到底屬於何種勢力與派系。最嚴重的是，這些資料檔案，戰火頻仍，流失不少，或因牽涉時人，檔案置於高閣，類此，你只有憑一些蛛絲馬跡去摸索。三十年代文學史也不例外。譬如抗戰期間的文運會，是否存有檔案尚是一個疑問，而這個機構的工作，表面上來看，並不十分成功，當年參與的人，現在在臺灣的還不少，可惜沒有誰願意眞正的把當時的活動實際情形寫出來。很可能也沒有甚麼可寫，因爲除了請作家吃飯送錢以外，這個機構就無事可做了。這樣的一個機構，就沒有甚麼可「玩」的了。

過去我們對於大陸的資料列入機密，片紙隻字，沒有特殊關係，就讀不到，有的資料只能抄錄，不能影印，我不知道抄錄和影印有甚麼區別？

這些珍貴資料，眞正的研究者無法讀到，而有資格閱讀的卻不做研究，這種矛盾現象是長期存在的，直到解嚴後，保有這些資料的單位，閱讀辦法迄今未改。

有些保有大陸資料單位，有一項極愚蠢的看法，他們認爲資料舊了，便沒有用，舊的資料定期銷毀，很多寶貴的東西，就在這種愚昧無知之下，付諸丙丁，或化爲紙漿，眞是可惜。我們很多珍貴資料就這樣流失了。

缺乏資料，很多歷史實失眞，舉例來說，「左聯的領導，只因魯迅在給胡風的信中，提及周揚爲奴隸總管」，我們就把「左聯」的一切活動都歸於周揚身上，近讀《史料季刊》，才知道「左聯」的領導，周揚只不過是位幕前人物罷了，在他之前有潘漢年、馮雪峰曾參加國共和談，因反對王明的妥協，憤而離開南京，稱疾回烏義「休養」，繼起井岡山「蘇區」，隨中共流竄陝北，未久又奉派爲「中央」的特派員到上海聯繫中共所謂的地下黨，成爲文委的黨團書記。在此之前，他擔任過中共江蘇省委宣傳部長期間，是他「團結」魯迅組成「左聯」的關鍵人物，也可說，「左聯」是潘漢年、馮雪峰在夏衍等的協助下組成的。

歷史不能虛假，在《史記》中的「互見法」使我們在此處未獲知的眞相，可以在彼處獲得，還有指桑罵槐，以褒作貶，筆下辛辣得很，卻不見嘻笑怒罵，司馬遷實在是雜文的高手。不過現代史，能像《史記》那樣體例的沒有了，主要是把事敍述淸楚就已達目的，鑿空武斷的議論，不足爲史，客觀是必要的，這方面，中共的史家在歷史唯物論的前提下，已先有結論的歷史法則，讀大陸出版的史書，甚至史料，是不可不注意的一點。

有時候讀他們難圓其說的歷史著作時，禁不住笑了，這也是讀史的一樂。對於三十年代的文藝史，初期是以政治立場去讀的，漸漸讀得多了，互相參證下來，終能使事實顯露出來，偶然的這種發現，眞能使人高興。

我做這件事，當初是不自量力，根本談不上甚麼硏究，說穿了，只是好奇而已。但是任何事只要下了功夫，就必然有收穫，這是不必懷疑的。我沒有受過治史的方法訓練，倍增其苦，從摹仿入手，在所讀作品中去體驗人家的方法，但是邏輯推演能力總不如人。一篇人物小傳，常常花倍於史學家的筆墨，這就使我浪費了不少時間，不過無論如何，從史書史料中，明白了許多事實眞相，那種快樂，就是吃再多的苦也値得。我現在並不後悔當初走這條艱難的路，相反地我爲自己的決定慶幸，若沒有當初的那股傻勁，就不會喜歡看，也不會喜歡讀史了。這項決定對於我的晚年生活充實有趣，是退休後仍不感寂寞的重要原因，就是從史料中得來。

一九八九、九、七《臺灣時報》副刊

兩袖浮雲

人一過六十，便覺來日無多，如生活無慮，則卸卻仔肩，能清閒幾天，遊名山大川，品幾杯佳釀，讀幾本奇書，或可得一點人生樂趣。怎奈社會雖富，我們卻窮無立錐，不管你六十、七十仍得爲餬此一口而浮沉於滾滾紅塵之中，卽使受到侮辱，也只有裝聾作啞，笑臉迎人，其間的痛苦，實在不足爲外人道。除了淚往「內流」，忍住侮辱以外，拂袖之志已經蕩然，這都是手心向上的結果，口腹之害大矣哉。

不是看不開，不是不瀟灑，更不是不懂得清心寡慾，過淡泊生活的樂趣。早已把自己的命都算過了，卽使富可敵國，最後還是兩袖浮雲。可笑的是：身後燒給你勞斯萊斯、送七四七豪華專機、建千間廣廈如阿房之宮，能否在另一世界享受不得而知，我們都見到了投死人之所好，做了最「豪華」的送別，人欲之爲害，不禁使人搖頭。

最近與李芳菲聊天，說到如何死得乾淨，我說有一天我失卻養家的能力，需要親人扶養，成爲子女的負擔時，則找個風景美麗，卻又不易被人尋獲的地方，悄悄的自了，除去骨頭、牙齒的特徵不易消除，湮滅所有證明文件，免得拖累子孫，蓋深知今天的死之不易也。

長輩去世，既要花一筆錢做法事，又要勞動親友瞻仰遺容，並且還得送一點奠儀，子女又要做孝子狀，即使無淚也得擠他幾滴，而且絕不可如電視劇點眼藥水，實在是難爲了他們。死後固免不了腐臭白骨，這些豪華對死者已是一無好處，所以那種繁文縟節，對死人活人都是一大害處，不如一切免除來得乾淨。可是我們是一個以「優秀的文化傳統」自居，才昂頭挺胸的民族，厚葬對親友則是一種禮節，對死者則是一種孝與愛，如違反這種禮俗，必將遭到社會的指責，甚而受到社會與法律的懲罰。子女的孝，便是在這種「禮的」約束之下，不得不哭，不得不成服厚殮，不得不通知親友前來告別一番。故我以爲「壽終正寢」，實在對我們所愛的子女、妻子（丈夫）、親友的一大禍害，無異於水災火災與毒蛇猛獸，老之爲害，實在是太烈了。

正常的死既有如此多的害處，那就不如找個青山碧水的地方，從此永遠「失踪」，讓子女們不受老人死後的累贅，且使自已清靜，如能灑脫而「失踪」，倒也不失卻是一種「愛」。不過這是頭無天腳無地者的想法，如有資本做金縷衣，則無須做這種選擇。想到這裡，貧窮實在是種可悲的事。

當然貧窮相當可怕，但無止境的慾望更爲可怕。我們常看到不愁衣食，但是有的人老得耳不聰、目不明，還苦苦的追求權力與名位，那又是另一種悲劇。最近有位朋友，已年近古稀，還用盡心機，去搞雜誌，最後把原有的刊物弄掉了，新的雜誌卻沒有辦成，還幾乎把賴以生活的兩位朋友逼到失業的死角上去，我眞不懂所爲何來？來往既是兩袖白雲，如我生活不愁，只要能吃到死，眞想現在就放棄一切工作，做一位山野間人，把朝罷的官袍置於庫中，把人世乘除，蒼狗幻象都丟下，才是人生最大的樂趣。

人生本來就是過客，旣是過客，能「晚覓茅齋投一宿，花前試看酒旗輕」，我願把一切都拋棄掉。

我雖是解甲，卻無田可歸，且又因少不更事，與我那「夫人」結了緣，且生下一群可愛的子女，爲責任才浮沉於世，討個活口之資。以我的性格，眞的喜歡魯星林「山下竹林林下屋，門前溪水花常流」的那個蓁莽世界，護籬小犬吠叫，貓迎落花，如能自耕自食，那就更好。只是那裡去找這樣一塊靜土？在這寸土寸金的世界，田園的生活只能在詩中畫中，永遠都不會實現，即使無生活、無責任的束縛，也難以追求。

在這種情形之下，只有退而求其次，無慮衣食，不過到了有一天活不下去時，果眞去「

失踪」，只要不陷子女於不孝就心滿意足了。

一九八五、八、二十九《自立晚報》副刊

漫談招牌

從事經營，對於信譽最爲講究，是以有「十年老店」之自稱，招牌實在有越久越好，大有「明星花露水」愈陳愈香之意。牛意人對於「招牌」之維護唯恐不周，怕「砸招牌」也。在交易中，常聽以「招牌」作爲保證的話，如「你吃虧了，回來砸我的招牌」等是。那便是把招牌當一種信譽來作保證。足見招牌的重要了。

「招牌」的建立，是靠長時間以其產品作爲招牌的基石，只有幌子沒有酒，那不過是空「招牌」罷了。無論如何，招牌是不能當酒喝、不能煞酒癮，有招牌等於沒招牌，那種招牌，棄之唯恐不及，也就沒有維護的必要了。要建立「金字招牌」，必須拿出貨色來。

「招牌」到底起於何時？大概因爲「商」列爲四民之末，一尙以士爲首的社會風氣，對於「招牌」這種事，就沒有像《紅樓夢》那樣，成爲考證的「熱」題目了。實則招牌起源雖無可考，但人有名、族有系、家有譜，實在就有一點兒招牌的用意在內。中外皆有以民族爲豪者，當然可以臆斷招牌起自物物交換的交易行爲開始，自是可以相信的事。

招牌的考據，對於我們並不是很重要的，重要的是招牌的作用。因爲它與一樁事業，或其人其物的高低賤貴有關，故國家立有商標法加以保障。在還沒有商標法的時代，保護招牌的方法，就看那個的拳頭大了。不過那總是一種野蠻的事兒，不足爲訓。

說到招牌，過去在江湖黑白兩道上，有拉著某大爺的旗兒，就能吃定一方，稱孤道寡，佔山爲王，出了事兒，也憑某大爺的旗號辦事。狄青落難番邦，是打著番邦公主的旗號逃走的，薛仁貴也是如此，足見那些招牌，的確是響叮噹，管用得很。不過也有吃癟的時候，只要一碰上那不信邪的，打著誰的招牌也沒用，偏偏扣住駙馬爺，就是懷著張天師的咒符也是枉然。

打著誰的招牌都是沒有用的，貨靠其眞，人靠其實，有本事那兒都能豎一塊金熀熀的招牌，不必假冒甚麼。何況這世界不信邪的人還多著哩！再說就是老招牌，也有不肖子孫會把它砸了，所以老招牌也得用貨眞價實去維護它的信譽，招牌絕不是永遠可靠的，就像我們抽寶島牌的香煙，而忘了上乘好料子的大刀牌一樣的，大刀牌的香煙，已經不在我們的印象中了。所謂招牌，實則不過是個毫無一用的東西，今天新興事業，一夜間，如筍於春雨之出土，有金字招牌，更應當戰戰兢兢，拿招牌誆人，根本就是搬了石頭砸自己的腳，不爭氣，就是鐵打鋼鑄的招牌，也會腐朽。怕人冒牌，是一種虧心，如招牌能冒，其貨未必眞，假亂其眞，假也成爲眞了。所以冒牌是不足懼怕的事，最爲懼怕的乃是自己沒有好的東西。

「招牌」不僅僅是商業行爲中採用的東西，文學藝術也絕不例外，曾經有人扛著「作家」的「招牌」招搖過市，洋洋自得，爲了這樣一種「榮譽」，不惜採用種種手段，像李小龍一般，去找美容師打肌肉針，以保持「美好的身段」。於是「作家」們，便這兒搞個把理事，那兒搞個把委員甚麼的，雖沒有作品，雖不從事文藝的創作；這塊唬人的「招牌」，還是亮晶晶的，只可惜我們今天的顧客，根本也沒有水準、沒有眼光，井底的盲蛙一樣，既看不見有沒有貨色，只要聽說他老先生是位作家，便奉之如神。難怪現在的作家中，太愛「招牌」這玩藝了。

說起來「招牌」只要能像飛禽走獸一般，愛惜羽毛，那不是甚麼壞事，問題出在那些假「招牌」。臺灣曾有借執照開醫院、搞建築事業，這樣的招牌，我們能夠信得過麼？因之，「招牌」好否，完全要用貨色去做底子。作家當然更需要以作品來保持其地位。因之，作家這塊牌子，也不是甚麼理事、甚麼委員、甚麼……可以撐得住的，要想扛這塊招牌「招搖」，唯一的方法就是要好的作品。不過寫好作品是件難事，既沒有如假包換的貨底，便不如藏拙的好。寫作是努力加天才的事業，絕不能有一絲一毫勉強，略予勉強，終有一天被有水準、不是盲蛙的讀者，把招牌扯下來砸掉。到了那個時候，就是要想悔不當初，也已經來不及了。

甚麼都必須有個轆兒，車無轆兒便會漫野的亂開。商業上的招牌，有建設局、經濟部、專利局、商標局等單位主管，申請起來，還眞要送點貨眞價實的玩藝才能核准，空心大老倌是談都不要談的。這當然給予社會信得過的一種制度，這是很好的事情。只是「作家」的「招牌」則完全無需申請核發這一套「麻煩」，所以作家的「招牌」根本不必核准，高興就可以往臉上掛，有耳朶，有眼睛就行。至於是不是作家，旣沒有警察取締，也不會被法院以詐欺罪起訴。故我們這個社會，在甚麼都不好冒牌之餘，要想在社會浮沉，要想在社會露臉，製造個把「大作家」的「招牌」混吃混喝還外帶養老婆孩子，那是再便當不過的了。難怪這個社會在牆腳撒泡尿都會碰到作家的鼻子哩！

不要以爲這是一種壞事，相反的，這正可以證明我們這個社會濃郁的人情味與溫柔敦厚的情調。美國有所謂學店（註），要想得個把洋「博士」甚麼的，花個三五百元美金就可買到三四流的「學位」，十塊也可以買到五六流的。中國正如美國許多學店一般，雖不是開的學店，但卻是作家的樂園，要想弄個把三五流作家，就到臺灣來。我們是文明的泱泱大國，不像美國一樣的小氣巴巴的，作家榮銜完全免費奉送。如以這玩藝列爲觀光項目之一，生意一定比觀光理髮店還好。

胡扯八拉，沒有一點證據，你只當它是西遊記，當它完全是假的好了，只是眞假之間，很難分辨，如果想發財，動動腦筋，立個案開一間作家證書頒發所，必然生意興隆，財源滾滾。對於這一行還有個好處：不會像其他「招牌」一樣，容易造成人家的損害，最多是作家多而已，而且也使得三百六十行之外，又增加了一行。假設要這些招牌的人們，又能善自愛惜他們的羽毛，本要做的壞事不做了，對國家社會還眞有一點貢獻，起碼在警力不足中，不再浪費警力去防他們了。

總之，「招牌」對於那一行都很重要，作家也一樣，開始可能冒牌，只希望能在冒得了「招牌」之後，能多讀書、多寫作，使假的變成眞的，這樣一來，也就眞假不分，過了十年八年，還可能有人叫一聲「老師」呢！說不定還在歷史(當然是文學史)上傳下一個「空頭文學家」的「不朽」之名。

一九七四、五、一《青溪》

註：引自《美國學店》，Lee porper 著，陳弘昌譯，中華書局，一九七三年出版。

夜半私語時

李清照的婚姻最幸福的是他們有共同的語言——詩詞與金石。與一位粉紅知己聊天，應當是人生最大的樂事，粉紅極多，難得的就是知己。唐漢騷人墨客，爲甚麼留連於平康里上，傳出歌妓與他們的風流韻事，其中有一個條件，那就是要知音。北宋周邦彥的一段戀史，便在於歌妓能唱出他的新聲。當然，可能那些古代的騷人們也有一段不太幸福的婚姻，床頭人難以瞭解他們的價值。因此凡平康里的歌妓，無不能彈唱，詮釋騷人墨客的新作，也能唱合。一部全唐詩，卽留下不少歌頌的作品的原因在此。而司馬相如與卓文君的情奔，主要是他們都喜歡音樂，後來情變，也因卓文君的一首〈白頭吟〉打消司馬相如的二心。與沒有共同語言的女子，當然也就沒有甚麼天可聊了，因爲語言無味。何況老夫子還說過唯女子與小人難養也這樣的話呢！

時代在進步之中，由於分門別類愈趨精專的情形下，異性朋友相處之道，更需要共同語言，故造成不少職業的男女群族。

大概二十三、四年前吧！一位從中部北上讀世新廣電科的女孩季芳菲，在偶然的一次邂逅裡結識。因她喜歡文學，自然有話題。有一年過年，她與男友無處可去，借住我家書房，從此她成爲我們夫妻倆的座上客。至今已交往了二十多年，無話不談。她與男友分開後，抱獨身主義，現在還是小姑獨處。而我與她之間，保持「嘴上風流」，但卻眞正是「膽小君子」（胡適語），友誼一直保持在彼此互不相害之間。

我們能維持這樣的友誼，關鍵在彼此都能用心傾聽對方的細訴。聊天中，聽是種藝術、是種付出，更是一種愛。我們之間沒有甚麼不可以談的，男女之間的感情，甚至深在靈魂處的祕密都曾經談過。當然，這些談話，也互相爲師，解惑有之，授業有之，當然也可能在彼此心靈深處，撞出火花的時候，但都能自我抑制。

心裡只要有痛苦，或者得意的事，都會想到對方，因爲他懂得你。有時也上茶藝館，天南地北的毫無目的說一些全是廢話的話。半夜想起來打通電話，甚至驅車前去敲門，一同到荒野的小路上走通宵。雖未秉燭，卻眞的夜遊。但我們始終維持在某種程度的友誼上。

除了那位朋友之外，已去世的散文作家谷楨，也曾有過這樣昇華的友誼。她似乎有吃迷幻藥的習慣，只是我們不曾察覺罷了。那時年輕，大家聊些瘋狂的事體，頗能從中獲得樂趣與啓示。可惜她去世得早，這段友誼，便隨著她蓋棺的那天埋葬了。至今也已二、三十年了，那溫柔而又能容忍的淑女，仍不時浮現在腦子裡，並從那些回憶裡，獲得不少樂趣。能夠彼此聊天，而又從中有所收穫時，大概是維持永久友誼的一個重要因素。從聊天中，常常有意外的收穫，尤其是聰慧的女子，她們機智幽默，卽使尖刻一些，也是能夠接受的。

在女作家中，劉枋、姚宜瑛大姐、季季、劉慕莎、曹又方碰在一塊，都會撞出火花來，而丹扉則同她的方塊一樣，機智過人。與她聊天，無須做高度戒備，因為她同男性一樣坦蕩開闊，卽使你有「不當言論」，她也能一笑置之，從不計較。另外一位女作家李藍，頗有丹扉的風格，可惜她去國後，卽未歸來。

不少異性因階層不同，而有不同感受。有位李芳蘭大姐，和謝冰瑩大姐是同時代人物，知道不少三十、四十年代作家掌故，與她聊天，起了話頭，如飲春醪，如讀歷史。從書本上得不到的、鑽破了不少故紙堆也得不到的答案，一句話便把謎底揭穿了。那種愉快，不是筆墨所能形容的啦！

但是，這些都不是與粉紅知己的喁喁私語，有味與有趣之間，層次不同。就男性而言，一生中有一兩位能私語的女友，那是一種幸福，最怕的是那種喋喋不休型的了。我曾碰到一位友人的太太，橫眉豎眼，自以爲知。我不知道那位朋友的日子是怎麼過的。

有女可以聊天，是人生的一個加油站，是種人生的潤滑劑。這一生中，我從她們那裡獲得的不少。

一九九二、一、二十五　《中央日報》副刊

面對現實

——寫給重生的兒子

當父親的眼睛接觸躺在推床上血肉模糊的你時，孩子，用心臟要從胸腔裡跑出來來形容父親的憂急，是仍嫌不足的。

當父親呼喚你，一無反應的時候！從來不信神的父親，向神禱告，向神祈求，也要求赦免！

父親從十六歲起，就在戰場上搏鬪，視線裡沒有看到敵人的踪影，炮彈卻落在陣地上，人一排一排的倒下去；頭被破片劃裂，腦漿與血紅相間的冒出，被擊中的同袍，只有手腳蠕動了，那破片已奪去他的生命；子彈洞穿胃與胸，血與未消化的食物同時流出體外的骯髒，腹壁被割裂，腸子流出的慘狀，是多麼的可怕。在戰場上死亡是平常事，兩人正計畫將來做甚麼，或打完這一仗之後，要好好吃一餐時，突然另一人已倒了下去，再也爬不起來了。在戰場上張著眼睛把子彈射入在曠野中飛躍的人，看著他們倒下，看著他們死亡，如此的生活，從一九四六年起到一九四九年才算停止。

父親經過好多次戰場上殘酷的拼鬥，見過無數的同袍與敵人倒下，甚而躺在屍體堆裡逃避敵人的搜捕。

見過這麼多的死亡、傷害、殘忍的場面，沒有見到你受傷時更可怕、更傷心，更使我想到死的威脅。

我自責！我懊悔！爲什麼突然慈祥的、憐惜你三年的辛苦，聯考完以後，不管你考得如何，都讓你去輕鬆一下？

爸爸曾經鼓勵你們到中橫公路去玩一趟，我相信美麗的山水、清新的空氣，足以使聯考的壓力獲得鬆弛，無如我卻未曾堅持，因爲你已長大，應有自己的生活、自己的朋友，也應當有可以決定自己如何玩、如何讀書、如何行止的權利。

人總是要長大的，任何天眞爛漫的孩子都要長大，都要爲他們的行爲負責，都會自制，脫離父母而獨立生活、獨立行動。旣是如此，何不就從此開始你的生活，這樣的一天總會到來呀！

就在這一念之間，當你要求到同學家去過夜時，我允許了，想不到竟因此闖了大禍。爸爸因此懊悔、自責、內疚。但是如果你不去朋友家住，車禍是否可以避免，誰又能確定呢？禍福原本無門，在劫總是難逃的。我們父子倆可能都難以逃出這場災難。

一切事反悔都是無益的，我們都該面對現實，爸爸決定以現代的醫學知識和死神對抗。

我們決定轉院，無論轉院是危險還是安全，父親必須做最大膽而又痛苦的決定。

我觀察你的症狀，大半是腦部受到了嚴重的撞擊，必需要經過精密儀器的檢查，和必要的治療不可。

當爸爸把你推進臺大的斷層攝影室，和超音波室，我心裡有許多假如，那是不堪說出來的，卻不能不去想。

我想到王曉民，那個曾經有過夢、有過似錦前程的孩子；那個曾經是儀隊、操花槍，活活潑潑的孩子，如今人們說他是植物人。那一次車禍，撞毀了她的一切，也撞碎了父母的心。

多麼可怕的車禍啊！

看著躺在病床上，不吃、不喝、不言語的孩子，恐懼攫住了爸爸。

縱橫沙場的雄心沒有了！

克服一切的信心失去了！

當人人都在爲孩子考試成績焦慮的時刻，爸爸已經不再在乎你考了多少分，能不能上榜等等。那時最重要的是你能不能逃得過這一刼難。得到爸爸同事之助，最好的神經科與腦科大夫都到急診室來了。他們雖然是全國最優秀的專科大夫，可是我還是懷疑他們有沒有能力挽回你的生命。

那當然是肯定的，可是父親眞的太害怕了！

當你昏迷了四天之後，突然認識你媽媽和我時，我們又同你初生時一般喜悅。眞的，你又重生了，大夫們終於挽救了你的生命，從閻王殿上把你拉了回來。

睜開眼睛，你問及聯考的成績，當我說你的成績爲三〇七分時，你說想去便溺。你的好友的母親與我把你推到廁所，然後扶你下去，但你那打籃球的身手，竟是那樣的笨拙，竟然下不了床，下去以後又上不了床。那一撞已把你健壯的身體撞得軟弱無力。

病中還對聯考的關切，使人心痛，也可以看出這一關對人生影響有多麼大。其實考試不是始自今天，歷代的大比，競爭都非常激烈，有人參加科舉，到老也沒有考取的。《漢書》〈董仲舒傳〉中，錄有他一篇奏疏建議說：「興太學，置明師，以養士之大者，數考問以盡其才。」（考問：即考試）並且他又主張「少則習之學，長則儲位」（授官）。這是給起於布衣，而又有才華的人出路的一個方法，還是要經過無數考問的，不能憑讀書就授予官位，得有眞學問才行。不過過去讀書是爲了當官，那幾乎是讀書人唯一的事業；今天雖也有類似科舉取士的考試，如高、普考與其他的特考，也和過去明經或明其他的分科考試，「方正賢良」就是通才。大學聯考卻不是，只爲了取得一個入學的資格而已，距離學問還遠得很，當然更談不上博學了。

林語堂先生對於聯考，不以爲然，他曾經「恭喜落榜考生」，認爲從今而後不必爲考試而讀書，可以讀自己喜歡讀的書了。我贊成林語堂先生的意見，可是我們的社會卻不是這種看法。

文憑證明了你讀那麼多書，不過並不一定能證明就有眞學問。眞學問當然有用，可是沒有文憑，就缺少了一塊敲門磚。社會不僅重視文憑，博士還分洋土呢！所以你的關切，是父母與社會造成壓力的結果。而爸爸之所以想讓你出去輕鬆幾天，也就是高中這三年的折磨，可把一個活活潑潑的人，弄得形銷骨立。那知道這點憐惜，卻鑄成大錯。

由董仲舒的奏疏中知道，考試不是自今天始，只是於今尤烈罷了。有考試，就有上榜與落榜。如林語堂先生所說的，落榜未必就比上榜差，問題是社會過於看重這一考試，太重視大學的訓練了。很多沒有讀過大學，去教大學的，那些清朝進士後來教文史的不算，沒有進過大學教大學的先生還可以列出一大串名字，王雲五、沈從文就是個典型例子，而且還算是名教授呢！外國也不乏這類例子。

話雖如此說，當放榜時，看到你茫然的神情，爸爸就心酸。說實在話，父親也希望你上榜，能開創一條深造的道路，但落榜是事實，我們非面對這個事實不可。

首先，我知道你沒有全力以赴，如果盡了全力，即使我們塡錯了卡片，也會上榜。如果你眞的希望再考，爸爸全力支持，一年、兩年、三年，以你的實力一定擠進那道窄門。很多落第生，後來成爲傑出人物的不少，宋楚瑜先生是一例，《聯合報》的副總編輯黃年先生又是一例，類似的例子不少，不必再舉了。但我們看看這兩個人在社會上的表現是多麼傑出！他們的作品，他們處事的能力，比當年勝過他們的人不僅不差，而且強得太多了。

社會本是一連串的考試，不僅僅是大學的聯考而已，這次你輸了，或許在另一項你贏了。入學考試輸了並不算就此葬送一生。不是說三百六十行，行行出「狀元」嗎？在國際競技大賽上奪得金牌的技工，被社會視爲「黑手」，可是他們的表現絕不輸於大學生，他們對國家社會的貢獻，又豈是一個泥了文憑的「博學之士」所可比擬？

父親就沒有循序漸進、按部就班的受教育，我之所以能塗鴉換取生活之資，那點知識都是從廁所、從公車、從打野外時片斷學來。只要你去追求，知識總不會拒絕進入腦子裡，它永遠都喜歡那進取的人。所以我又認爲大學不是唯一獲得知識的場所。

一個人有知識固然重要，更重要的是有健康的身體。沒有健康，知識有甚麼用？只讓一個臭皮囊把知識埋進土裡而已。你的腦受了震盪，需要徹底的休息，養好了身體，再談一切。

關於腦震盪，將來會在腦的某一部分結疤，同我們的表面皮膚一樣，因此一種莫名其妙的頭痛，會隨著你一生。這一點，你心理要有準備才好。

這次車禍，原是可以避免的，能避免的事居然發生了，父親沒有阻止你去玩是一個重要因素，但當緊張之後，立即鬆弛下來，也是原因之一，所謂「樂極生悲」，就是我們做完一件事以後，鬆弛了戒備的緣故。這教訓付出的代價是太大了，可是我認為這還是值得，重要的是：你是否因此獲得教訓。

孩子！你的生命是撿來的，更應當去珍惜生命。當我們從死神的手中搶奪你的生命時，比生你更辛苦，更使我們受難，父母對你做了雙重付出。

至於聯考失敗，不算失敗；聯考的挫折，不算挫折，如果這一點挫折都不能面對它、承受它，將來怎能面對更大的失敗與挫折呢？一個經不起失敗、受不了挫折的人，即使他有大學問，得了若干個博士，又有甚麼用？

只有打不倒的人才能稱為鐵漢。父親以為這是要考驗你的毅力與靭性，這是一個極好的機會，不下於聯考的考驗。

我希望你能勇敢的面對現實、勇敢的承受那些投向落榜生不屑與鄙視的眼光。父親希望你是個鐵漢，而不是個禁不起打擊的懦夫！

凡是懦夫，都缺少自信，我相信你應當有這個自信。

末了！我祝福你，並希望你努力！眞正做到「失敗爲成功之母」，不過成功絕非垂手可得，也不是僥倖，那需要付出重大的代價。

一九八五、十二、一　《幼獅文藝》三八四期

如果自己放棄

麥克阿瑟一生都在戰鬥中，而且幾乎都是勝利，他不是超人，也沒有特殊方法，唯一是堅持到底。一件事只要開始，無論是艱難或者容易，無論對他有利還是無利，都會堅持到底的去做完。

麥克阿瑟人生的祕訣是「永不屈服」，除了他給他孩子的禱詞以外，他最能表現這種不屈服精神的就是「老兵不死，只有凋謝」這句話了。

一件事的能否成功，完全看他的意志與他的韌度來決定。愚公移山，子承父業，撰刻史書的故事，都足以說明毅力與韌力對事業的重要性，倘使能夠把數十年的歲月，投注在一件事業上，無論他的資賦如何遲鈍，都一定會有相當的成就。

堅持的把一件事做到成功，尤其堅持去做一件看來不易成功的事，似乎不夠聰明，但是成功的往往就是具有這種傻勁的人。在文學家之中，梁實秋、胡秋原、林語堂、蘇雪林等先生從來也沒有停止過他們的筆，他們幾乎把一生都奉獻給文學了。雖然他們都沒有做過顯赫的官，也只過著平淡的生活，數十年的投注，已經塑造他們不壞的金剛之身。未必有人想到爲文學家塑造銅像，於是他們用自己的雙手去塑造。我不一定成爲文學家，也不一定成爲名人，更不期望建立甚麼功業，我舉這些例子，只是希望以這些人做榜樣，學他們不改初衷，奮鬥到底的那種永不退縮、永不遷志的精神。

一個人有了這種精神，無論他去做甚麼，都會有一定的成就，做工匠，也是一個好工匠；做農夫，也是一個好農夫。我覺得，這個社會是由各種不同類型的角色所組成的，士農工商，他們都對這個社會做出一定的貢獻，所以選甚麼行業，不是問題的重心，問題是，選了那一行，能不能堅持作爲終生的職業。

這是非常重要的。選定行業，要與個人的智慧、興趣結合。只要興趣能與你選定的職業結合，又能堅持下去，成功的機率就要大一些。故在每一個人學業告一段落以後，進入社會之前，需要用一些時間，細細的去想過。千萬不能等到明天再說，因爲今天才是最重要的，如果等待明天，那是一種推諉、一種苟且的心理。

對於做事，我有一習慣，那就是沒有把事情做完，總是無法休息，即使身體相當疲乏，不得不躺在床上，卻無法閉下眼睛，我常常在深夜三更起來，做完那件工作，有時是通宵達旦。

做事如此，人生觀也是如此。一個人只怕向命運低頭。

我們常常聽到「命該如此」這樣的話。甚麼是命該如此？那就是放棄了一切希望，如果一個人向命運低了頭，他就已經放棄了奮鬥，很容易自暴自棄。社會上有所謂遊戲人生的人，表面看來狂佯灑脫，其實他知道自己已經放棄了一切。

如果自己都放棄了，誰還在乎你的存在？誰還能幫助你？有人說：我不是讀書的料子，因所有的書在他面前都是一堆廢紙，沒有一點趣味，即使是斗大的字，他也已經看不進去，因爲他自認不是讀書的料子。

問題之一，自己是甚麼料子？

問題之二：誰才是讀書的料子？

只要一個人自認爲自己不是甚麼料子以後，他的腦子已經死了，他的眼睛對於事物已沒有吸收的能力，他活著，只是一具遊走的屍體，誰能對屍體幫助？

我希望每一個人都能在社會上立足，能夠活得愉快光彩，雖不優裕顯要，至少也應當挺立著腰桿生活。

看起來，這種生活並不難，在一個富裕的社會裡，要塡飽自己的肚子還有甚麼難呢？問題是人活在社會上，不僅是爲了塡飽肚子，他們還有別的需要，如榮譽、地位等等。雖然我們不一定是上智，但也不是下愚，因此每一個人都有欲望，甚至也可以說是理想，一旦這種欲望得不到滿足時，痛苦立即到來。

現在問題是我們付出多少努力，將來就會有多少收穫，如果人放棄了努力，痛苦已經隨同放棄之時滋生。努力不夠尚且使人落後，何況是根本放棄？所謂「哀莫大於心死」，放棄就是「心死」。如果你採取放棄的態度，你的人生悲劇已經開始上演了。常人到了能做選擇的年齡，希望能去思考我在今天所提出來的問題，然後去行動，這樣，也許還可以有所挽救。

一九八四、九、二十三　《自立晚報》副刊

知道忘情最有福

中國人最大的特長，是創造希望，讓人活在希望裡，乃是一件很美的事情。道家的神仙界，佛家的西天，都非常美好。

從我們的神話裡，仙界與西天是一個無爭、不食、不生、不滅的世界。在那樣的一個世界裡，是無需勞動的，貨幣當然失去作用，有的只是賞玩（如寶物等），沒有所謂的人口壓力，當然沒有生產或增加生產的必要了。他們過的是透明的「仙生」，因爲不死，可以雲遊四海，互訪互遊，不會有浪費時間的感覺。旣無需要，當然沒有私有這個問題，天下爲公的結果，是誰也不要天下，誰愛有天下，誰就去擁有它，這樣一來，戰爭就消弭了。

不死是人追求的一個目標，迄今人類尚難以達到，但神仙界早已不死，當然也就無所謂緊張追趕，也沒有名利之爭。於是宗教家便以天堂、極樂世界等來安慰卽將結束生命的人，臨死還給他們一點希望——有一個美好的世界等待他們。於是那個世界就是人類嚮往、追求的理想世界了。這眞是一個很奇妙的世界，對人類有極大的安慰作用。

俗諺描寫仙界是「洞中方七日，世上幾千年」，一盤棋下來，多少物換星移，還渾然無知，的確是美極了。

人要體會這種生活，也是不太難的，初步要做到與世無爭，再次爲忘情，退休的人，大致都有這樣的感受；沒有工作的壓力，他們唯一要做的是如何把時間揮霍掉。社會的一切似乎都與他們無關了，我有一種經驗，不知今夕何夕，今世何世，常常要問：這是幾年？這是星期幾？看報是不大看日期的，因此鬧了不少笑話！銀行與郵局假日不開門，可是退休人員卻常常去拜訪鐵將軍。

能忘情於世界，是極美的事情，沒有這種境界，是不會懂得的。蔡文甫先生女兒于歸，余光中先生在座焉，席中有不少文壇大老，余先生一概不認識，亦無一語交談，往日座談、飲宴與余先生亦有數面之緣；供職新聞局期間，在歌曲評審及諮詢中，爲余先生與有關主管互相引進等等，以我而言，算是舊識；且於香港中文大學舉辦「四十年代文學研究會」，余先生捨近就遠，選神交的王辛笛（一位很久不寫作的「詩人」）爲討論的對象，我提出了我的看法。下筆是辛辣了一些，可也算是一段文字緣了。從此余光中先生就不再認識在下了，見面形同陌路。臺灣沒有眞正文學批評，多少與此有關。

我以爲打官司也好，文字的論爭也好，都應是君子之爭，在論壇上放手施爲，私下應不損友誼才算得上泱泱之風。本此，席間前往敬酒，也算得上是禮貌了，未料竟也像同席者一樣，余先生問一位前輩作家謂：此何人也？眞知忘情，羨慕不已。

我之所以敍述這段無聊的往事，目的無他，旨在說明能無視於周遭，忘情於世界，的確是一種幸福。余光中先生能臻此境，定是神仙中「人」矣！老實說，被人認識與不認識，不是十分重要的，被人認識不定能提高其地位；不認識，亦未必遭到貶損。我的意思，是對於像余光中這樣的人，非常的羨慕，是值得學習的典範。我想，余先生的世界，是中國的「神仙界」吧！

還有一種，就是自我爲主、自我期許、自我獨霸，活在自我大如天的世界裡，也是神仙的國度。於焉產像阿Q這樣的人物。

這是自我快樂之一法，足爲世人典範。有的作家，自我塑造天國，余光中先生即其中之一也。

宗教家極爲聰明，塑造天國，又塑造極樂世界，以慈悲爲懷，予人以美好的希望！作家介於天才與白癡之間，他們距聰明大概還有點距離，不能上天國，又難以到極樂世界，於是造一個中間層的「天空希臘」，自己打造桂冠，也屬一種「希望」，足以自慰矣！這一點，我們是要學學詩人的。

一九八九、七、二十六《青年日報》副刊

輯二

竹頭木屑

起點

從渤海到疏勒河，我們有一條巍峨的長城，屹立在我們美麗的山河上。那條長城，有周人的血汗，乃至秦漢多代的智與力。所以我們有一條秦的長城、唐的長城，更有從那莽野向現代付出了血與汗、力與生命所築新長城。那條長城，避風、避雨，也避那些野的、不馴的窺視。它庇護著的，是一個可以種花，可以蒔草，更可以種水稻與高粱的美麗世界。

於是我們便由《山海經》上記載的黑山，向一個清明的未來披荊斬棘，在東亞，我們的先民以他們的雙手，闢出一個漫爛燦然的園圃。

那園圃裡，曾開過殷商、盛唐……的花朵，結出文明的甜美果。然而那是血的凝結、肉的堆集，也是先民的智慧的結品。

我們的長城，不僅僅是從勃海灣到疏勒河的兩岸，我們歷史的長流，緜延不絕的文化發展，便是一條隱形的長城。這世界有許多長城已經傾坍，巴比侖以及古埃及等等的世界，只是留下一些遺跡，而我們的那條長城，卻依舊巍峨的屹立在那長綠的秋海棠葉上。那不是奇蹟，是一種代價的付出，五千年的脈流，乃是一塊磚，一方石，又一塊磚，又一方石的堆砌起來。

歷史的長城，是由一個環節，一個鏈索，又一個環節，又一個鏈索連接起來的，每一個人以他們的血肉，化爲那美麗大地的泥土，而長出燦然絢爛的花朶，而長出甜美的果實的先民們，無論我們已爲他們的貢獻勤石，或者我們竟未曾把我們銳利的眼睛，注視他們所作的奉獻，都是那條歷史的長城的每一個環節，也是那每一個鏈索。

而我們也將是那些環節與鏈索未來的主人翁們，也將把那條長城繼續連接起來，使那長城更巍峨、更壯麗。因爲我們不計較我們的付出，因爲我們的血管裡，是流著我們父祖的血液。

父祖們已爲那歷史環節中的一個鏈索，我們是他們的子孫，自然也將成爲另一個鏈索。先民們給我們的，我們必將傳於我們的子孫，而我們的子孫必然的傳給他們的子孫。我們的歷史長城不容傾坍，我們的園圃不容荒廢。

我們曾經因爲我們是那個鏈索，因之我們曾經於那漫長歲月中抗拒野蠻所加諸於我們的苦難，以數千萬的人的血肉，寫那些歷史。

當那苦難來臨，我們的人民，男與女、老與少都湧上前去，形成一條熱流，那便是匯集了千千萬萬，愛那能長出花來的園圃的心象。

那便同從勃海到疏勒河岸一般偉壯的長城。

我們曾經榮幸的在那長城的每一個環節，每一個鏈索中有我們的血汗與智慧，我們爲我們曾是那一個環節、一個鏈索而驕傲的仰起頭挺起胸，人們便以那精亮的眼睛注視著這睡獅般的民族，從封閉的世界裡醒來，並且作醒世的怒吼。

我們是付出的，也是收受的，我們不再是東亞的病夫，桿菌已自我們的血管中排出，而成爲肌肉盤錯的巨人。

因之，我們這一代也在那歷史的鏈索中，成爲一個最粗壯、最塊麗的環節了。但是歷史的長城是沒有終點的，我們將要一個鏈索又一個鏈索的繼續連接下去，沒有誰知道那歷史的長城將有多長。

一個具有生命力的文明，那位聖哲說：它將永遠不滅，永遠開放漫爛燦然的花朵，直到沒有人知道的那個世界。

抗戎羯、滅南牧，我們不後於石嶺的英魂；拒外侮，不後於孟良崮上的戰神們，爲生存，我們也曾不惜焚城淸野，作犧牲的戰鬥。聖哲們有一個世界，那是我的國、你的國、他的國，各自愛他們所愛之地，像那蒼蒼原野，自有矜持，自有他們的空氣與陽光。

我們的勇武，我們的怒吼，是爲了維護我們歷史的長鏈。我們未曾爲了攫奪而付出我們的血肉與智力。誰侵入我們的園圃，誰便要嘗試那睡獅的奮力一搏。

秦的長城、漢的長城、歷代的長城，是求得生存的保障。

我們也將建築這一代的長城，我們領我們的風騷，作一個扣得緊、連得密的環扣，把這鏈索向永恆伸展。

因此，我們沒有雕文刻鏤，沒有錦繡纂組，有的是那些粗糲的手，也或我們會窘於井廩，負於鼎俎，我們有志於築一座新的長城，我們仍是虞舜，仍是伊尹，卽使窘於井廩那又何妨？

那是您說的，我們用血與肉，用淚與汗，用智與力建築我們新的長城。於是我們便立下了誓從這山出發，從這水出發，去摑土，去裂石。

我們是不去計較窘於井廩的，我們也不羞於作一個黑手的工蟻，因爲我們有舜虞的雄心，也有伊尹的情懷。

於是我們便在您之前、您之後、您之左、您之右，聽您的命令，去完成一個永恆的歷史使命。

或有人問，您是誰？

您爲誰呢？

在這個時代，您聽從我們的命令，我們也聽從您的，因爲我們都要做堯，也都要做舜，我們都是歷史長鏈中的一個環。

讓環與環之間扣緊，我們不就成爲那有五千環節中的一個燦爛輝煌的環了麼？我們將是那燦爛輝煌的，重塑我們的園圃。

您爲此，我也爲此，他也爲此，於是我們便一起舉鎬、一起荷鋤、一起揚起鋤頭，建偉大國家的長城於曠野中。

於是那些千千萬萬的俊彥，爲趙之卒，爲吳之士，爲田單的火：卒與王之間，都只是殊名而聖一。於是我們便獵於野。我們無賤無貴，皆執自己的器械，全自己的力，蹈水蹈火，不計利害，因爲我們是君子的盟黨。

我們以同道爲盟，我們便堅守自己的誓言，故我們是萬眾一心，戮共工之黨而建歷史的長城。

我們沒有他求，正如同我們的誓言，只求功成而德盛，則那是一條我們用血、用肉、用智、用力所築起來的長城，便會不腐也不朽。

我們也將在長城之內種花蒔草，而有一園繁茂的向榮百花，雖是百代過客，雖只是長城中的一塊石、一坏土，雖只是歷史中的一個鏈索；而一塊石、一坯土，一個鏈索又何妨？這就是「上下交向志同」了，那長城便垂光百世地福澤子孫。那就是我們的目的。無須有我，但我們都是那一脈而流的，其中又必然有我，也有你。

這是一種約定，是我們共同的約定。於是我們便匯成一股巨流，那怕是從我的胸腔裡，流出我父給我的鮮血，流我賦予我子我孫心腔中的鮮血，以結成那鏈索也在所不惜。

那也是長城，那也是歷史的鏈。

不管他是甚麼，我們愛他，就如同我們生的嬰兒，是醜是美、是智是愚，因爲他的血與我們的血，是流自一個源頭，我們便愛他勝於愛自己。

我們的父親是如此的，我們的祖父是如此的，我們的五千個鏈索，便是一個連著一個、一個愛護一個而緜延不絕。

這種緜延，形成了東方光燦奪目的文化，那花朶，曾漫爛的開在海棠葉上，也曾開在朝鮮，乃至日本的千嶼萬嶼之間，他們以我們爲父系。

我們爲此驕傲，爲此曾把天下的其他民族視爲蠻夷，而又自稱爲泱泱的大國。

而流向是不能更改的，你幾時見著江水倒流？

於是我們便信誓旦旦，而且實踐我們的誓約，胼手胝足的要成堯、也要成舜，更要歷史延續向那永遠。

我們企盼這一天已久，我們需要一個能背負十字架的人，領著這些共同心向的人們，走過那滿佈荊棘的路程。我們是那樣的期待著。

終於我們期待到了，我們便歌著，手舞之、足蹈之地歡天喜地起來。

這是一個新歷程的起點，血肉的長城的起點，我們將以幾何的積剩，築我們的長城，寫未來歷史，人所能的，我相信我們能，人所不能的我們也能，我們是知其可爲而爲之，知其不可爲而爲之。

那是萬衆一心，那樣堅強的意志，那樣旦旦的誓言，必可摧毀任何阻隔，而鑿開流道，切割摧堅一向無前。

那長城，以血肉建起的長城之內的園圃，必是綠野香春。

一九七六、七、一　《國魂》三九二期

一夢春風

每過逸仙路，夾道楓林蔽蔭，微風拂面，搖得楓葉細語輕言，彷彿又回到少年時節。

家鄉父老多黃老思想，即有宰國之才，也寧願終生於山水田園之中，做一老圃，遠勝於呼前擁後，「江頭落日照平沙，潮退漁船擱岸斜」。那種悠然自在，眞的就是賦予宰權，可傾一時一國，也不如那種生活。清淡深遠的思想，對於宋朝鄭公還歸故里，造園息隱謝客，有莫大影響。

碎碎的楓葉細語，勾起多少往事，與「活水穿花暗護田」的農村生活，猶記少年時節，老父夜飲遲歸，打著葵莖火把，迎接老父的天倫之樂，今天已經沒有幾人能夠領會。老父扶兒，七、八分酒意，一腳高一腳低的走在四面蛙聲的田塍上，母親幼妹依紡車而等父歸的情景，多麼溫馨。雖其物質遠不如今天豐富，親情人情味卻永遠在心上印成一幅家庭和樂圖。

如今，也只能成爲一幅畫了，無論今天的高樓建造得如何精緻，都不如農家田園的自然開闊，由居住之偪促一隅，工作如葛藤把人細綁得牢牢的，每天固定乘一班公車來回，時間也都是無法挪動，甚麼時候飲食，甚麼時候上床，都有定規，略一錯亂，立即甚麼都不對了。夫妻父子，難得一家團聚，上學、上班、應酬，甚而匝月難見也非鮮事。這與農村時代的「明天再說」的閒逸生活完全不同。不談甚麼丘壑亭臺的巧妙，但以這種生活，如今的公寓只是避風雨的棲息場所罷了，與蜂巢蟻穴相去無幾，實在談不上住的樂趣。至於李笠翁置「芥子園」，袁枚之造「隨園」，縱情山水，忘今世何世的神仙世界，今天的聲色犬馬，雖然也是「逸樂」，究竟陷於奔競之苦，即使縱情豪飲，也無非是暫時的麻醉，與袁枚的悠然自得，無異天上人間之別，沒有可以與之比擬之處。就算是「一把青秧趁手青，輕煙漠漠雨冥冥。東風染盡三千頃，白鷺飛來無處停。」也不可同日而語，至於鐘鼎山林，求得自然與人融而爲一，就更不能說了。

國人喜歡林下生活，故達官巨賈固然造園養息，文人雅士，也講究庭園之美，一山一石，莫不考究，求得心靈接近自然的滿足，范大成〈四時田園雜興〉詩說：「土膏欲動雨頻催，萬草千花一餉開；舍後荒畦猶綠秀，鄰家鞭筍過牆來。」多少野居之趣？范大成的住宅與袁枚的相比，可能相去甚遠，卻也未使范大成稍減田園之樂。竹根（鞭）穿牆而過，在另一個天地生出筍來的那種渾然不覺，春夏忽然園中筍尖裂土而出，驚喜是不能用語言去形容的。

何以見得范大成樂於他那簡陋的家園呢？他的一首〈喜晴〉最能道出他的心靈。他說：「窗間梅熟落蒂，牆下筍出成林：連雨不知春去，一晴方覺夏深。」四季都忘卻了，說他樂也不樂呢？范大成能忘四季，現代人卻在讀秒，其間的差距何止千萬里？可憐的奔競鑽營，此之外，最令人不解的名利的追逐。

每逢選舉，無論其職位的大小，終是競爭劇烈，爲達到「上榜」（當選）的目的，不惜使用各種手段，聲嘶力竭叫救命，無論親與不親、識與不識一律「拜託」。最令人咋舌不已的事是，只要參選，用錢如同潑水，動輒以百萬，甚至千萬計。我們是太窮了，一點俸給不足仰事俯蓄，如果（我曾有過不少這樣的如果）我有足以養老之資，必精於計畫，連本帶利，足以終老的話，早已避居山野，逃出臺北這萬丈紅塵。因此對於那些委員、代表甚麼的，如此競爭與投入，非常不可解。

人所受教育和生長的環境，而塑造成各種不同的性格，胸襟才具也完全不同。

爲營生，蒐集不少三十年代作家的資料，方雪純先生景仰胡金銓先生對老舍的一篇評論，談得最是深入，尤其是對老舍的性格分析有獨到之處。老舍是北平人，所以圓潤無角，性格保守，雖在如戰國時代、百家爭鳴中的三十年代，老舍也能跳出各個集團糾葛，避免身陷其中，最後雖然仍不免被紅衛兵逼死湖裡。老舍為人處世，頗得淡然於塵囂之外的樂趣。很多人說老舍的作品是有所為而為的，其實在他的許多自述中，根本與「所為」風馬牛不相及，他只不過是一介寒士，卻又甘於貧窮的讀書人而已。由他在濟南大學教書，認為是生活得最好的一段時光來看，老舍與傳統的隱逸文人的思想相去不遠。他避三十年代論爭之禍的方法，近於術家，思想卻近於黃老，大概是這兩種思想交互運用於生活中吧！

其次則是星雲法師。

這位傳奇性的人物，在宜蘭時，與朱橋等人曾有交往。一般人對星雲法師在宜蘭及佛光山的經營有所詬病，對他的退隱也表示懷疑，如今他確然如同從這世界消失，這種懷疑與詬病，自然中止。我以為星雲大師自出家，全退隱期中，他是以出世為入世的，如今才算真正的看破紅塵，留些時間給自己。拒絕再受事業、財富的羈絆囚梏才算真正懂得人生。

人最難看破的是榮華富貴，能視財富如糞土，結局令人激賞之外，對這個污濁的、競爭的世界，有若干的啟示。

生活在迴廊曲檻，與茅舍之間，同樣住得安適，鄭燮就能懂得小巧平常的享受。而且也不因貧而志小，試看鄭板橋〈濰縣署中與舍弟墨第二書〉的「書後又一紙」，就可看出他的田園思想。他在「書後又一紙」中說：「所云不得籠中養鳥，而予又未嘗不愛鳥，但養之有適身。欲養鳥莫如多種樹，使繞屋數百株，扶疏茂密，爲鳥國鳥家。」這又是對田園生活的另一層次了，豈是在室內裝一大壁畫，借山水於紙上的現代人可以比的？不過鄭先生當了幾年淸縣官，尙且有雄心在屋前屋後，種上幾百棵樹，當年的縣官，已勝過今天的宰揆，但看嚴家淦先生，也不過是旁植物園而居，借得幾棵「標本樹」於窗前罷了，他還比不上鄭板橋先生的氣魄呢！至於陶潛用了半個山去種菊，嚴家淦先生不是更見寒傖嗎？

蘇杭林園之盛，又不是一個陶潛和鄭板橋可望其項背。蘇杭建築，除盡巧匠之巧之外，最講究的莫過於林泉之美了。當然權貴造園，炫耀地位財富，不足爲訓，「金谷園」與「平泉莊」就是一例，那是奢侈浮華，非平民所能享受。鄭板橋的林泉生活，愛鳥不必養鳥，養鳥也不養在籠中的思想，因爲這種與大自然渾爲一體的想法，與野生動植物平等生活，才是眞正快樂。

也就因此，逸仙路上的行道楓樹，雖然也一樣發出葉子的語言，由鵝黃嫩綠到一片艷紅，同樣的報春秋，到底還是被廢氣燻得在掙扎中生長，可惜這種聊勝於無的風景也少得可憐。都市的公園，與杜牧的「銀燭秋光冷畫屏，輕羅小扇撲流螢；天階夜色涼如水，臥看牽牛織女星」的秋景不能同日而語。不過無論如何，逸仙路的混凝土上還留下一些空隙，讓楓樹生長，聽風的輕喚，葉的細語。但我們還是同沈彬一般有「陶潛彭澤五株柳，潘岳河陽一縣花」，遠不如「兩處怎如陽朔好，碧蓮峯裡住人家」。不說桂林山水、雲南石林、黃山鐘頂，就與敝鄉貴州的「地無三尺平，天無三日晴」也是無法相提並論。田塍溪間，一枝火把，迎回微醉的老父，狼嗥虎嘯，也有另一番美感。

山水隔得遠了，如以富貴換山水，我是寧願做「人無三兩銀」的黔人，三江之水，清澈見底，縱蟹瘦蝦小，河中無魚，但那種脫光了身子，躍進水中浮沉，以天地爲衣裳，也不慮傷了風化，那又是另一種田園的生活。逸仙路的楓被汚染，至冬也不盡落葉，可是那一段短短的蔭林，頗如家後的小徑，令我思潮起伏，感慨不少呢！

就讓我一夢春風，神遊一番吧！也可略療喪失田園，想做一老圃不易的心病。

一九八五、十二、二十八《中華日報》副刊

住與身分

北平人要知道他的身分地位，只問他住那兒，所謂「貴在東城，富在西域」，王府井大街從明朝起，這一帶就住的是權貴，不是公主駙馬，就是皇帝老子的兄弟，那氣派是不凡的，要是住在地壇外，就都成爲賣糞兒的農民了。對北平略有認識的，大都知道滿清對各門的配置。至於鐵獅子胡同，自田貴妃（崇禎的妃子）的父親田畹住在那裡起，明清兩朝都是王府，民國以後則爲海軍部，段祺瑞的臨時執政府也在那裡，胡同口的一段爲陸軍部，往西走則是張宗昌的宅第，顧維鈞、王正廷都住在那一帶。住在那裡，無疑就是一種身分、地位的表徵，要你問：您老哪住那兒？他要是昂著頭說住獅子胡同，定是甚麼爺甚麼王了。物以類聚，就像臺北的名人巷，也沒約定，有些身分地位的，挨著挨著，都住到一塊兒去了，華西街、迪化街都是如此。

住地與宅第都是一種身分，由這裡，毛澤東自稱爲「無產階級」，中共的「政府」爲「無產階級」專政，當年的安定門專走糞車，地壇外就成爲糞場了。所謂靠山吃山，那一帶住民便以糞便曬成乾餅子賣給農民做肥料，所以老毛、鄧小平不應該住中南海，按照「破四舊」的「規矩」，應該給破掉的，因爲現在中共要住的都是中共要打倒的官僚與「騎在人民頭上」的「剝削階級的帝王將相的府第」，怎麼從陝北一進了皇城，自己也帝王將相起來了呢？對於這點無可解，只能說是人性人慾吧！

沒到過北平，或即使到過北平，都沒機會對像獅子胡同那樣的地方鳥瞰一番的話，那麼看看《喜樂畫北平》也足夠瞭解了。那氣派也就自然的代表著一種身分，而不必多費話去說明了。

居住分等級，不僅大城市與較文明的地區如此，而少數民族也不例外。在威寧的彝族，不僅民族居地有分別，就是住屋也有階級的限制。

威寧彝族有句俗諺說：「高山彝，水仲（亦稱侗）家，苗族住在石旮（讀如ㄍㄚ）旯（讀如ㄌㄚ）。」彝族的居住有嚴格限制，土司、土目（官家）按其品第等級，與建房屋式樣，規模都不同，職稱官階不同，規格排場各異，有住牛棚子，也有家住「七重房」的。

「重房」，在彝族中即是一個四合院，又叫「一顆印」，中有天井，正屋有廡廊，有三開間、五開間，甚至七開間的，院門是三門，即左右各一門，中門較大，沒有地位的人是不走中門的，主人也不會常開中門。故通俗小說上「打開中門迎接」，是有所據的呢！

彝族的官舍，建築考究，天井用條石鑲嵌，每一重（卽一落）升高五尺，建二重，三堂亦以升五尺爲準，依次，最大的土司頭目，可建成七重。無論五重或七重，四週都建有圍牆，四角有規模不一的碉樓，上有箭垜，幾乎與紫禁城不相上下了，只差規模的不同而已。少數民族的建築工藝是一流的，譬如侗族的鼓樓，木結構竟然建到十四、五層高，一個鐵釘不用，全是榫頭，歷百年不倒，故這些建築的雕刻，格局據說相當可觀。

彝族如此，北平的院落也分王、侯，品級的不同而有等級之分。親王的府第，有三重殿堂，後爲寢宮，有三重、四重不等。因爲北平在一廣大平原上，這些宮殿一律都照紫禁城的方式，有主軸線，中爲正殿，兩側爲跨院，決定軍國大計的軍機處卽在一小跨院裡，在公侯府則爲偏房，住庶出或下人。

公侯的府第，格局大致相同，只是規模小一些，有前廳、中堂、後堂，大門也是三間，那時的門弄都比現代中等家庭住屋還大；一、二品大員比公侯略小。不過公侯的宅第則不得有廡殿，不准四面倒水，禁作五脊，現在所見的太和殿就是四坡五脊的四面倒水，這種形式又稱爲歇山式。不過我所見到的少數民族建築，如侗族的鼓樓，不僅是四坡，還有六、八面倒水的。大概是天高皇帝遠，誰也管不著的原故，也就沒甚麼王法不王法這事了。明淸兩代，對於西南的少數民族而言，令不出都門，採取羈縻政策，後來兩朝都曾想整頓坐大的土司土官，因爲這些土皇帝抽稅，自徵雜役，儼然一方之霸，大肆剝削，造成民怨，乃有「改土歸流」的措施，但都不甚成功。土流合汚，少數民族被剝削得更厲害，在這種情形下，中央政府也就管不著他們這些土司土目的居住問題了。

北平宅第的大門，據楊明顯說也有等級區分，王侯大門朱紅、金漆獸頭扣環，一、二品爲綠色，獸頭環爲錫製，六品至九品，黑漆大門，裝鐵扣環，這點我去北平時，倒未注意；不過，少數民族土目住房，是否有此項限制，則未見記載。既然他們模仿漢人住的制度，相信一定也有規定甚麼的。別以爲少數民族只有奇風異俗的浪漫情調，他們的階級觀念更是根深柢固呢！

譬如景頗族吧！戀愛雖然自由，婚姻卻絕對要由父母及族長作主，土司與土目結成姻親，絕對不能亂，否則一場喜事就變成悲劇了。

涼山彝族，以漢人爲奴隸。那些奴隸，有的是販賣上山，有的則是擄得而來，無論男女，一旦被彝族逮住，即終生爲奴，受嚴苛的管制，一旦落入彝族手中，眞是非常悲慘。這種制度，直到一九五〇年代，中共勢力伸展到了山區才結束。

還有一點是，彝族的油漆藝術非常高明，故其畫棟相當可觀。

但是一種身分、地位的表徵，任何民族恐都以任作爲身分、地位的表示，只是在中國規定得甚爲嚴格罷了。

北平的一些公卿王府，雖然都已經很陳舊，但那座院子，都有數不完的故事，如以臺灣的標準去衡量古蹟，那麼隨處都是，若都由政府去維護，其負擔就不勝負荷了。

一九八九、七、二十九　《中華日報》副刊

心裡的一個小秘密

很多事，都造成人的懊惱。

每一個成了家的人，莫不認爲倘若同第一個情人結婚，一定比現在幸福。這就是得不到的，是最可貴的。其實，果眞時間能夠倒流，他們和另外的男士或女子結婚，他們也會有同樣的後悔。

愛情固然迷人，究竟是人世間，沒有十全十美的婚姻和家庭，現實一定有不盡如人意的地方，愛情也不例外。

在愛情中，只要碰到不如意時，雙方都可能想起初戀(另一位)的情人，都可能生出幻想，但我的經驗告訴我，人間多醜陋，幾乎沒有完美的愛情存在其間，說不定跟另外一個人結了婚，比現在的婚姻更糟也不一定。

現實社會，總不能按照我們的理想發展，因此，人一定會遭遇到許多挫折，這時候，我們會做種種假定，這樣或那樣，就不會遭受到這種痛苦了。

愛情也不例外。

愛情也不會完全坦然相對，戀愛中人，常常會隱藏缺點，善意的欺騙對方，戀愛成熟、結婚以後，認爲愛情已經穩固，不會有甚麼變化了，於是弱點和缺點都在有意無意之間暴露出來。

對於愛人的這種缺陷，有無方法處理呢？有句愛情上的名言，値得我們去實踐：「愛他的優點，也愛他的缺點」，容忍對方的缺點，是使愛情長存的一個重要訣竅。

這類故事極多，胡適先生的婚姻是個典型的例子；茅盾的婚姻也是。茅盾的太太嫁過來時，連名字也沒有，只認幾個數字，茅盾縱是一流大作家，但於他不識字的太太卻容忍了。

茅盾給他太太取名字，給她上學，教她讀書，後來夫妻恩愛；胡適雖未教江冬秀夫人讀書，愛情卻始終如一（至少表面如此），沒有鬧甚麼花邊，婚姻生活是幸福的，至少不曾發生甚麼枝節。

這兩個例子，不一定有甚麼愛情，可是他們的婚姻是平穩的，蕭軍就不同了，他對於蕭紅雖然很在乎她婚前的行爲，可是與蕭紅離婚後，始終念念不忘，可能便是當初未好好抓住與蕭紅的愛情有關。

初戀是最可貴的，人生只有那一次，很多人就是曾經滄海難爲水之下，終身不娶或終身不嫁。國內的一些老作家，不乏其例。

愛情是很奇妙的東西，常常稍縱即逝，假如時間能夠倒流，我相信許多人都會就娶（嫁）初戀的情人。梁啓超的媳婦，也是梁思成的太太林徽音（因），與徐志摩曾有一段纏綿的戀愛，因受到家庭的反對而未能結合，後來徐志摩失事，她寫了很多思念的詩篇與文章，從飛機失事的現場，梁思成撿了一塊木屑，掛在他們的臥室作紀念，直到她去世才取下來。

我相信林徽音對於她在英德與徐志摩的那段愛情，一定難以忘懷。雖然奉家庭之命，嫁給才氣很高、在建築業上有相當成就的梁思成，而梁家家世也非常煊赫，可是我想，她對那一段初戀始終是難以忘懷的。

因此，在愛情上，我主張好好的抓住每個人的初戀，那是非常可貴，而又最令人難以忘懷的事，不緊緊的抓住它，必令人終身遺憾。

也許愛情有許多障礙，但沒任何的障礙不可排除。

談到初戀的勇敢，我最佩服瞿秋白與楊之華了。楊之華原是革命老人沈玄廬的媳婦，沈創虹的妻子，他們是浙江的大家族，當楊之華到上海讀書，與瞿秋白戀愛時，他們不避世俗的結合了。

瞿秋白原是沈玄廬的好友，與張太雷等住在一起，尷尬的情形可知，可是他們勇敢的走進結婚禮堂，結婚與離婚的啓示，同一個地位，同一天登在《國民日報》上，一時傳爲佳話。

類似的例子不少。

要眞愛情、眞戀愛，就緊緊的抓住現實的一刻。一旦放鬆它，便使你後悔一生。爲甚麼要去做那些後悔的事呢？還有甚麼比愛情更值得抓緊的呢？

愛情是事業的一個原動力，適當的抓住了愛情，極可能從此煥發奮鬥；失去了，可能使我們一生消沉，無法振作。阿Q尙且在他需要愛情時，抓住趙家佣人吳媽一把，何況我們？

初戀是人生最寶貴的愛情，沒有任何事情可以取代每個人的初戀，那是我們唯一值得緊緊抓住的一些東西了。

這樣寶貴的東西，我們爲甚麼要放棄那機會？而讓我們日後去追悔呢？

因此，我覺得在愛情生活中，可以暫時忘記中國退讓與謙遜的美德，不妨學西方人積極進取，去攫奪一切，這一點，瞿秋白與楊之華是値得效法的。

也許你的愛人有某種缺點，而讓你踟躕不前。但這世界上甚麼東西、甚麼事物沒有缺點？卽便果眞有些缺點，也可以慢慢的去彌補、慢慢的矯正。再說，對方旣是我們愛慕的人，那些缺點也就不足爲慮了，何況我們還可以試著去愛那些缺點。

對於愛情，我是主張積極進取的，一切都抓緊了它再說，因爲那是一股推動你奮發的力量。

與其失去而懊惱，不如抓住它而懊惱。

一九八九、五、十一《臺灣時報》副刊

獨撐危屋待天明

颱風和地震是臺灣的兩大災害，而這兩大害獨對窮人苛虐，六十年代初，我住在秀朗橋頭的違章建築裡，雖然是國家的上尉，卻算得上是窮人中的窮人。

記不起是甚麼颱風了，大概是一九六二年吧！當氣象局發布強烈颱風過境時，按規定連長指導員應駐在營房裡，否則就是失職。無奈我夫妻倆所租的房子，原是車輛零件的包裝木料蓋成的。這種材料都是松木，是白蟻最喜歡的食料。而那違章建築已蓋了八、九年，所有板壁柱子都已蛀空，所謂「房屋」只是虛有其表，平常遮風避雨與藏恥尚可勉強，一旦颱風地震，隨時都會垮了下來。

好在住所就在營房旁邊，颱風最強烈時還可以去照顧。

吃了晚飯，颱風的美麗晚霞，在新店溪出海口的天空上變幻無窮，瑰麗極了。可惜一面抱著收音機聽強風特報，一面看那片違章建築憂心不已。我不知道如何度過那漫長的颱風夜，無論多麼美麗的晚霞，都無心欣賞了。

家當是沒有甚麼的，最重要的是一些書籍和手稿，把它搬回營房，其他的就不重要了。那時臺大剛辦補習班（即現在的夜間部），我還得去上課。少年失學，選了寫作這條道路，才感到書讀得太少非常吃虧。

於是到臺大補習，每個學分是八元，而上尉一個月薪水還不夠選修十個學分，所以一個學期只選了四個學分，其他的課就全部揩油，反正目的在讀書，學分不學分是不太重要的。我當然也重視學歷，無奈沒有高中文憑，就算有實力闖進那道窄門，沒有那張紙頭也進不去，何況根本沒有那個實力呢？因此，進大學這件事，自始至終就沒有妄想過。我之所以進入臺大補習班，只想多讀一點書。

那時不知天高地厚，竟然去選修法律，不過讀那幾年的法律，後來的幾場官司裡，還眞派上了用場。自訴狀、答辯狀都自己寫，辯論庭上滔滔雄辯，都靠在臺大那幾年的補習。

在那段時間裡，吃完晚飯，騎著富士牌二十八吋的腳踏車，從景美的二十張路向臺大法學院跑，風雨無阻。生活雖然很苦，但充實快樂，颱風之夜也不例外，到了臺大，才知道停課。

讀書中，有件有趣的事。

《左傳》原在私塾讀過，在軍中也曾自修，卻都不能解其內容，卽解也照字面來，經老師一教，完全不是那麼回事。到這個階段，才知道即使是國學，也很難靠自修去完成，硬著頭皮去撞，必然要走很多寃枉路。

這是題外話。

吃過了晚飯，風力逐漸增強，路樹吹彎得像弓，半遠久式的營房格格作響，不時玻璃破裂聲，弄得心驚膽顫。

那一聲聲尖銳的風聲，每一聲都刺進我的心裡。眞的擔心年輕的吳菊代，怎樣度過那風雨交加之夜。

當風雨陣陣刷過那薄薄的牆板時，如同刷過我的心一樣，種種可怕的景象掠過我的心裡。

無論如何那腐朽的小木屋，都經不起那暴風雨。

如果小木屋倒了，那麼那年輕的女孩會怎麼樣？我曾經見過炮彈轟垮的房屋，倒下來壓死人的可怕的畫面，萬一……

我不敢想下去了。

風一陣緊似一陣，氣象臺不斷報告颱風的狀況，它似乎從不體諒窮苦人家的遭遇，風力仍在加強中。

攤開稿子，想用寫稿來忘記現實。我寫稿時，常進入忘我的境界，因此，想藉寫稿來忘記現實。無奈一個字也寫不出來。稿紙一張張的揉，字紙簍滿了，一刀稿子揉光了，甚麼也寫不出來。

最後顧不得甚麼規定，即使失職而遭到處分也不在乎了。

冒著風雨趕去那違章建築的小木屋，還好，小木屋在風雨中還未倒下。開門進去，年輕的妻子縮成一團躲在床上，而屋子裡全是水。屋頂漏了，松木板滲出水來，所有的東西都濕了。

電線早就被吹斷，沒有電燈，世界是一片漆黑，風在怒吼，已經可以聽到新店溪滾滾黃流奔騰的景象了。

新店溪漲水非常可怕，山洪爆發，沖下來的垃圾、木材、家具，滿溪面都是，不要去看，經驗告訴我，那條被污染的小溪，如今又憤怒起來。

秀朗橋是水泥築成的一座便橋，只要洪水一過，就會沖得柔腸寸斷，兩岸又得涉水交通。

風似乎更大了些，木屋一陣陣搖動，隨時都會垮下來，把我們夫妻埋在瓦礫堆裡。我們害怕極了，颱風卻不解人意，也不會同情我們，她的風速不斷增加，當然威力也越來越猛，大有把整座違建拔起來的氣勢。

四根（不是形容，眞的只有四根柱子）柱子搖晃得很厲害，爲了增加房屋的支撐力，我們一人抱住一根柱子，與颱風搏鬥。

就這樣，苦苦的支撐著，等待風力減弱，等待天明。可是颱風夜卻偏偏那樣漫長。那一夜，眞是可怕極了，房子終於在我們奮力的搶救下沒有倒。

天亮了，風力也逐漸的減弱，我們出門時，左鄰右舍成了一片瓦礫堆。我們非常慶幸，在那個風雨之夜，合兩人之力，把房子保住。我們的奮鬥有了代價。

一九八八、四、三十《臺灣新聞報》副刊

流浪狗

宵夜回家，醉眼朦朧中，他忽然看到一隻狗扒開鄰家的垃圾袋尋找食物。狗是人類最忠實的朋友，如今落到這個地步甚是堪憐，他禁不住停下來觀察牠的行爲。

狗尋找食物的那一帶，原是破落的過客戶，房屋也是「半永久式」的。他想，那狗不知是那戶人家的寵物，看看那已癩的皮毛和骨架，雖然已經老得走不動了，仍可看出當年那種意氣風發的光彩時代。牠的愛理不理，證明心中只有主人的忠誠模樣。牠覓食的方式，也顯示牠的智慧不是一般狗可以比擬的。

這麼一隻曾經漂亮，也許曾經風光過的狗，竟然被主人遺棄！狗也許不會思想，若牠們會思想，牠們會覺得悲涼，同時也會衡量過去的付出値不値得的問題。

被遺棄有種種原因，譬如老了、毛色差了，自然就不能替主人爭光；皮膚病、反應遲鈍、大小便失禁等等，都是老狗不可愛而遭遺棄的理由。其次，主人原來可能住的是平房，又是「半永久式」的房屋，需要防盜，防不法入侵，當然需要狗，也許那隻狗正是主人的心肝寶貝呢！可能是狗老了，環境也變遷了，當然就被趕了出來！再一種遺棄，是不得已的，那就是原來的房屋是在地上，適於養狗，現在住高樓了，蹓狗、排泄等都不方便，不得不把狗留在原地；還可能因狗的舊習慣——狂狺，會引起鄰人的抗議，如此這般，不得不遺棄，這就是目前很多流浪狗產生的原因。當然，也有失歡而被遺棄的可能。

談起失歡，除了狗自身的原因外，還有主人的因素在內，譬如老主人喜歡狗，而老主人撒手西歸，少主人卻不喜歡寵物，當然老狗得流浪街頭了。

其實任何環境、心境的變動，都可能使狗的幸與不幸受到影響。這裡所說的幸與不幸，是以人的標準而言，適合不適合狗，卻是很難說的。

要探討這個問題，必須從狗的進化史去追本溯源，才能獲得一點眞相。這一點，正如我們探討人的問題是一樣的。以目前那隻流浪狗來說吧！憐憫與同情可能不適當，因爲從狗的進化史來看，牠們原本的生活就是如此，或者更糟。

狗的近親是狼，專家的研究發現，狗是犬科中野外求生能力較弱的一支，又由於難以「換群換主」，所以難以去野外獨立生活，於是追隨人群丟下來的骨頭、皮或肉生活。如此一來，牠們特別發達的本能因依賴人類而退化，最後不得不成爲家畜的一種，爲人類做些守護門戶，或搖尾討人歡心，而換取牠們生活之資。狗雖然聰明敏捷，智慧卻是低人一等的。牠們對生活的方式極近阿諛，卻並不知道可恥，甚而根本不知道甚麼叫做恥辱。由於這種原因，一萬年，或更多時間之前，狗就成爲人類的忠僕了。

有的狗是爲環境所逼，有的是眞正的愛人類，這種狗很快成爲馴狗，並且幫助人類對付敵人；另一類狗，因野外謀生能力強，牠們的智慧高，四肢發達，反應比同類敏捷，雖然同樣撿拾人類丟棄的食物，可是卻不願被人類豢養。但這一類狗有更高的智慧與能力。

人類便處心積慮的把牠們捕獲後，馴服作爲狩獵、警衞、追踪、偵察的狗。這是有歷史可以證明的，譬如狼犬卽屬於此類強迫馴服後服役的一類。

後來，此類狗所獲得的待遇也是大不相同的。牠們依階級給待遇。這一點，人類還算是公平的。

狗也有遭遇不同的，最不濟的是當成香肉賣，成了人類的佳肴。在這些地方，人類不會帶一點溫情，理智得近乎冷酷。

人類自己維持血統的純淨，無論其遺傳因子是否優秀，都不可雜種，其理論來自社會學，整個社會結構層次不同，否則就沒有奴隸與統治者的區分，全都是智商一百六，苦役那裡來？都是工程師，誰來挑磚？自然對於人類結構是極公道的，有生來爲統治者與被統治者，依此類推。要維持此種老天爺安排的秩序，簡單的方法是鼓勵血統的純淨，龍生龍，鳳生鳳，如此簡單，因此雜種自然成爲恥辱。人類對於狗類則不同，基本上人獸關係是不變的，狗役於人，當然狗的智慧越高，體格越佳，行動越敏捷，對人類越有利。

因此不惜讓狗雜交，所有的狗後代都是雜種，所以狗就沒有倫理問題。牠們是狗，當然就用不著以人的標準去衡量這些。

狗最優良的傳統是忠心不二，不嫌主人的貧窮，而且絕不因爲主人的賞賜厚薄而做出不利主人的行爲。這都是狗的優良品德，理應寫篇狗德頌，以表揚狗的優良德性。

他醉眼朦朧的企圖接近那隻流浪狗，牠卻齜牙咧嘴，可見得仍然絕對懷念牠的舊主。

想到這些，他酒也醒了大半，北風正緊，有些兒冷，他回家了。躺在床上，爲那隻失寵的狗久久不能入睡。

他有些氣憤，眞想斃了那狗主人，但他已不能，扣引扳機的食指已經僵了。他歎口氣，天亮時，才朦朧睡去。

一九九〇、六、十九《自立晚報》副刊

我家妮妮

妮妮來的時候，一把骨頭，精瘦得惹人憐惜，一雙眼睛黑得晶亮地嵌在蓬鬆的如劉海的長毛下，骨溜溜地，一看便是個聰慧的孩子，黠得讓人喜愛。

妮妮黠慧，膽子卻極小，不敢跳上沙發或高處，上下樓梯也都曾經一再試探，食物也都經過觀察了又觀察才肯張口。把牠放在椅子上，可以乖乖地待上一兩個鐘頭。

當牠確定妮妮這兩個字是代表她以後，叫牠時，歪著個小腦袋做回應，大器得同一位富家千金，不刻意的諂媚，卻也不拒人於千里之外。有時牠會在你身邊摩挲，使你覺得牠需要你的撫愛與安慰。

當然，牠會形影不離地跟著你在屋裡轉動，到架上取一本書，牠跟在身後，放回去時，牠同樣的陪伴你走幾步，總是那麼文靜地，但牠會使你覺得，牠是多麼的關懷與依恃你，渴望獲得同樣的關愛。

我最喜歡看到牠睡飽了以後，在地上懶洋洋地伸展著牠的手和腰肢，比美女的韻律操更優雅動人。

不久，牠就把家裡的每一個人認識了，而誰甚麼時候該出門，甚麼時候應當回來，牠非常清楚，按時迎送如儀。牠不會看時鐘，家人的行動似乎已在牠的體能形成生理時鐘了。幾乎是分秒不差的做牠自己視爲應當做的，如有人遲歸，牠必然在門口等待，直到歸來爲止。在此時間內，只要門鈴響起，妮妮奔來跑過去，似乎怕家人忘了替未歸人開門似地著急。

妮妮還有一項特異的能力，牠可以感應到六樓下上電梯的是家人而跑到門口去迎接，從未失誤過。

妮妮極愛外出，家人中只有我夫妻倆是帶牠出去散步的，孩子沒有耐心。通常我五點起床，要到國父紀念館去散步，除了下雨也必然帶牠一起去。

國父紀念館一圈是二千七百五十步，牠能跟著走四圈，保持著同樣美妙的步伐，不急不徐地，偶然會回過頭來注視關懷的一眼。

定時飲食和運動，兩三個月以後妮妮長肉了，胖嘟嘟的，有點圓滾的感覺。

妮妮有能力分辨家人對她的感情，只要餵過牠兩三次，到時間牠就會到你身邊等待進食。孩子們功課忙，沒時間與牠親近，除了送他們離家，迎接他們歸來以外，其他時間不理不睬，家裡的房間也只進我的書房和我夫妻的臥房，孩子們的房間是從不跨入門檻一步的。原因是妮妮喜歡膩在我們身旁睡覺。牠會擠得緊緊的取暖，移動一點，牠立即挪身靠過來，屢試不爽。

對人的行爲，似乎記憶特別強，老拙婦上市場必換衣，因亦曾帶牠去市場玩耍，兩次以後，只要見老妻穿衣拿手袋，必然歡欣萬狀，蹦跳起來，前前後後繞著打轉，一雙期待的眼睛盯住人不放。倘使不帶牠外出，妮妮便作哭泣狀懊惱不已，在門前直等到人回來爲止。

早上出門運動，回來家人還沒起床，自帶鎖匙，免得把孩子吵醒。拿鎖匙的響聲就是出門的信號，那已成爲妮妮出門的語言了。

不僅僅是鎖匙，她對任何慣常用具都有這種辨認能力。那根紅色的鍊子，對妮妮就有極大的誘惑力，有時用鎖匙的叮噹聲把牠誘出來，仰著頭，一雙黑鑽似的眼睛，洩漏她期盼外出的神情實在可愛。有時，牠會先你跑到門口去等待著，如果你動作慢些，會回來看你，似乎在責備你爲甚麼那麼慢？

次數多了，鎖匙的叮噹聲不再靈光，必須加上那條紅色鍊子，牠才會過來。後來這些方法都失靈了。因爲知道那是個騙局，不過早晨一定會出去，牠似乎有某種判斷能力，詭詐而狡猾。

對家庭成員的感情，牠的憎愛有程度上的不同，拙荊是妮妮的最愛，其次才輪到我這個老頭子，睡覺，先到我們的臥室，等到被驅逐出來，第二個目標是書房，至於牠自己的窩，是不得已的選擇了。

對於選擇睡處，態度也是有異的，到我們臥室，只要妻子不加怒斥，便直接跳上床，到書房則必須獲得我的允許；在床沿上拍拍，牠才會歡歡喜喜的跳上來，等待你的撫慰，然後乖乖的靠著你躺下去。

牠的排泄絕不隨便，早晚帶牠出去才排泄，如果下雨，也一定在自己的籠裡，偶然也犯錯誤排泄在地板上，只要加以責備，下次絕不再有同樣的行爲。

牠愛吃棗子和水梨，排斥帶有酸味的果類。

妮妮會索取食物，對牠不喜的東西不會乞討。牠有一套諂媚的方法，如果不給牠時，會爬上你的膝頭仰望著你，假定再不滿足，會歪著頭叫一聲，嗣後模仿牠一歪頭，便撒嬌的吠一兩聲。牠就會用那種方式要求達到口腹之樂。但惜吠如金，一吠卽應得到食物，否則牠很久不會睬人。

妮妮的記憶力驚人，凡是牠見過的人都不忘記，客人來一次以後，牠就不會再作排斥性的汪汪，但高貴像個淑女，也絕不與之親近，卽使給牠美味的食物，也還是很難得到牠的歡心，總是保持不即不離的態度。唯獨曾飼養牠的女兒例外，反應之熱烈，是所僅見的。

我猜一到下午，牠就想到外面的天地了。因此，無論是睡是醒，兩隻眼睛總是賊溜溜地監視我夫妻倆的一舉一動，即使實在很睏假寐了，只要一有動靜，立即會張開眼睛緊盯住你了。

偷偷地起來，也難以逃避牠的監視，只要你離開座位，立刻跟在你的腳後，亦步亦趨，從來也沒失誤過。

眞正需要睡眠，是在牠進食以後。牠的窩在我書桌的橫頭上，伸開懶腰做睡前姿勢的調整，頭放在我給牠的衣服上，枕得舒舒服服地才睡去。

要是把牠吵醒了，高興時向你有限度的搖搖尾，幅度總是那麼小，或者動動耳，張開眼睛望你一眼作回應，一副莫可奈何的模樣，當然就不忍心再去打擾牠了。

外出是妮妮的最愛，牠的確喜歡外面的天地。當然，牠原本是生活在原野裡，最怕是替牠沐浴，尤其是牠的頭最不願沖水，因此牠跟隨你，只要到浴室牠即止步，一旦妮妮發現了刷子與沐浴用的清潔劑，會逃到沙發下或走廊上躲起來，到牠認爲最隱密的地方去，害人半天找不著。這種捉迷藏的把戲，只在強迫洗澡時才會發生。

只要有一次經驗，永遠不會忘記。

牠的爪子長長以後，走路便會刺痛，因此剪趾甲是一項重要的保健工作。只因第一次沒有經驗剪得太多，傷了皮肉，這個痛苦使牠永難忘懷。對指甲刀特別敏感，拿出剪刀在妮妮面前一揚，牠挾了尾就逃，恐懼的神情也表現在那雙烏黑的眼睛上。

等到把牠捉住放在膝上，全身發抖，把剪刀挨近趾甲，立即哀號不已。但想到牠歪歪倒倒走路的痛苦，只好橫下心來讓牠哀號。剪趾甲與牠閉著眼睛享受梳毛時的舒坦，形成極強烈的對比。

痛苦與歡樂，牠都記得很清楚，而對牠的施予，總不忘讓你從牠那裡得到一些回報，對你表示好感，討你的歡心，有時她比某些人類更可愛，更懂得該憎恨、該去愛的。有人說，狗是人類最忠實的朋友，那是經過了多少體驗才說出來的結晶語言。

我十分相信動物是可以加以訓練的，妮妮就是這類動物。

她能懂得簡單的語言所包含的意義與希望牠去完成的意旨。當牠跟你到門口，只要對牠說：「回去！」妮妮一定把熱切的希望冷卻下來，失望的送你離家！若你叫牠「去」，牠雖然不知道要去什麼地方才使你滿意，但牠仍然繞著客廳走一圈、兩圈，直到你滿意爲止。

類似簡單的話，妮妮懂得不少，但對英文和方言則茫然，足以證明只要教育，動物也一樣能接受。

妮妮已成為我們家的一個中心話題，成為我們的好朋友。記得有一首歌，或者是溫馨的短劇，描寫老人和狗的生活，當兒女都各為事業忙碌而離開時，狗卻忠實地陪伴他度過淒涼的晚年，在那破落了的老舊房屋，和那已經荒廢了的田園相依為命。

那畫面的確能擊中老人的心，把狗的忠實友善，作為某些人類相關的譬喻，深刻而感人。從妮妮給予我們的，我體會到那個描寫，的確是非常能瞭解老人悲哀的感受。

妮妮長大了，到需要愛情的時候，但我們一無所知，當然也不理解牠為甚麼浮躁和更想外出的原因。

慢慢我們發現牠浮躁不安是為了求偶時，所考慮的是如何找到馬爾濟斯的配偶，而且又聰慧狡黠的。這的確是個難題，豪門少爺代價之高，屬於意料之中，是我夫妻無法負擔的數字，最後只能讓妮妮心焦的怨聲不已。

商業束縛了生命延續的自由，現實的確是太殘酷了。相信妮妮如果有表達的能力，牠一定不願錦衣玉食，而願回到大自然中去。這的確是值得我們去思考的一件大事。

對於妮妮，我們付出多少，牠回報等量的愛，也解除了我們不少寂寞，更給予我們不少歡笑。

牠是一隻非常聰慧而又帶點狡黠的美麗狗小姐，雖然牠只是一隻寵物，已經成為我們家裡密不可分的成員之一，我們愛牠、關懷牠如同我們的兒女一樣。

《中華日報》副刊

又是追風望月時

兩次颱風過去，金風送爽，已是秋涼如水，眼見中秋即將到來。雖然是秋涼了，卻是國人欣賞風景的熱季。

在中國的三大節中，國人最重視中秋與春節。秋節天高氣爽，而草木未衰，一輪明月高掛，秉燭夜遊，邀月共飲，的確是詩意盎然，多少情侶登山逐水。秋節之美，又是多少騷人墨客吟詠的題目，各逞巧思，無窮無盡，雖然挖空了心思，也還難以把秋節的美景寫完，足見大自然的妙造了。

我最欣賞清人黃仲則所寫〈湖口阻風雜詩〉，秋天的美，二十八字寫盡不說，其氣魄不是一般詩人可與之比擬。

他寫道：

不湖八月浩無津，明月蘆花思煞人。

縱使洞庭齊化酒，只宜秋醉不宜春。

春寒料峭，有酒也只是適宜三五好友慢飲淺酌，不如秋天，不熱不冷，倘使洞庭眞化成了酒，來一次秋醉，也是極雅的事情。

現代人秋遊，只是趕一陣熱潮，沒有農業社會時代的「夜深客子移舟處，兩兩沙禽驚起。紅花入槳，靑燈搖浪，微涼意思。」（張藉〈水龍吟〉）的境界，總是缺少一種閒情雅興。尤其是人滿爲患，秋夜趕去山巓水涯，企望是能登山邀月，但是風景區裡，只見人潮，那有甚麼月呢？

尤其可悲的是，臺灣太富有了，如不大吃大喝，似乎就顯不出節「氣」來，於是水果、罐裝飲料、香煙、烤具都搬上山了；又由於缺少一點公德心，「垃圾千畝」的結果是，大好河山竟如李賀說的「離宮散螢天似水，竹黃池冷芙蓉死」的慘相，害得要花掉許多社會成本，煩勞淸潔隊隊員去整理，才能恢復舊觀。

我就住在國父紀念館旁，每年中秋後，遍地舊報紙、水果皮、塑膠袋。那裡有垃圾桶，而節前館方也總會宣導，諄諄叮嚀，無奈我們的市民不少是馬耳東風，不爲所動。

有挑出國人許多毛病者說：「醜陋的中國人」。此所謂「醜陋」，有許多是眞正的醜。「新生活運動」已「運動」了五、六十年了，可是還有人偏偏要靠左走，那也罷了，吐痰是好了些，可是他們不吐痰之後，改吐檳榔汁，而且是「理直氣壯」的、「有聲有色」的吐，弄得外人以爲我們到處有兇殺而流血呢！

八年抗戰，把不平等條約取消了，外國再也不能在中國租借一塊地方來治理。過去在上海，租界和國人住的地方是截然不同的。只要上了年紀，而又在六、七十年前到過上海的，都會發現租界的清潔整齊，而華界骯髒齷齪，不必看地界，自然知道那裡是租界，那裡是華人區。

上海法租界的公園，在公園門口掛了塊牌子，上寫：「狗與中國人不准進入」，狗隨地便溺，中國人則隨地吐痰，雖然痰與便溺，是從不同的器官中排泄出來的排泄物，骯髒則一。洋人這一類比，諷刺到家。王一了（力）曾有一氣憤的話說：「除非中國變成了殖民地，否則談不上清潔。」雖然這話有些過分，卻道出了國人之不能自治自愛的劣根性。讀了這一段話，頗有辛棄疾「拍手笑沙鷗，一身都是愁」的感覺。

爲什麼這樣的不爭氣呢？就眞是「休管他人瓦上霜」吧！「自掃門前雪」總是應當的呀！

追風望月的湊熱鬧不是壞事，一年只有一個中秋嘛！不應景的「相與緣江拾明月」，豈不枉費了這一年？所以我是贊成賞月的。時髦尚且要趕，何況是多少騷人墨客，捻斷多少鬚鬟吟詠的秋節呢！當我們吃文旦時，不要忘了把皮帶回家，假設竟然隨手一扔了事，就把痛苦留給清潔隊員了。

不妨捫一捫心，我們歡樂，讓人去收拾殘局是何等滋味？如能易地而處，恐怕去賞月的小姐先生們，再也紳仕不起來了，就要向那些隨地丟果皮的人開駡了。

就土地而言，人多自然地少，百年前陽明山叫草山，人跡罕見，就是遺下上噸的垃圾，也見不出甚麼，無奈不知節育，弄得地小人稠，就非得注意環境衞生不可。

中秋賞月，在一個雅字，帶了大批生果酒肉之類上山暴飲暴食，那是俗不是雅了。與其講喫，不如三五好友，或一家子，在柚木桌面上慢飲細嚼，比之滿月之夜到公園、海濱、山巔去湊熱鬧，實在不比在家中「團圓」有趣得多，時間上也從容得多。有一則新聞說，高雄市的市民，都趕在中秋節前，搭蓋屋頂花園，好讓一家子在一起賞月過節。

這眞是一個好法子，賞月那裡不能？爲什麼偏要到山裡水裡去呢？卽使登上中央山脈，甚至埃佛勒斯峯，還是難以親近月亮，沒有因爲上了高山，就近一些、圓一些、亮一些。所以在自家屋頂賞月，情趣是一樣的。

或者有人要譏我「月亮如燒餅」了吧！事實上阿姆斯壯踏上了月球，吳剛、桂樹、玉兎與嫦娥都已化爲烏有，那裡只是一片死寂的世界，月亮並不比人間更美。我們豈能爲一賞月色，而把大地弄得髒亂不堪？逞一時之快，結果是滿月瘡痍。

賞月要有詩人的情操，是精神的，而不是囂鬧嘈雜去趕人頭，千萬不要讓「樹泣花啼」才好。君子君子，追風弄月時，愼宜自重！

一九八七、十、六《大華晚報》副刊

八月・孕滿的季節

八月，母親孕滿了，新婦們也孕滿了，新的種子、新的生命，便在這火熱的季節誕生。孩子們依在母親成熟的胸膛裡有夢，他們編織著許許多多的夢境。孩子們也依在母親成熟的胸膛裡燃燒起希望之火，因爲在那個季節之後，他們將邁向一個新的年輪，邁向一個新的旅程。他們有了新的種子、新的生命，也誕生了新的希望。在那個火熱的季節裡，他們便擂起母親的胸脯寫詩，也擂著母親的胸脯如鼓，吟行板之歌，在這個火熱的季節裡，母親的孩子們狂歡著，豐收以後，他們將有一個美好的冬，也將要有一個美好的春，他們的母親孕滿了，結了纍纍的果實。

啊啊！大地啊！人類的母親啊！母親總是不負子女的，那樣公平地給予她的子女們的奶與蜜，母親是無私地敞開著她的胸脯，任由孩子們吸吮她的奶、她的血。母親便是那麼仁慈的給予。

啊啊！大地啊！人類的母親啊！

沒有母親便沒有我們！

沒有大地也沒有我們！

這世界所有的人類，所有那擁著生命的，都是母親的孩子。我們來自您的懷抱，分裂自您的細胞，所以我們對於林泉總是牽挂夢繞，總是那麽懷念著溫暖的宮殿。於是我們來自那宮殿，也將回到那個宮殿裡，故您的子女們在十里華燈之後，常作東籬之輿。

啊啊，母親啊！您在八月裡給我們奶，給我們蜜，要我們安穩地度過那寒冷的冬。然而人們總是那樣的不滿於自己的大地。在那熾熱的八月，人們是有了收穫，同時也有苦難的八月，但是我們以您的愛，以您的血，譜奏八月的弦歌。

八一三捲起我炎黃子孫誓死禦敵的狂飆。

八一四我們的健兒，在筧橋爆裂了血泊火花。

八二三我們在海峽上播響勝利的胸膛。

八月就這樣成為一個收穫的季節。

母親啊！您生下聖賢，但同時您也孕育了忤逆的兒女。那就和有上帝必然有撒旦一樣的平常。那些忤逆的兒女們，在那個月季裡，他們懷著野野的心，要踐踏您的胸膛，要焦土屠城，於是在那張翠綠的秋海棠葉上，從此再也沒有世外桃源，再也沒有可以種菊的南山，再也聽不到寒山寺的鐘聲，與錢塘江上海潮的奏鳴。

啊啊！母親！您被那狂徒們踐踏了，您的子女們便家家行役，那怕蕎麥露花都化爲塵土，那怕似柳柔情鞭打著他們的心弦，那怕是嬌妻的淚水濕了江籬，那怕是幼兒倚門望眼欲穿，那怕是蒼蒼白髮雙親聲聲的呼喚，他們都要向著那進犯者迎擊。他們不爲戰者，他們曾經遵守您的叮嚀，他們是那樣的忍讓後退了，然而，母親啊！他們豈能輭弱地讓那些狂徒對您作無情的侵襲？

不能，母親；您給他們以生命，那生命是有限的，他們要把那生命繼續的延伸至那無窮無盡的生命，因爲他們的生命是屬於您的。

我們不主張戰爭，但也不怕死，任何外界的刼掠，都將遭到堅強無情的反抗，都將遭到迎頭痛擊。

數十年也死，百年也死！

貧賤也死！富貴也死！

啊啊！母親，您生了我們，也曾諄諄的教過我們認識生命，認識您那肥沃的山川，認識您那深幽的山谷，與潺潺的東流。於是當那孕滿的八月，稻谷成熟的茅香誘惑那些狂徒，公然蹂躪我們的山河時，我們有松滬之戰，有筧橋的輝煌戰績，有八一三的震撼砲擊。自這一個個輝煌的勝利裡，他們原以爲在您那無私的懷裡，永遠的可以無憂無慮的生活，徜徉在柔柔的山河裡。他們幾乎已經過著那樣平穩的生活了，也許沒有浪子的作亂，他們就已經達到了目的。您的子民是那樣的純良，每一個人都是莊周，每一個人都是李耳，每一個人都可能是陶潛；他們生活在南山、在北海、在那能捏出油來的黑土上種植大豆、種植高粱的自食其力，沒有精神上的負債，以自己的血與汗來換取自己的快樂。

啊啊！母親啊！

在那五千年的歷史長河，在那代代延續的生命中，他們涵泳在和平的社會中，他們沒有法律，他們也沒有法官，他們以良知作裁判；他們更沒有監獄，他們以守分爲牢。

他們的心，有一把秤，稱他們的每一言、每一行，於是您的每一個子女便若合符節地，自己規範著他們自己，他們便敞開了心胸生活。

他們原想自那個勝利的八月起，建立一個數千年來嚮往的大同世界。

啊啊！母親啊！那正是您所期望的一個和樂世界，家家笙鼓、戶戶紙窗的一個和樂世界呀！

他們在您那柔柔的、仁慈的、無私的胸脯上，到東或到西，他們可以去泰山悟那未曾解開的禪；他們也可以泳在天池的冰雪裡，如泳於仁恕之中。

他們可以從長江、從黃河……順流而下，到那無邊無涯的大海去。他們可以從您蔚藍的天空飛向銀河，在那裡他們將看到一個美麗的母親，在東亞上，生育著一群智慧的、善良的兒女。

啊啊！母親！他們是理智的，但也是情感的，只是他們會堅持，和平，自由，愛好農牧的原始，是他們原來的面目。

啊啊！母親啊！說起農牧的原始，他們就想到那廣大的平原，那茂盛的水草，以及那無垠的山河了。他們都曾經是那個草原上的狂童，他們在那草原上，放膽馳騁，他們也曾經縱犬放鷹的追逐。

您給他們足夠的天地，縱情的歡笑與嬉戲的地域了，於是他們便滿足於那個獨立的天地之中，他們不想再有所擴張。在您這樣一個豐滿的胸懷中誕生的子女們，他們滿足，於是他們恕人也恕物。

母親啊！母親，我們是坦坦蕩蕩的，我們的心胸，繼承自您的泱泱之風，那便是我們在這世界上的格，便是我們在東亞文明中爲父的理由。

說起文明，他們是豐收的。他在東亞大放光芒，而生出子孫的文明，他們作了無私的奉獻！這無私的、坦坦蕩蕩的胸襟，乃得自您的地大與物博，那豐饒的一千一百萬平方公里的土地，是無與匹敵的美麗胴體。

在世界的文明中，您的子女們是富有的，從您的胎盤所孕育出來的兒女們，他們大度的給予，作無盡的奉獻。他們知道，奉獻乃是一種快樂。他們是曾經有機會從八月，哦！從那孕滿的季節裡蛻化，因爲他們曾經在那個火熱的季節中，有過一次次豐碩的收穫。因爲八月孕育新的種子，而那些種子將發芽，也將茁壯成長，結纍纍的果實。因爲在您衆多的子女之中，已然成長了另一個巨人。他會耕耘，他繼承了您的仁慈胸襟，同時也繼承了您的勇氣，他將領著他們跨海而去，他們已看到他的辛勤，他不眠不休，而您所有的兒女們以他爲模樣，以他爲標兵的不眠不休工作。

在八月裡，在那火熱的季節，他們將有收穫，同時也誕生新的種子。而在八月，他們更懷念您那柔柔的懷裡，他們在那個季節有夢也有詩，他們將把在那海上的蜃樓的模樣，重在那廣渺的草原上建造起來。

啊啊！母親，八月是一個孕滿的季節，也是勝利的季節，而他們永遠都不會忘記您的期盼，他們將在第一個八月裡，創造另一個收穫季，那個火熱的日子就在不遠了！

我們會回去！母親！我們不會忘記曾經在那個八月，有過收穫！

一九七六、八、一　《國魂》三九三期

輯三

小築清談

頭銜

更深夜半，最適合讀書，一天工作已告結束，冷靜下來，易有所得。

我讀書的目的，因年輕失學，圖有所補，偶有所得，就歡喜若狂，書實在是一個豐富的礦地，只要鑽進去，必有收穫，書絕不負勤奮的人。

不知誰是始作俑者，寫文章還需附學歷頭銜，或某博士，或某教授，等而下之便是碩士，其下則不加頭銜，如我寫作，無學歷附於文尾，頗感羞愧自卑。

這是極好的現象，一個崇拜權威與知識的社會，必然朝氣蓬勃。而學歷一項，也分等級，以博士而言，土不如洋；以等級而言，低不如高，何況沒有學歷。

編輯老爺之所以於文末附加學歷名銜一項，因不知起自何人，故無法窺探它的原因，我猜大致不出於所談的問題，在知識上的可靠性、權威性，求是的精神，值得喝采。

知識崇拜與信任權威，有其歷史背景。

於書攤中得李劍農著《中國近百年政治史》，讀後有助揭開知識崇拜與迷信西洋之謎。這本書略述鴉片戰爭與洪楊革命後的社會情狀，堅船利炮把中國傳統知識擊得粉碎，李鴻章等人物不得不企圖以「師夷之技以制夷」，所以最初的留學生以「兵弁」學軍事；以「船政學堂」學生學鐵殼船的製造，辦大人們以為只要有了「開花炮」與「鐵殼船」，就可以「制夷」。最初的留學生可以說多數為「黑手」，至於士大夫呢！依然是以「子曰」為正統。大學士倭仁、御史張盛藻代表著這種保守勢力。不過八國聯軍是個慘痛的教訓，往後無不喪師辱國，不敢反對務洋，卻還是對傳統信心十足。

同治六年（一八六七）設同文館，有人提議翰林入館學外國語文與技術，為倭大學士所反對。他在奏摺中提出反對的理由說：「……數為六藝之一，誠如聖諭為儒者所當知，非歧途可比。惟以臣所見，天文算學，為益甚微……竊聞立國之道，尚禮義，不尚權謀；根本之圖，在人心，不在技藝。」除了技藝不是「根本之圖」以外，這位倭仁大人最重要的理由是，更曾經「稱兵犯順，憑陵我畿甸，震驚我宗社，焚燬我園囿，戕害我臣民……」，因此是「讎恥」，怎麼能再由士大夫「師夷」呢？當然這也是有「辱上國」與「進犯天威」的事。

持相同論調，附和其議的還有御史張盛藻。他上奏議論這件事說：「天文算學，宜令欽天監天文生習之；製造工作，宜責成工部督匠役習之；文儒近臣，不當崇尚技能，師法夷裔。」主張類似科技由黑手去學習，至於士大夫們，仍然搞八股應制詩之類，尊孔明儒就可以抗夷了。至於科技，都不過是雕蟲之技，用不著經國的「士才」去學習的。他想不起唐代設有各種積學博士，而使唐代「國威遐播」的經驗了。

這批人絕未想到，中國種了幾千年的田，居然還有農藝博士，「出門早看天」這麼簡單的事，又居然有天文博士，「算盤」那種「九九飛規」，也設數學博士；不僅如此，他們心目中的「匠役」，如打鐵等等，同樣有冶金博士，而且成爲尖端科學。冬烘先生地下有知，不跌破他們的眼鏡才是怪事。士大夫輕視工農技藝的觀念，躍然於《中國近代政治史》引用的那些奏議的紙上。這種士大夫觀念蘊然於中國上層社會幾千年，殊不知這才是使中國淪入近百年的悲慘命運，都是這種觀念惹的禍。

在一再受到教訓之後，終於扭轉過來，曾幾何時，由「君子遠庖廚」，及「士大夫不作雕蟲之技」一度特重理工輕人文，讀文科視爲末路，眞是此一時也彼一時也。

行行出狀元，工業社會是一個專精的時代。

不過專精是要有眞學問爲後盾的，而不是只弄一個頭銜唬人，那就不足法取了。紀曉嵐在《閱微草堂筆記》卷十中，有一則唬人的故事，諷刺到家，而且極有趣味。茲引如下：他說：「程念倫名思孝，乾隆癸酉甲戌間，來遊京師，奕稱國手，如皋冒祥珠曰：是與我皆第二手，時無第一手，遽自稱耳。一日門人吳惠叔扶乩，問仙善奕否？判曰能。問肯與凡人對奕否？判曰可。時念倫寓余家，因便奕，初下數子，念倫茫然不解，以爲仙機莫測也，深恐敗名，凝思冥索，至背汗手顫，始敢下一子，意猶惴惴稍稍，久似覺無他異，乃放手攻擊，乩仙竟全局覆沒，滿室譁然。乩忽大書曰，吾本幽魂，暫來遊戲，記名張三豐耳，因初解奕，故爾率答，不虞此君之見困，吾今逝矣！」最後，紀曉嵐借惠叔之口說：「長安道上，鬼亦誑人；余戲曰：一敗卻吐實，猶長安適鈍鬼也。」我以爲鈍鬼還是不錯的，今天有的人竟然連做鈍鬼的勇氣也沒有，兩手三腳貓，唬得人們一楞一楞的，棋盤上數百個落點，撒一把黑白子，弄得滿天星，才讓人難懂呢？下棋如此，寫文章則中洋夾雜，名詞夾洋文註尙因恐翻譯不恰當，不得不引原文，頗有謙虛之意，有的明明白白的一句中話，還得挾上洋文註明，難免就有賣弄之嫌，也是「挾洋自重」的一種。

文壇怪現象一大堆，挾洋自重、以頭銜貴，只是這些怪現狀的一部分而已。至於有沒有眞學問，那又是另一回事了。

有頭銜，懂洋文，他們的頭上就有紀曉嵐鬼眼中的光環了。殊不知光環是建立在眞才華、眞學問上的，沒有幾把刷子，不過是頭上一團烏煙而已。

紀曉嵐這則筆記，頗有意思，玆引如下：《閱微草堂筆記》卷一，〈灤陽消夏錄〉說：

「愛堂先生言，聞有老學究夜行，忽遇其亡友，學究素剛直，亦不怖畏，問君何往？曰吾爲冥吏，至南村有所勾攝，適同路耳。因同行，鬼曰：此文士廬也。問何以知之？曰：凡人白晝營營，性靈汨沒，惟睡時一念不生，元神朗澈，胸中所讀之書，字字皆吐光芒自眉竅而出，其狀縹緲繽紛，爛如錦繡，學如鄭孔，文如屈宋馬者，上燭霄漢，與星月爭輝，次者數丈，次者數尺，以漸而差，極下者，亦有熒熒如一燈，照映戶牖，人不能見，惟鬼神見之耳！此室上光芒高七、八尺，以是而知。」這個死鬼說了這麼一段話，學究自以爲是讀書人，想問問自己到底有多少道行。紀曉嵐說：「學究問我讀書一生，睡中光芒幾許？」鬼不大好意思回答，支支吾吾難以啓口，大概是被學究逼的吧？那鬼只好照實說了。

他說：「昨過君塾，君方晝寢，見君胸中高頭講章一部、墨卷五六百篇、經文七八十篇、策略三四十篇，字字化爲黑煙，籠罩屋上，諸生誦讀之聲，如在濃煙密霧中，實未見光芒，不敢妄語。」

這鬼大概還不夠油滑，講了眞話，致引來學究一頓臭罵。

人鬼本只一線之隔，鬼有耿直者，人也差不多，如果我要把前述現象，一一直指，雖然可一掃烏煙瘴氣，直諫犯顏的結果，必然淹死在各種「士」的唾沫裡。

最近，文壇中突然冒出一位小說批評家，旋風似的批評，被批評的作品，除了別有所指，又合乎批評者的心態之外，其他作品一無是處。因爲這位「批評家」留學美利堅，得的雖不是文學博士，可卻是洋博士如假包換。評論一直被喝采，但他自己寫起散文和詩來，既不通，也不能誦，更別談諷諫趣味，眞叫是眼高手低，一寫作，便漏了底，金聖嘆不曾中舉，也一生狷狂，有文名，卻不靠舉業！吳敬梓在乾隆初年舉鴻博卻拒絕了，所著《儒林外史》至今未朽，這些人都不是靠烜赫學歷，書卻流傳下來。

今天發生的這種現象，與李宗吾說的「厚黑」有關，他本讀破群書，搜找英雄豪傑不傳之祕的，終無發現，後來他想起三國幾個人物，才恍然大悟說：「得之矣！得之矣！古之爲英雄豪傑者，不過面厚心黑而已。」衒媒自售，現代人作興推銷自己，今之名學者作家的作爲，不過是李宗吾的好學生罷了。

上舉那位學究，讀書已不算少，何以見得呢？明朝反嚴嵩的健將楊繼盛，下獄後在他一封〈付應尾應箕兩兒書〉中說：「習舉業，只要多記、多寫，四書本經記文一千篇，讀論一百篇、策一百問、表五十道、判語八十條……則舉業不患其不成也。」那位私塾學究，比起楊繼盛所說舉業需要的學問大得多。楊繼盛是明代劾奏嚴嵩犯罪西市的名臣，所見不會差到那裡去，而他要兩個兒子讀書的目標不高，這已是舉業（卽博得功名的考試）的學問，那學究比起楊繼盛要求的水準高出許多，不過在那鬼的眼裡，實未見光芒，與現代人就無從比起了。

名可以盜，世也可以欺，唯獨不能欺自己，那已屬危險，何況還「衣錦尙絅」？那就是李宗吾所說的「厚黑之道」，人賣頭銜，頭上也沒有光芒，不過今世也沒有直言的鬼，學術界、寫作界也就暗無天日，豈止是厚黑而已？簡直就是一團昏暗。原想寫點劄記，沒想到竟是一發不可收拾，也眞是一把「野火」吧！

一九八六、六、二十九《民衆日報》副刊

大火記

我有一種敏感，凡是碰到焦味，比誰都感覺靈敏，而且對於焦味，有著極大的恐懼與厭惡。

這種敏感，起因於一九八〇年八月十七日的一次火災。那是一個星期天，因爲晚上要編報，下午習慣上總是睡覺養神，新聞工作是差錯不得的。

正迷濛中，女兒突然大叫說失火了！

看火災曾經有許多經驗，但自己家裡失火，以及被鄰居所波及是想都未曾想過的。這使我非常驚恐。

我自認爲經過大風大浪的人，從徐州外圍打起，一直到雷州半島，雖然都在撤退，可眞是與敵人接觸，面對面的火拚過。

在戰場上，各式各樣的危險都曾經經歷，子彈劃掉面前的泥土、洞穿過腹部，劈刺的拼鬥等等，雖然夠驚險，卻不怎麼害怕。原因是我知道那裡有敵人，那裡原本就危險，而且我曾經學習過許多防禦的方法，至少我有一半的機會可打敗敵人，使自己安全。

我也曾經落水，隨清江急湍的水往下漂流，僅憑一點拙劣的泳術，以仰泳保持漂浮至幾公里外，才有機會抓住岸上的樹木，而免於滅頂之災。

我曾經爬樹去抓小喜雀，但是爬上樹去吃小喜雀的蛇正往下滑，而我鎭定的躱過那條蛇。

……

我眞的經過了無數的危險，但都能在自己控制之下化險爲夷。

水雖是火的剋星，只是火勢一旦猛烈，撲滅就很困難，尤其是住在公寓裡，除了現代化的救火器材以外，很難由個人的力量去撲滅它。

火災是非常可怕的，一聽說燒起來的時候，我已顧不得那些身外之物了，那怕那些東西價值連城也是如此，當女兒驚恐的告訴我說火災的時候，第一個本能的反應就是我們逃生的出路如何了。

幸好樓梯未被封鎖，我立卽衝下樓，把孩子放在安全地點，再上樓搶救一些衣服。因爲我是穿著內衣下樓的。

這時已經分不出甚麼是貴重的，甚麼是便宜的了，如果能全部搬走，連沙發也弄到空地上去最好，無奈我只能在櫃子裡胡亂的抱一堆衣服，既不分季節，也不分好壞，只要能搶救到的就是好的。

當我第三趟上樓時，地板已經被三樓的火燒得滾燙。我明白，我再也不能待下去，否則我就會被火困在屋裡。

返身下樓，回頭看那曾經是我們全家認爲是維護我們安全的家，已經被火燒得通明，從這一邊可以透視那一邊。

——完了！

雖然我不是富有，但那是我一生的血汗所積蓄的，無論是那些書、那些圖片、那些木櫃，甚至是鍋瓢碗杓，每一件都是血與汗的凝結。

有人說「跌倒了，自己爬起來」，但是條件是要能爬，有力量爬才行；那時我已是五十出頭的人，是經不起跌倒的，跌倒了，就永遠都爬不起來了。

我想：人生不帶來，死不帶去，但是孩子和孩子的母親能經得起這個劇變的打擊嗎？一家之主的我，有責任庇護他們，那是一個做父親、做丈夫的人，不可、也不能推卸的責任。

問題是我們立刻就要無家可歸，下一刻我們到那裡去？孩子的衣服、書籍、玩具，還有的就是鋪的、蓋的等等，一切的一切都是問題，而我們的親友中，沒有一個人能夠幫助我們。因爲他們也只能夠使他們在這個世界上活下去，如果幫助了我們，他們立卽就陷入困苦之中。

怎麼辦？

一千個、一萬個怎麼辦閃進腦子裡，而那些問號，都不是我所能克服和回答的。

這打擊太大了！

如果我撲過去能把火撲滅了，我會毫不猶豫的撲下去，但是我知道，那只是愚蠢的做法而已，我無法把那熊熊的火撲滅。

我向所有的神——不分中西的神——禱告，但是「眾神默默」，他們不能回答我甚麼、也不能幫助我甚麼？

本不信有神的我，如今更不會信神了。祂們眞的並不存在，卽使存在，也沒有任何法力足以幫助或損害人，當然也無力做甚麼公平的裁判。

睜著眼睛，看火把我的心血，以及我的「財產」——生活用具也算是財產的話——吞噬。

我想哭！那是唯一發洩的方法，但我不能哭，因爲我是孩子們心目中無所不能的父親。我相信我哭泣將使孩子們更加徬徨，更加恐懼與不安，甚至使全家崩潰。我不忍心讓年幼的孩子們，同我一樣的受到無情的打擊。

終於義消隊的消防車來了！

終於水龍頭向火中噴去！

終於火勢漸漸的受到控制！

終於火熄滅了！

而我們的家，我們的那個窩的門窗燒壞了，我們的衣櫃、我們的書、我們的床褥都燒焦了。

棉絮在冒著白煙。

……

房子裡一片混亂！當火一被控制，我就上了樓，但是灼熱的樓板熔化了我的鞋底。

火災眞的可怕！那些焦味非常特殊，而那種代表著災難的焦味，維持了很久很久，並成爲我的嗅覺敏感。現在我只要聞到焦味，就會引起莫名的恐懼。

一九八二、六、二十一《臺灣新聞報》副刊

遺囑

立遺囑的這位先生，和我知交了數十年，我們彼此瞭解對方，就同瞭解自己一樣，並且也對自己，以及對方絕對忠實。那種忠實，可以說即使捨了生命，也會替他做到交付的事情。

也就因爲這樣，當他知道自己來日無多的時候，他說：老朋友，大概我得到另外一個不可知的世界去了，你能替我做的事不會太多，但這件事，非讓你替我來做不可。

這是一件極爲重要的事，連我的妻兒我都不放心，因爲他們是俗人，俗人就做一些俗事，甚而他們會認爲不從俗，就會被人笑話、被人指責說：他們不愛我。這是他們難以忍受的事，所以我的話，雖然出自眞心，他們也會違背我的話，去做一些我認爲俗不可耐的事情。

你當然知道，那會使我惱怒、不安和難受。

這就是我要你替我做這件事的原因了。我要你能夠像已往一樣地，忠誠地、切實地執行我所立的遺囑。

以我們的交情而言，這是義不容辭的事，既是知己，我有責任與義務爲我這位朋友，執行他的遺囑。

因爲他一向獨立特行，不合情，卻是定合理。我以爲他的遺囑，在一個現代的社會中，具有一點啓發作用，至少也是極爲新鮮，幫助我們去重新思考一些已經約定俗成的事物。反正他是如此的灑脫，我公開他這份遺囑，即使地下有知，也不會觸怒我這位知交。以下就是我這位知交的遺囑：

首先我想和你們話別，就同我每次出遠門一樣，不必爲我的死悲傷和哭泣。

這次，我們是要永遠地分離了，我捨不得，也不願如此做，因爲我眞的愛你們，愛你們的成就與失敗，愛你們的優點和缺點，我雖灑脫，終究我是你們的父親、丈夫、兒子，我怎的捨得？

但是人總難逃他們的大限，自從有人類以來，沒有人不死。既是大限，那一天只是遲早的事情。所以當我們有幸成爲夫妻、父子之時，就應當知道要有這一天了。

因此，當我死的時候，那不是甚麼意外，只是我們都不知道竟然在今天罷了。死，不，分離原是意料中的事情。這種早就想到的事，應當沒有哭泣，沒有悲傷痛苦才對。

根據這個理由，我要求別哭泣，千萬不要悲痛得好像天要塌下來一般。哭泣、痛苦都已經無法從另一個世界把我挽救回來。倘使你們悲傷能使人復活，當然我不反對，不僅不反對，而且要你們淚下如雨，悲傷欲絕，因爲那使我們能夠再相愛、再規勸、再一起生活下去。那是你們所樂意與希望，也是我所樂意與希望的。

死既是只有無奈的接受它，無論以任何態度去對待，都無可避免；那麼快樂的看著我的遺容吧！我願意見到你們笑，而不願看見你們的頹喪。

既然我不喜歡你們悲傷，當然你們也就順應我的要求，權當我們是一次較長的別離。

我不信奉任何宗教，也不信有甚麼鬼與神，所以不要做佛事，搞些甚麼道士、和尙唸經、敲打那些使人不得安寧的法器，騷擾我們親愛的鄰居們。明天他們都需要應付各種衝擊向他們而來的事務。我們都愛他們，而他們也做了同樣的付出。

如果你們覺得不安，那麼就放一點古典音樂吧！我不反對悲傷一點的調子，果眞抑壓不住悲傷，那種曲子已是夠表達你們的心聲了。

我要你們不必悲傷、哭泣，還有一層原因：我一直認爲人生最美好的時光不多，二十五歲以前要學習謀生的技能，二十五歲以後，算是成熟了，精力充沛、談戀愛、結婚，人生逐漸邁向顚峯，直到五十歲，身體已走下坡了，眼花了、齒搖了、漸肥或漸瘦了、黑髮白了、皮膚皺了，家庭擔子越來越重，爲子女煩惱、爲父母年邁而憂愁，一切的一切，如那蔦蘿一般纒繞，掙不開，擺不掉，等等都是責任。有責任就是有煩惱；再則，身體同一部逾齡的汽車，輪子磨損、汽油幫浦無力、水箱失卻效用、扭力桿鬆動、板金銹蝕、油漆脫落……這樣一部車子，繼續往前開罷！不知何時何地抛錨，報廢了可惜，只是它已經慢慢的失去功能。這樣一部車子還有甚麼價値？人生何嘗不是一部汽車？我這種譬喻也許不十分恰當，人生過了五十郎逐漸走下坡則是事實。所以在年輕時，我認爲到了該報廢時，就應當自己把他結束。

也許我是錯誤了、也許我是太自私了、也許我是太悲觀了、也許我只看到了痛苦的一面，事實證明，沒有人自己結束自己，倘使竟然有人灑脫這麼做時，我們都會加以責備的說：這人太自私、太怯弱、太不負責任、太沒有面對現實的勇氣。但我們想想，這種責備公平嗎？

不過事實證明人無論如何對於生總是戀戀不捨，歷史上多少人爲延長生命而努力，付出不少心力，並且有許多成功的事例。但我懷疑這種努力有甚麼益處？尤其是我們對那些得了不治之症的病人，盡其能力去挽救，看起來醫師們、家屬們、親友們都付出了他們的愛心，而我覺得那種努力與付出，只是使病人增加不少痛苦而已。因此，我非常同意美國醫師在病歷上——在那些得了不治之症的病人的病歷上——所下的命令：「不要爲他叫醫師。」看起來這個命令非常殘酷、非常不人道，但是細細去想：那也是一種愛。只爲了親友的愛，讓病人毫無希望掙扎，那才叫殘酷，才叫不人道。

每一件事總是多面性的，從任何一面去觀察，都有不同的結果，所謂安死術，或是安樂死，我便作如是觀。尤其是「安樂死」這個名詞的創造者，他眞是最有智慧的人了。

基於這樣的觀念，我本應在人生走下坡時急流勇退，瀟灑的走，悄悄的到一個風景美麗的地方「休息」——我不願說死，因爲人總是最怕死的，但死既不可避免，我們爲什麼不能去面對現實呢？

說到這裡，我倒皈依我妻所信的輪迴說了。假定人生而爲人，死而爲鬼，那麼我們便大可把死看得輕鬆些，死不就是人到另外一個世界去嗎？他只是到另外一個世界去，與我們從東方到西方有甚麼分別？何況佛家又爲我們設定了一個西方極樂世界的烏托邦呢！所以當我死時，權當我由一個痛苦、傾軋的世界，走向一個清平的世界，那樣，你們不僅不要爲我悲痛，反而要爲我快樂。

因此，爲我的死高興吧！別痛苦！別悲傷！別流淚！雖然我反對宗教爲人所設定的天堂與西方極樂世界，臨到我將去時，我願意把死作如是觀。

不過我反對行賄，別爲我買西方極樂世界或天堂的護照，無論需要付出的是多少，無論是貴與賤，都不必請道士、牧師這些人爲我唸經或祈禱，更不要爲我燒甚麼金箔或元寶。我赤條條的來，也讓我甚麼都不帶走。我的一生都是獨自闖蕩，我既能在這個世界生存，也能在另一個世界赤手空拳的打開天堂，或西方極樂世界的門。到達那個世界的路也許滿佈荊棘，同人的世界一般，相信你的丈夫、相信你們的父親，他會勇敢的去開闢他的道路，那怕滿身是血，也不要你們向那些佛祖或上帝去行賄。

我們要一個公平、清廉的世界；同樣對於死後的另一世界也作如是想。那麼讓我們從我的死開始去改造那同人類世界般汚濁的鬼世界或天堂吧！

爲我這個奢侈的、不實的奇幻的想法笑一笑吧！我們連現實的社會都不能改造，竟然想去改造鬼社會，未免太高估我的能力了。不過我的人生總是法乎上的，所以我不反對你們把志向標定得高一些。

一生節儉，那是一種美德，而且我們不富——我不忍說貧窮這兩個字，因爲貧窮實在太可怕了——所以我的喪葬一切從簡。

不必化粧；我本生得醜陋，化粧不能使我更俊美。

不必穿壽衣；我已死，還有甚麼「壽」可言？衣服只要洗得乾淨整齊就行，說不定另一個世界流行裸體而無需衣服。

當然，你們要爲我淨身，我不反對，因爲所費不多。

活著的比死的重要，不要爲我浪費一分錢。

談到這裡，使我想到喪葬中最大的開銷是墓地，那麼爲了節省，把我火化吧！人口爆炸使土地貴如黃金，生尙難獲得土地，死何忍與人爭地！花許多錢，將來只看到一堆土，就實用價値而言，那是瘋狂！

要看到我的墓，也很簡單，火化（應當用燒，比較白描）以後，把骨灰撒在大地上，當作植物的養分，這樣，花是我的墳、樹是我的墳、山和水也是我的墳，你們處處可以看到我。

我覺得這是很美的。當然，我不是要學誰，卽使在我之前，沒有任何人做過，我也會這樣做。

不必留下甚麼？如果你們覺得這個丈夫、這個父親還値得懷念，那就放大一些照片——不要那些呆板嚴肅的、一本正經的——如果你們喜歡，我搓㾊將那一張可以掛在你們潔白的牆上。這樣的照片，不是比那些板著臉的要親和得多嗎？

說來說去，還是不夠灑脫，我不得不談到財產分配的問題。

這點，我學洪炎秋先生，他在他的遺囑裡說：他將所有的財產都留給他的妻子。

原因是有了錢，兒女都會孝順。我以爲他非常對，那麼我留下的一切都給你們的母親，但是這點所謂家產，我把它鬮成六等份，你們只有五個人，爲甚麼要鬮成六等份呢？那就是等你們的母親也到另外一個世界來的時候，誰最孝順他，多出的那一份就贈與他。不然那一份就贈與你們的威良。因爲他太小，等到他需要培養時，我已經走了，這一份等於是給他的讀書費用。

我之所以不能灑脫，原因是錢這東西太好了，它可以使你得到官能方面的享受，也是唯一在我身後可能引起紛爭的東西。我們常見著老人未曾埋葬，子孫已上法庭對簿公堂、翻臉成了仇敵的情形嗎？這種例子太多，我也用不著去舉它，爲了財產，冒充孝子賢孫的也不在少數。雖然我沒有甚麼財產留給你們，總也得籠統的說一下，免得人家說我們窮無立錐、一貧如洗，如果說我曾經化過粧，大概就是這一點了。

最後一點，就是不要忘了，我是從那裡來、怎麼來的。關於這一點，我寫的已經夠多、夠明白了；說的也夠多、夠明白了，無須再累贅。

我是想多寫一點的，但是那會浪費大家的時間。

這份遺囑，除了寫這一份之外，同時有錄音，有監督人的證明，我想這已經夠了；最後

我要說：親愛的，別了，

遺囑的最後，是我朋友的、我的，和我們那位律師朋友的簽名。

這份遺囑，是我那位知交朋友寫得最好的一篇文章，因爲他把感情寫了進去，此其一，其二，則是眞實，眞善美三個字，起碼得了一個「眞」字。我之所以把它發表，不是爲我的朋友做宣揚，而是我覺得它是一篇好文章，謹此而已。

讀了這篇遺囑，我的感想是，如果人人都像我這位朋友般瀟脫，那麼我們的政府就不會因墓地問題來傷腦筋了，我們也有許多土地可用了。只這一點，頗值發表了。

一九八三、八、十二《臺灣新聞報》副刊

註：沈從文的喪事不放哀樂，而是古典音樂，他也要家人不必哭泣，他死於一九八九年五月十日，這篇作品發表在他死前，應不算抄襲吧？

筆墨辛酸

檢視一下書架，糊糊塗塗的竟也出版了幾十多本書了，有人把自己列爲「作家」，甚至奉送「大作家」爲謬稱，但是無論如何自己心裡有數，實在當不起這「家」字。數千年來，也不過出現有數的幾位作家而已，那裡像現在一樣，拐個彎兒就會碰到「作家」呢？

要能成「家」，必然要有一家言，這一家言，列爲人生三不朽，我那些雜碎（唐文標語），不過是對生活過程中留下的泥爪而已，只要經過時間淘汰，都變成泥沙，隨著滾滾洪流湮埋，三、五十年，多則七、八十年就不會有人知道某某說過甚麼了。這樣，還能稱甚麼家？不過，既然靠這支筆來餬一家之口，居然也還是把家小養活過來，總是有些辛酸可說。

三十年前，也許是二十幾年前在軍中，生活苦悶，待遇低，只好讓這一批人與社會隔絕，免得受到聲色犬馬的影響。二來，政府播遷之初，隔海就是大敵，而我們的存在又使敵人視之如芒刺，隨時都可能桴海而攻，我們那些非職業軍人的職業軍人，只好犧牲自己的自由，來保衛國家社會的安全。現在的繁榮安定，曾經有那六十萬大軍的奉獻，想想也足以驕傲。這不是說大話，當時如沒有這一批人，作如此的犧牲，我們現在的生活情況如何，眞是不敢想像。

這樣的環境、這樣的遭遇，當然有許多苦悶要發洩，於是試著把這些苦悶宣洩在紙上，最初寫作的動機，不過如此而已。坦白的說，我從來也沒有想到自己要成爲「作家」，並且那些零碎居然變成一本一本的書在市面上浪費讀者的金錢，也實在令我自己覺得意外。

偶然（也只是偶然而已）碰到一些買過我的書的讀者，有的已成爲名編輯，有的已成爲名記者，有的成爲名教授了，他們覺得我那些書，使他們花了寃枉錢，便要我有所補償。我啞口無言，這樣的債，著實欠了不少。我想套用一句流行的話，這都是當初那苦悶生活惹的禍，現在我面對那些曾經買過我的書、而且又覺得花了寃枉錢的讀者慚愧不已。不過幾十本書已經散播出去，即使是欠了債，也欠得太多了，無可奈何！

開始是爲了想說說心裡的話，雖然我們的稿費相當低，但是對那時的軍人而言，一篇小說，常比他們的月俸要多些。多了這筆收入，衣服就不必自己修改、洗滌、縫補，皮鞋也比同袍多一兩雙，菸也總是不必過於節儉，還可偶爾上小館兒，浮他一大白，這比那頂「作家」的桂冠實際些，也榮耀些。其次，漸漸地，取得一種特殊地位，參加一些文宣會議，做一些輕鬆的工作。

寫作竟然帶給我這樣多的優遇，自然是欲罷不能了。

當我一個人的時候，一人飽了，「全家」都不餓，就把寫作視同打零工，興趣來了，一夜一兩萬字的寫了出去！有時幾個月不動筆，完全是玩票，不把寫作當回事兒。四十年代，駐守澎湖、馬祖，與周嘯虹、李牧（超宗）、安應宗、吳心白（桂馨）、周鼎（去往）這些人，在那只有石頭沒有樹，軍人比居民多的地方，常相約從雲臺山到山隴，走一小時，一齊喝茶、談讀書寫作。馬祖的店舖也是那幾家，除了光禿禿的山就是海，報紙是十天半月才來一次，電影偶然也放一兩場，過年過節甚麼的，明星們到前線做做「致敬秀」，也能暫時滿足我們那空虛的心靈。在那裡，除了挖坑道，時間多的是，書報雜誌是有限的，怎麼辦？怎麼排遣那些時間呢？寫作吧！我想，我寫作就是在這種情況下磨練起來的。老實說，我不是有才分的人，不僅沒有才分，而且是屬於笨拙的那一類。這樣的人，居然寫了幾十本書，而且有人說是「作家」，是我始料不及的事。我之所以出幾十本書，是受逼而成，其中沒有想到要使自己成為一個著作者的意思，那實在是求利之外的一種副產品。

我從來也未曾做不朽的夢，但是後來也曾經想藉小說的情節、人物來表達一些思想（所謂主題）。有一段時間，曾經先孕育一個念頭（也只能稱之為念頭吧），然後去營構情節、人物等。譬如《流》這本書，就是因為武器的發展，有毀滅人類的傾向與能力，企圖藉這本書探討人類為甚麼要戰爭的問題；又譬如《決堤》，討論共產社會反人性的問題；又如《血地》，討論美國在越南和許多地方，既援助執政者，又同時扶植反對者的矛盾，以及不求勝利的戰爭等怪現象。是企圖有所為而為的，也都曾經經之營之，不過終限於才情，而「成就」有限。

終於因為逾齡而報廢，由單純的那個世界，步入複雜的社會，不能不老來學吹打，找一謀生的技能。

一生中除了稍息立正、玩槍弄棍以外，沒有一技之長，可惜那些東西，即使是拔尖的也沒誰僱用你去當「司令」！怎麼辦？既然是曾經玩弄過文字，那就往這方面「鑽」吧！最初在《青年戰士報》搬弄鉛字，後來《文藝月刊》，再後來黎明公司，現在依然靠編編寫寫生活。記得少年時代，所想到的是如何把那幾畝幾分祖上留下來的田地經營好，快快樂樂的做個農夫，靠土裡長生出來的糧食養人，最後回歸到土裡去，但是隨著時代的浪潮，把人捲離了家鄉，浮萍似的沒了根，所以夢也未曾夢到會靠搬弄文字過生活。

從軍中看社會，社會美好，一旦進入這個社會，才知道這也不怎麼簡單，要想換來生活之資，就得付出代價，於是忙碌了。

一忙碌，就不能細細的去經營作品。

於是寫散文、遊記、雜文、書評、論文，近來把興趣完全轉到三十年代與四十年代的文學活動的痕跡追蹤上面。

到了這一階段，才發覺自己竟是那麼膚淺與貧乏。所以一面忙著閱讀，一面整理史料，讀書與整理史料成爲近年生活中最重要的一環。在這方面消耗了大部分的時間，已有三十年沒看過電影，電視也只看新聞及體育節目，上廁所、乘公車幾乎都讀這方面的書，過去浪費生命太多，如今非設法加倍努力不可。我以爲我同牛一樣，吃了青草，就變成牛奶，不過因限於基礎，那些牛奶的養分如何，終是一個問題。

有位朋友說我坐擁書城，那是謬獎，書是買了不少，資料也有數百卷，但是我總覺得自己並沒有好好地、認眞的去讀那些書，所以我以爲我雖然四壁以書裝飾起來了，可是那同暴發戶牆上的名畫一樣，都是用來粉飾牆壁免得空白罷了。這也是滿足一下自己虛榮的一個方法，想到這裡，我眞的慚愧，我是不太配去戴那頂作家桂冠的。

寫作的轉變，除了以上原因，主要是長篇小說的出路有限，不容易找到出路；其次是年紀越大火氣愈旺，已經難耐於委婉表達意見的溫呑，雜文如槍刺，投出去痛快淋漓，嘻笑怒罵皆入篇章，既是雜文，可以明諷，也可以暗喩，又可以尖酸刻薄一番，比起小說來，更能表達自己的意見，也好澆一澆心頭熊熊的怒火。

這世上不平的，應該刻薄的事與物太多了，因此竟然怒目金剛起來，大有「予豈好罵？予不得已也」之慨。這罵，竟也罵出一些成績來，人們又以「雜家」視之。但是這雜字，也非易事，總是喫了一堆青草，才擠一滴牛奶。好的是，雜文可以隨時起頭，也可以隨時結尾，興之所至，千字、數千字皆屬雜文體例，最是適合一個抽不出完整時間來創作的人。這種變動，也都不是刻意安排，完全是順其自然，我這種變，極可能也是工商業社會的產物之一吧！

寫雜文在我來說，還有一個好處就是：坐下來就寫，累了就睡，隨時再續下去，也無需靈感。

有人主張，寫作一定要有情緒，對我，這些都是不必要，每天坐在桌前，就要生產若干字數，像一部榨油的機器在那裡擠壓，不過這部機器榨出來的要是油而不是水，正如我寫《流》時，不能不把我對戰爭的看法，在最後的結尾裡偷渡，因爲不如此，試問有那個刊物能把它刊登出來，而且又給獎呢？

這也許就是一個作家，尤其是生活在今天作家的悲劇。我並不是沒有雨果的看法與雄心，我的《流》也是企圖寫給全世界上的人看，戰爭是多麼可怕，有誰見過逃避戰爭的同胞，先丟棄行李，然後拋棄子女，最後出賣自己呢？又有誰看到過女人在灘頭上，立即「結婚」，然後以眷屬的名義上船或利用其他交通工具，得以逃離戰火呢？又有誰吃過藥製的皮革，劈棺材當柴火來燒呢？

當戰爭來臨，文明又回復到野蠻的世界裡去，人類的一切努力都已經毫無用處，所看到的是人類的獸性。我當然企圖讓人在若干年之後，把《流》當成歷史來讀它，《流》可能給他們從戰爭的描寫中，獲得一種含淚的愉快。

寫作不僅是寫金大班而已，那是白先勇所熟知的世界，將軍們跳狐步舞，並且又要那些出賣快樂的人們趕堂會，我的世界裡是殺戮、是冒著風雨、是把子彈或鐵片打進敵人的身體中，無論他有多麼強壯，他都會在我的面前倒下，雖然他是我的同胞，甚至於父子兄弟，一旦把他們列陣在戰場上，就只有一個意念——如何打倒對方取得戰爭唯一的目的——勝利。誰能知道這些？白先勇嗎？歐陽子嗎？陳若曦嗎？金鏞嗎？都不是，那是我、是田原、是司馬中原、是朱西寧、是羊令野等等。

然後誰能了解那些人怨嘆、思鄉和在任何地方，安靜的躺下來，不為生活，以及不為敵人威脅，而安然入睡呢？

除了寫作後，獲得稿費，供給我的妻子兒女生活的快樂之外，同時也為我把主題掩飾在光明面，堂皇的理由背後偷渡成功而愉悅。不過那也只是自己的快樂而已，能分享那快樂的人不會太多。

當然，人類最多的經驗是愛情，是聲色犬馬，他們容易把自己的經驗與這些作品結合而獲得共鳴，至於在風沙中吃飯，一陣風把乾燥的黃塵吸起，落在湯中，然後那一群人用湯匙刮掉表面一層塵埃，匆匆塡飽胃囊的經驗，那些人已太多。但是戰爭卻可能使我們重回到那種生活中去。

羅曼・羅蘭在《約翰・克利斯朵夫》卷十初版的序言上，說了「生命是連續不斷的死亡與復活」的名言，我想，我雖因生活而成爲稿匠，也曾經說過：作家就像砧板上的肉一樣，編輯愛砍那一塊就砍那一塊，專題性的約稿，是我心理負擔最重的作品。但是好作品是要在輕鬆與沒有負擔和壓力之下去完成，約稿是債，極難得到好的東西，因此，我的作品多數是投稿，而不是約稿。不過有的作家卻不盡如此，至少巴爾扎克是沒有甚麼所謂壓力存在。他每天都要生產，就寫作的習慣與量而言，我的耐力與韌性是與他有幾分相似的，當然，作品的成就則不敢作比較。

我們是六口之家，截至目前止，只有我一個工作人口。這些年來一直都是兩個工作並行，白天辦行政事務，晚上編報，我的寫作時間，只有深夜與早晨那短短的兩個多小時。

對於時間的運用，幾乎和星球的運轉那樣的規律，除了星期天，沒有一天例外。寫作似乎比農夫要好些，沒有風雨冷暖問題，作家們隨時可以耕耘，也可以隨時停止作家們的工作，不受老天的限制。如果我們有高度購買力，而國人又都喜歡讀書，雖然只有一千九百萬人口，除去老幼之後，也還有九百萬人可能買書，再扣除文盲(臺灣已沒有文盲，不過我們還是要把這一部份數字扣除掉)，如有百分之七十買書，書刊市場還是有相當驚人的潛力，路邊攤不會賣衣服鞋襪，而是書報雜誌了。百分之七十這個數目對出版界來說是天文數字。不要說百分之七十，百分之三十、或二十如何？那也相當可觀。如果有這麼多人買書，作家的待遇就可以提高，他們可以僱用祕書整理資料，也可以不做多產作家了。但是我知道，這種日子永遠都不會到來，我們的同胞，他們寧願把鈔票花在喝XO上，買醉到底比買書要刺激一些。不是我刻薄，我們的同胞，不必說讀書，就是買書回家做裝飾品的情操都還沒有。

如果要我們同胞用他們收入的百分之幾的預算去買書，那就必須把他們的血全部換掉，然後裝進讀書種子的血液，否則他們寧願那邊賣了靈肉，到另外一邊去買醉。花了錢買書還要去讀它，那是多麼累贅的事呢？書的滯銷，自然就可理解了。所以有時我又擔心出版家們為我的書賠錢，不過無論如何，他們都很勇敢地為我出了那麼多書，如果一定要感謝誰的話，最值得感謝的就是出版家的不怕賠累。

我不想用生活的重擔，作為作品粗糙辯護，有時候的確是指望稿費來解決部分難題，不得不匆匆把完成的篇章寄出去。每當這種時候，總是安慰自己，等環境有所改善時，當惜墨如金，何日才能改善這種環境呢？

為這些，有時候我認為神並不存在，即使存在也不公平，我覺得上帝就同匈牙利對待裴多菲一樣無情。裴多菲在〈給阿蘭尼的信〉裡說：「你瞧，我的朋友，這是怎麼樣的窮困！假如國家一年給我七、八百個便格福林（筆者案：匈牙利貨幣）的話，那我就要讓它看到，這筆錢不會白花的。不用說，我是從國家拿錢——從私人方面就是送給我半個世界我也不要。當然，這對於國家講起來是微不足道的，可是國家卻沒有想到這一點。在世界上，再也找不到比我們親愛的祖國，善良的匈牙利對待自己的子女更加專制苛刻和更加卑劣的母親了。」（註）裴多菲愛他的國家，而我信仰上帝，但是上帝卻是裴多菲所說的專制、苛刻、卑劣的母親，我對於神的確有些失望。

最後一點要陳述的是，我永遠都在向前進，從來不知道老，也不知道痛苦，更不會計較今後如何，我知道的，只是盡我的能力去付出。我以裴多菲的信作為本文的結束，並不真的說我再不信仰上帝，我仍然愛祂，一如過去一樣的真誠，而且也一如過去的無所求。

一九八五、九、十七《大華晚報》副刊

註：上面裴多菲的信中片段，是引自《世界作家談寫作》一書，洪達主編，故鄉出版社出版。

車轍履痕

——讀名人遺囑雜談人生

有人說《列子》是本僞書。眞書也罷，僞書也罷，只要是好書就可讀，至少《列子》不像其他經典，板著面孔教訓人，該書〈天瑞篇〉論生死，頗富有人味：「人胥知生之樂，未知死之苦，知老之憊，未知老之佚；知死之惡，未知死之息也。」解說謂，「君子徇名，小人徇利，未嘗休止也。」無論是封疆大吏，或販夫走卒，要悟透生死，甚爲困難，故有楊朱「規死後之餘榮」的說法，如何「規死後榮辱」，可從形形色色「遺囑」知其過半。

古今的遺囑甚多，如要一一舉引，那眞是洋洋大觀，可成專書，而且都是功可蓋世，前無古人，後無來者。這點，使我懷疑「人之將死，其言也善」的說法。

就國君而言，除了末代皇帝不是個被革得身首異處，就是做了人家階下之囚，沒法立甚麼遺詔遺命以外，其他的人都有這份東西，最有名的是劉玄德給阿斗的遺詔與給孔明的託孤詔，給阿斗的除諄諄告誡如何遵守先生之命治理國家政事外，給孔明的最使人難忘。大意說：阿斗能幹就輔佐，否則取而代之。表面看，好像劉備眞是「天下爲公」，其實阿斗是虎父生犬子，前途堪慮。後世批評他陰險勝於曹孟德，就在他的託孤詔上，受名繮利鎖所縛，那能不重囚壘梏？

革命烈士吳樾〈與妻書〉，可媲美林覺民〈赴義前別妻書〉。吳樾書其妻說：「人之死生亦大矣哉！蓋生必有勝於死，然後可生，死必有勝於生，然後可死。可以生則生，可以死則死，此之謂知命，此之謂英雄，昧昧者何能焉？」爲甚麼去死？他說了生死的一番大道理之後，再申其理由：「抑或者蒼天有報，償我以名譽千秋，則我身可以腐滅者，自歸於腐滅，而不可以腐滅者，自不腐滅耳。」這是民族大義，不願做異族奴隸。他是爲推翻滿清，結束漢民族之奴役而赴死的。不過層次還有點問題，革命前仍斤斤計較於那「不滅者」的毀譽，實在還未看穿生死。不過看穿生死，世界上又有幾人？至於林覺民的〈訣別書〉，對於夫妻之愛，躍然紙上，有不得不死的原因，纏綿悱惻，讀之令人鼻酸。不得不死的理由爲：「第以今日事勢觀之，天災可以死、盜賊可以死、瓜分可以死、奸官汚吏虐民可以死。吾輩處今日之中國，國中無時無地不可以死，到那時使吾眼睜睜看汝死，或使汝眼睜睜看我死，我能之乎？抑汝能之乎？」因爲這原因，他才「此吾所以敢率性就死不顧汝也」。

這是爲大愛而赴死。林覺民說：「吾居九泉之下，遙聞汝哭聲，當哭相和。」這時本不信另有一個世界的林覺民倒希望眞有鬼世界了。情眞意切，是我讀到的遺書之中情感最眞摯的一件「遺囑」。

類此的革命志士，何止千萬？他們用自己的血締造了民國，爲的只是一個遠景，如果眞有陰陽兩界，地下有知，中國竟然弄到四分五裂，不知要如何頓足。雖然他們把愛新覺羅趕下寶座，中國人還是老樣兒，那就不會再嗔這怪那怪了，民族性啊！其奈之何？

「遺囑」可分別爲兩類：一類爲憂時憂民的，另一類只做些身後事的處理。前一類最典型的莫過於國父「遺囑」，那眞是大中至正，其襟懷是前無古人，後無來者，讀之，當潸潸淚下，次爲林了超先生，一九四三年故時，留有兩「遺囑」：其一，鼓勵全民同心禦侮，期勉抗戰建國同時邁進；其二，行總理迎頭趕上的遺教，積極發展教育，所謂百年樹人也，救中國從根本救起，以時任國民政府主席所得特別費五十萬法幣做基金，獎勵留歐美學自然科學的學生，並手訂辦法二十四條。他的兩通「遺囑」，無一字涉及家事，而語意誠懇踏實，沒有一點虛矯。林主席以黃老之術治事，了無私心，葉楚傖撰墓誌銘說：「公生平寧靜淡泊，勤整廉貞，舉措抑揚，不私姦惡，造次顚沛，不離規矩，居常和易，童穉可親，臨大難，持大節，則崢崢嶽嶽，懔乎如神。」楚傖先生對於林主席的治事事功，有極高的評價。他說：

「《中庸》之言曰：『君子之道，淡而不厭，簡而文，溫而理，知遠之近，知風之自，知微之顯。』《大學》有之言曰：『詩云：樂只君子，民之父母，民之所好好之，民之所惡惡之，此之謂民之父母。』每讀斯語，未嘗不悠然以思，慨然以興，念斯人之不易覯，今於吾林公子超之逝，乃不禁爲之瞻依仰止，永矢弗諼矣！」諼，這裡作詐解，也就是他的言行一貫，沒有詐僞之意。葉楚傖是不輕易落筆評人的，多數墓誌銘都是歌功頌德，葉楚傖這篇東西述說林子超先生的行狀，沒有一點誇張。對《中庸》和《大學》這兩段話林森是當之無愧的。

王國維著有《人間詞話》，膾炙人口；後來考古治史也有相當可觀的成就，是清末民初的大學者之一。儘管著作等身，卻在「遺囑」上惜墨如金。死後，對於這位大學者的死因聚訟紛紜，至今是否已有結論，還未能獲知。

他的死，與老舍大致相同，都是投湖而去，不過老舍投湖後，撈起屍體沒有鼓脹和積水，是否自沉，至今還是個謎？王國維自殺則是明明白白的，老舍沒有留下片紙隻字，王國維則有「遺囑」，不過對於死因，則不甚詳細。他的「遺囑」有「五十之年，只欠一死，經此世變，義無再辱」之句以下就是交代後事及家庭應變的安排。王國維死因之所以聚訟有三：一、清朝遺老說他殉清；二、國民黨說爲共黨殺葉德輝，因此痛恨共黨而投湖；三、共產黨則說，他對北伐軍恐懼或爲羅振玉逼迫自沉。這三種說法，都能言之成理，但也都有漏洞，不過王國維到了一九二七年還留有辮子則是事實，殉清與爲羅振玉所逼的可能性較大。

死都不懼怕，還有甚麼可以顧慮的呢？寫篇「遺囑」還藏頭露尾，費人猜疑，王國維的擔當就大成問題了。不過這倒符合清代搞考證之學的脾胃，留些話柄，讓人議論猜疑，也費一些力氣，否則爲什麼不加以明白的說了呢？

金聖歎殺頭至快論，眞可說是非常灑脫的遺言了。但也有對世間事耿耿於懷的。明朝名臣楊繼盛，性忠直，不忍看到嚴嵩欺君害國，在刑部員外郎時具疏彈劾嚴嵩〈十罪五姦〉。這道疏一上，爲嚴嵩構陷下獄，坐了三年黑牢，自知必死，赴義前一日，給他兩個兒子應尾、應箕寫了封長信，題爲〈諭應尾、應箕兩兒書〉，加了個副題是：〈赴義前一夕遺囑〉。這篇「遺囑」具有明人的風格，有《菜根譚》的味道。

這篇「遺囑」充滿了父愛，談立志、立心、讀書、處人等，可說人的一生，只要照這「遺囑」行去，沒有不成功的，事事都爲卽將因朝廷的昏庸而失去父親的兩個兒子設想。他對立志一項說：「人須立志，初時立志爲君子，後有變爲小人的。若初時不立下一箇定志，則中無定向，便無所不爲，便爲天下之小人，衆皆賤惡你。你要發奮立志，要做箇君子，則不拘做官不做官，人人都敬重你，故我要你弟兄先立起志氣來。」這是做人的起點。

次說讀書做官。「你讀書，若中舉、中進士，思我之苦，不做官也是。若是做官，必須正直忠厚，赤心隨分報國，固不可效我之狂愚，亦不可因爲我爲忠受禍，遂改心易行，懈了爲善之志，惹人父賢子不肖之誚。」至於考試，他更事無仔細的交代：「習舉業，只要多記、多作。四書本經記文一千篇，讀論一百篇，策一百問，表五十道，判語八十條。有餘功，則讀五經白文，好古文讀一百篇，每日作文一篇，每月作論三篇，策二問。切記，不可一日無師傅；無師傅，則無嚴憚、無稽考。雖十分用功，終是疏散，以自在故也。又必須擇好師，如一師不愜意，即辭了另尋，不可因循遷延，致誤學業。又必擇好朋友，日日會講切磋，則學業不患其不成也。」

楊繼盛爲兒女設想之周到，他眞是個無微不至的好父親。遺囑末了，說：「覆奏本已上，恐本下急，倉卒之間，燈下寫此，殊欠倫序。然居家做人之道盡在是矣！拏去你娘看後，做一個布袋裝盛，放在我靈前桌上，每月初一十五，合家大小，靈前拜祭了，把這手卷從頭至尾念一遍，合家聽著，雖有緊要事，也休廢了。」至此，我們知道爲甚麼在總理紀念週中，常念 國父「遺囑」的道理了。

受難前留下「遺囑」的烈士固然可觀，即使罪大惡極，在於當誅，或因人之將死，其言也善吧！金聖歎固然落拓不羈，灑脫依舊，但曾擔任過中共總書記的瞿秋白於五次圍剿後，中共西竄，把他留置江西，想借刀殺人，剪除異已，果然在福建被執，槍斃於汀州，死時三十六歲（布告說三十八歲，實際生於一八九九年一月二十九日，死於一九三五年六月十八日，布告的三十八歲錯）。

執行死刑的是他的學生廖祥光（他曾在軍校講課）。廖出示執行的命令，他點頭說：「死是人生最大的休息。」

廖連長問他有沒有甚麼留言？

瞿秋白說：「我還有一首詩未曾錄出。」

於是廖連長命令取紙筆，在公園涼亭內，他振筆疾書：

序說：「一九三五年六月十七日晚，夢行山徑中，夕陽明滅，寒流出咽，置身仙境。翌日，讀唐人詩，忽見夕陽明滅亂山中句，因集句偶成一首」：

夕陽明滅亂山中，落葉寒泉聽不同；

已忍伶俜十年事，心持半偈萬緣空。

詩有序與後記，後記說：「方要錄出，而畢命之令已下，甚可念也。秋白曾有『眼底煙雲盡過時，正我逍遙處』。此非詞讖，乃獄中言志耳。秋白絕筆。」

另外，他還在一九三五年五月十七日在汀州獄中，寫了一篇近兩萬字的〈多餘的話〉，如果不是僞作，則應當算是瞿秋白的另一「遺囑」了。

在這篇「遺囑」中，他一直強調他之所以成爲一個共產黨徒，又成爲共產黨的黨魁，乃是「歷史的誤會」，是被捲入「歷史的糾葛」中，才上演人生的悲劇。對於如何捲入歷史糾葛的漩渦，說得十分明白，對自己的性格，也加以分析，重要之點，是他誤以爲用馬克思主義可以挽救中國的危亡。總之，整篇〈多餘的話〉是充滿了懺悔的、灰色的思想，難怪共產黨後來要說這篇東西是國民黨僞造作爲反共的宣傳品了。其實，那是「人之將死，其言也善」的結晶物，不足爲怪。

他有些後悔，當初爲甚麼不做一個文人。搞政治是「捉老鴉做窠」，總不免滑稽。他也不是全無依戀，對於楊之華，他說：「我留戀什麼？我最親愛的人，我曾經依傍著她度過這十年的生命，」最後，他還不忘記說：「中國的豆腐也是很好吃的東西，世界第一。」瞿秋白如果生在現在，他是可以不死的。

段祺瑞在歷史上的地位，不去管他，但他的「遺囑」卻是別具一格的，但在軍閥內爭失敗後，不求庇於租界，且能安分守己這一點，甚爲可取。段氏卒於一九三六年八月二十一日，享年七十有二。生前立一「遺囑」說：「今年已七十有餘，一朝物化，揆諸生寄死歸之理，一切無所縈懷，惟我瞻四方，蹙國萬里，民窮財盡，實所痛心！生平不喜多言，往日徙薪曲突之謀，國人或不盡省記。今則本識途之險，爲將死之鳴，願國人靜聽而力行焉。則余雖死，猶生，九泉瞑目矣。國雖危弱，勿因我見而輕起政爭；勿尚空談而不顧實踐；勿與不急之務而浪用民財，勿信過激之說而自搖邦本；講外交者勿忘鞏固國防；司教育者勿忘保存國粹；治家者勿棄固有的禮教；求學者勿鶩時尚之紛華。本此八勿，以應萬有，所謂自力更生者在此，轉弱爲強者亦在此矣！余生平不事生產，凡人宜體我樂道安貧之意，喪葬乃力從節儉，殮以居士服，無以葷腥饋祭。此囑。」一位過時總理，念茲在茲，不是無心爲國，而是力有未逮罷了。段祺瑞墓木已拱，這段遺囑的話仍新，如國人能身體力行，可能還是中國的一帖良藥呢！

洪炎秋是一生推行國語，推行之不足，辦報廣爲教化。對於先生的這項大業，楊亮功的一對輓聯，短短二十字說得最是透徹：「畢生推行國語，君見其大；匡世當留廢話，天喪斯才。」這「廢話」，典出於先生所著的《廢人廢話》與《又來廢話》。想來楊亮功先生未曾讀過三民書局爲先生所出《閑話閑話》、《忙人閑話》兩書，如將「廢」字改「閒」字（就對仗言，並無不妥），也算貼切，但沒有刺耳的作用。另外白如初先生對洪先生推行國語及他的道德，有深刻的描述，他的輓聯是：「書同文、語同音，正俗齊民昭盛績；言有法、行有則，清標亮節仰遺型。」說起他爲人的道德，眞足以型範後世；另一聯出自作家何容手筆，說透了洪炎秋先生爲人處世的法則，他的輓聯是：「無可無不可，小節不計較；有爲有不爲，大事不通融。」這眞可以使那些提倡語言本土化的人三思了。

洪先生文章幽默風趣，明是一件很嚴肅的事，在他的筆底下都可輕鬆過去。洪炎秋先生生於一八九六年，一九八〇年三月十四日去世，享年八十二歲。在他七十五歲（一九七一年）時發表他預立的「遺囑」，一如他平日的行文一樣，淡泊淺顯。而且這「遺囑」最有人味。「遺囑」的前言說：「我糊糊塗塗到世間來，卻想清清楚楚回天國去，因此趁著無災無病、精神清醒的時候，預先分條立下這張遺囑，好使有關係者，對於我的後事的料理，有所依據，不致因爲我的死亡，而受到困擾。」洪炎秋首先想到的是別人。

對國家大事不談，身後事方面，他主張「安樂死」、「捐器官」、「火葬」。他說：「我臨死時如有可以移植的器官，願意全部獻給需要者；死後屍體交付臺大醫學院去解剖，以供教學、研究之用。因爲臺大不但是我二十多年來的衣食父母，而且有病的時候，都一直在臺大附設醫院就醫……他們對我的病歷最爲清楚，記錄資料也比較豐富，所以交給他們去解剖，作用較大。解剖後火焚，骨灰如不會汚染環境，可以撒在傅園做肥料，再不然追隨吳稚暉抛入海中也好，不過不要裝匣，散裝最妙。」爲甚麼洪炎秋要這樣處理自己的遺體呢？他是事事都爲後人設想的，他說：「絕對不必供在醫學院後面的東和寺去佔用一角空間，更不要造墓，造墓是損人不利己的措施。」何以故？他又說：「前些日子聽到一位地政官員說：臺灣每年要費二百多甲地，去供死人佔用，眞無聊之至。」另外，就是一點私蓄，他要把它送給他的夫人。

「現在唯一使我不能放心的，是跟我同難共苦了五十年老妻關國藩的安排。本來一個喪偶的老人，由子女負責扶養，在咱們中國，原是天經地義，不成問題，可是從西風東漸以後，『代距』的鴻溝越來越深，融洽不易，市公車處的『保持距離，以策安全』的標語，十分有理，所以我認爲我死了以後，我妻最好自立門戶，偶爾到子女兩家去做做客，比較有趣……所有這些金錢，或想不到的進款，全歸我妻做養老金……」這是洪炎秋對夫人的愛，也是對現代社會與家庭結構變遷瞭解後的一種憂慮。他在最後，要求有關涉者一定照「遺囑」辦理。

後來，因這一「遺囑」有多處與法律不合而經修正，但原則還是不變。

古時去世的那麼多名人，「遺囑」如也有人彙編，必然是洋洋大觀。從這些「遺囑」中，可以印證一點，死不放手。又由青芝（林森）老人和段執政的殷殷相囑，但聽者藐藐，卻都同鄧拓在《前線》所發表的〈偉大的空話〉一樣，他說：「卽使用了最偉大的字眼和詞彙，也將無濟於事，甚至越說得多，反而越糟。」不知楊繼盛的兒子應尾、應箕後來的成就如何，但據我所知，「遺囑」能徹底執行的沒幾位，洪炎秋先生的「遺囑」就是一例（屍體倒是解剖了的）。並非洪夫人不重視洪炎秋生前的遺言，也不是洪先生的哲嗣不孝（違父志即不孝），而是人情世勢如此，親友的包圍等等因素，使得「遺囑」難以實現。世上有孝子，但孝子更受世俗的約束，即使是眞純孝，有時也不得不做出違背良心的事。

輯錄這些，只是好玩，只是一篇遊戲文章而已。但是不要忘了劉備在《三國演義》評馬謖的一席話，大意是馬謖言過其實，不可大用，後來證明劉備目光如炬。奉行「遺囑」，不是說了就算的，也不是表面的虔誠就好了，而是誠心誠意才行。不過也不要忘了「儒者之言，溢美過實」這句話的教訓。在我們既然都逃不過動物性的代謝衰老，交代些後事，如洪炎秋先生，搞點懺悔如瞿秋白是可以的，否則學楊繼盛也未嘗不可，千萬不要搞甚麼「八勿」才好。

人人有死，僅提供這幾則遺囑，供後死的人做個參考，也是功德一件。

一九九〇、三、八 《臺灣立報》副刊

死亡的經驗

——一個逃出閻王殿者的回憶

我經過了一次死亡。(至少也類似死亡)，時間約在七小時之間，也可能在醫療的術語上，我所謂的死亡只是昏迷而已。不過在我來說，與死亡沒有太大分別。

如果我的經驗算是死亡，那麼死亡只是一片空白，甚麼也沒有，所以死亡並不太可怕。

事情的經過是這樣的：一九九一年元月二日晚上，參加李牧的女兒曉菁的婚禮，因爲去得遲了一些，被擠到最後一桌去了，不過仍有幾位老友坐在一起。

李牧眞的交遊滿天下，我們兩人共同的朋友不少。應酬隨著年齡增長而減少，老朋友常藉紅白喜事敍敍舊。那晚，我在女方席位上轉一圈，等於告訴所有的朋友，我還好好的活著。這是便宜的事，免得寫信、打電話，多費不少口舌。

假定三日凌晨三時的心肌梗塞死了，那天婚宴中的行爲就是一種預兆。

曉菁是寄我名下的一位女兒，她成家了，有傷感，也有喜悅。於是往熟朋友的席間轉了一圈，逢人喝酒。似乎有甚麼預感，我對朋友說：我們喝最後一杯。好像知道自己該有此一劫似的，向朋友們告別。

元月三日凌晨三點，稿已經寫不下去了，身上說不出有甚麼地方不舒服，胸口有些悶痛。心想，洗一洗熱水澡，吃片止痛劑，睡一覺就沒事了。

但一躺下去胸痛加劇，立卽就有嘔吐的感覺，並且說不出話來。拉醒熟睡中的妻子，兒子叫了救護車。在等救護車的五、六分鐘內，已是口吐白沫，全身冒冷汗。老妻、兒子與女兒的男友螞蟻搬蚯蚓一樣把七十多公斤的一堆肉，搬到電梯口，上救護車時，我還能下意識的主張把我送臺大醫院。

我最近的病都在臺大看，戴東原教授替我看了三、四年的病，病歷都在臺大，但救護車駕駛經驗豐富，送到臺大路程太遠，那就來不及了。駕駛不聽我那一套，逕送離我家最近的國泰醫院。

到了國泰，我已昏迷（休克），意識模糊。後據孩子們在我出院後告訴我，一入國泰急診室，施行急救，立刻進行電擊，我的孩子們也已接到第一張病危通知單。換句話說，我卽將註銷人籍，把我當成人這件事卽將結束，而將稱之爲鬼。

經急救後，本已靠近鬼門關的我，又回到了陽間。那只是清醒的人們，說我又活了而已。至於我自己，已完全沒有感覺，只是一片空白罷了！

連電擊也沒有感覺，冠狀動脈所造成的疼痛自然也沒有感覺。我想如果那時我的心臟就此停止跳動，不再呼吸，應當就是死了！

如果那就是死，那麼死並不可怕，也沒有靈魂出竅等浪漫的旅程。心臟病死得眞的痛快。我曾見各種疾病的死亡，有的疾病眞的痛苦，一位患喉癌的朋友，末期不斷的打嗎啡，劑量也不斷增加，與心臟病比起來，癌症患者的死亡就非常可怖了。

國泰旣挪不出加護病房，只好代爲接洽各大醫院，都沒有病床，因爲我是榮民，榮總現在增加榮民收容量，子女們也不管如何，轉榮總再說了。

這時我的子女們接到第二張病危通知。

人似乎離親友越去越遠了，生與死之間，只一紙之隔。孩子們已對他們的母親進行心理建設，做應變的心理準備。

醫師們又進行第二次電擊，同時進行注射抗凝血劑與血管擴張劑，醫師和護士如同打仗一樣，進行一切必要的手術和醫療。

這些程序，我是毫無所知的。

當忙碌的醫師、護士們喘一口氣後，對我的女兒說：「你父親已從鬼門關跑了一趟回來了。」的時候，我似乎也喘了口氣，心臟跳動漸趨規律，我暫時逃脫閻王的拘捕，拒絕上帝的寵召。直到三日早上八、九點才發現自己已躺在加護病房裡了。

心肌梗塞最可怕的是肉體的痛，用度數來表示的話，我已經痛到極點的一百度了。生理上的痛苦我已嚐試過了，若不是榮總的醫師給一針嗎啡，我不會無痛的去經歷那死亡的滋味。

這世界並沒有甚麼陰曹地府，當然更沒有牛頭馬面，世間的富貴貧窮、榮辱都一無所知，一無所感，也無所謂擁有與放棄。我想來想去，用佛家的一個空字來形容死亡是再恰當不過了。

如果我的經歷就是死亡！

死實在好容易，當然也沒有甚麼可怖。即使有這樣的經驗，也無法詮釋死亡到底是甚麼，我想只要能使生理上無痛，人是隨時都可以死亡的。

以我這次心肌梗塞的經驗而言，昏迷狀態至少是與死亡接近的。我們有一位編刊物的能手朋友叫朱橋（朱家駿），他曾經在二十幾年前兩度自殺，才結束他那悲劇似的生命。

他兩次自殺，都是吃安眠藥，第一次自殺，可以說是出於衝動激情，第二次就不是了。倘若死眞的可怕，吃安眠藥又痛苦，第二次斷不會自殺，卽使一定得死，也不會再次吃安眠藥了。

說到這裡，讀者不要誤會，我不鼓勵以自殺來求得解脫，那是一種懦弱的行爲，不過像朱橋一樣，毅然的第二次自殺，當然是有必死的理由，否則聰明如朱橋，死又如此可怕，豈有兩次自殺的道理？

昏迷後是一無所知的，與睡沒有兩樣，那麼一個夢樣的「輪迴」存不存在呢？如果眞有陰間，且一如現在這個社會，那「四大皆空」的「空」就有了問題。

試問，既是「空」，心裡卻有個「輪迴」世界，這不是矛盾是甚麼？其實宗教就靠這種矛盾存在，以恐懼來招收信徒，否則那些神職人員怎麼活？基督教說人有原罪，唯有信天父，才可以免去原罪，這都是一手拿《可蘭經》，一手拿劍的傳教方式。

談死竟然扯上宗教，眞是罪過，不再胡扯了。我一生經過幾件大事，一九四九年四月二十三日起，「劉鄧大軍」在徐蚌會戰結束沒幾個月，卽渡過長江，從那時起一直與之接觸，那種遭遇戰，隨時隨地都可能死。經過了八個多月，也就是一九四九年十二月底，從雷州半島海外的東海島渡海來臺，才算暫時脫離敗兵被追趕的恐懼。一九七四年一次腦震盪，也隨時可能要老命。這些都逃過了，唯獨這次心肌梗塞來得兇猛，給我一次特殊的經驗。

我住入榮總的心臟科加護病房時，三毛就在那天自殺死了，這是文壇的損失。不過自殺應有不得已的苦衷，我想三毛一定是求個解脫才這樣做。不過作家自殺，並不是甚麼特例，不要像少年維特的服裝一樣，三毛的自殺竟然造成流行，那就不好了，相信這絕不是以美化人生爲自己責任的作家所願見的。自殺的作家極多，朱橋的二次自殺、海明威的槍擠、三島由紀夫的切腹等等，要比三毛悲壯得多，不過她是一個女子罷了。我想，他們這些人，一定是看透了生死了。

凡能動手結束自己生命的人，他們一定有充分的理由，儘管我們不以爲然，對他們卻是非常重要的呢！

對於三毛那樣的求結束，我們既不歌頌、也不貶損，讓她靜靜的去吧！

這次的危險，我自認是一種死亡的經驗，是與不是，應由醫師來說，他們的話才能算數。不過那段空白應當屬於一種死亡，即使不是眞的，那也應當是接近死亡了。無論如何，都是寶貴的一種體驗哩！

一九九一、三、九 《中華日報》副刊

我第一次殺人

我殺人了！那是第一次，而不是最後一次殺人。

當我扣引湯姆森衝鋒槍的扳機，朝從高處撲來的人橫掃時，他順著原來撲擊之勢，繼續向我衝來。

腥味極濃的鮮血噴了我一身，當我以舌頭去舐我乾燥的唇瓣時，我感受到了那股從來沒有的血腥味，原來我滿臉都染了那個撲擊者的鮮血。

——我殺人了！

我在心裡喊著，我相信當時我的神經受到相當的刺激，瞳孔也一定張得極大，血脈賁張，心跳加速。

我們的法律、我們的風俗、我們所接觸的環境都不允我們殘殺同類，雖然在動物界中，人類因肉食而比兇禽猛獸更可怕、更殘忍、更好殺生，可是對於同類，卻不許殘殺。

爲了這個理由，法律上對於殺人者，判處死罪，因此殺人變成一種可怖的、不可饒恕的罪行。

和平相處，以法律或者公訂的行爲標準，作爲解決人與人的糾紛，就成爲人類行爲的一種規範。

人就在這種規範下，得以戰勝其他的生物而繁衍，避免「強食弱肉」的悲劇發生。大致上說，文明也由這些逐漸形成的規範，獲得逐步的發展。

而我殺人，我已犯下了不可饒恕的罪惡，因營養不良而顯得修長的雙手，竟然染滿了血腥。

雖然人類殘殺同類，但是有時你會被允許殺人。於是不管你願不願意，你都將違反「上天有好生之德」這條規律，成爲一個不折不扣的「劊子手」。

自從我殺了那個人，我大開殺戒。在戰場上對抗中，人性泯滅，我開槍射擊所有出現在我面前的任何人。

人類曾爲了生存，有時必須殺死危及自己生存的同類。因爲人類以他們的智慧、經驗發展而來的法律，保證人類和平共處。違反這個共處原則的，我們奉令格殺勿論。

那法律、那風俗乃是人類走向文明的一條軌道。

那條軌道保障善良，對於威脅人類自由、幸福的人，我們允許作保衛性的攻擊。

爲了這個充足的理由，思想的戰爭就發生了。很不幸我生長在思想、意識都劇烈衝突的時代。

從我生長，並對於這世界有所知覺時，我從父母以及所有我周圍的人接受那個原則，並以那標準去判別好壞，選擇了自認爲合理的、優於敵對一方的思想和意識信仰，並因爲那個思想與意識獻身。

就因爲這一點理由，我自願的成爲一個軍人，而且被動的成爲職業軍人，爲實現我的信仰和理想，而與敵對的一方對抗。

而我被允許在實現理想的奮鬥過程中，用可能的手段使敵對的一方屈服，其中包括合法的殺人。

二十三年的軍旅生涯中，我曾經直接使用武器，保衞我所信仰的思想的實現，殺死不少人。

一九四七年元月，那時我還是二等兵，入伍未久，我的身高比美製M一式三〇步槍高不了多少，立姿無依托的射擊，還感到相當吃力。而殺人就在那個年齡發生。

我們駐紮在江寧北岸的一個村莊，大夥在人家的堂屋中，用稻草和門板搭成通舖，酷寒的殘冬之夜，我們蜷縮在美製毛毯下半睡未醒。

三八式子彈特殊的劃空聲，只要有射擊與戰鬥經驗的人都能分辨得出來。那種特殊的彈道劃空聲把我們驚醒了。

班長悄悄的把每個人叫醒，像平常緊急集合一樣，要求迅速，無聲和摸黑進行一切動作，唯一不同的是要把戰鬥裝備帶齊了。

槍聲時而疏落，時而緊密，偶然夾雜著各種炮彈炸裂聲。

我知道所有可怖的事情都將發生了，其中包括流血甚至死亡在內。不過從槍聲來判斷，戰鬥離我們尚遠。

我終將面臨著殺戮的場面，我終將要參加戰鬥了。

沿著掩蔽的地形前進，老兵油子小聲問我，有過女人沒有？倘使沒有，那麼地獄和天堂都沒有我的位置，一旦戰死，靈魂就懸在半空中飄盪。不上不下是最難過的了。

軍人的幽默嗎？不是的，那時候軍人從前線下來，便大吃大喝，盡情享受官能之娛，爲的是他們極可能在下一次戰爭中，成爲野外的腐臭屍體；而現在的生命，卻是從閻王殿上撿來的。

戰場，那個可怖的地方，顯然我們已經投身在那個代表著血腥的地方了。我沒有看到敵人的踪影，但曳光彈在空中交織成網，彈頭犁開身邊的泥土而濺了我一身。

機關槍的點放，美妙的在山谷中響起，擔架把血淋淋的人從第一線擡下來，而增援的部隊急促的往前調動。我知道我眞的已經投身在保衞自己的意識形態的戰爭中。

敵人突襲了我們，戰爭在每一個山頭、每一個溝邊、每條小河激烈的進行，迫擊炮和火箭在四周爆炸。

我沒有看見敵人，而我遵守在受訓時所獲得的技能知識與戒條：看不見不打，沒把握不打，我機警搜索前進，急跑通過開闊地，隨我身後而來的，是一排馬克沁的點放，我又逃過了死神的一次拘捕。

每一根神經末梢都是緊張的，生命時時都遭受到威脅，而保障自己安全的唯一方法，就是殺死敵人。

殺人是有罪的，但戰爭使殺人變成合法化，而且極可能成爲英雄，並獲得政府的勳獎，以及人類的崇拜，這就是極爲奇妙的變化。

當我正向一個堤坎躍進時，敵人對準我射擊了，槍彈打穿了我脅下的衣服，我距離死亡只有一寸。

於是我隱伏下去，伺機還擊。我尋找那個敵人，但是他已狡詐的轉移了他的位置。我找不到他的蹤影。但當我回頭時，他向我撲來，我舉起湯姆森衝鋒槍向他掃射，他的血噴了我一身，我感覺到那血腥和帶點鹹熱的味道。

我踢了身邊躺著的人，他沒有動，我深爲我優秀的射擊成績驕傲，我高明的殺人技術，使我生存而敵人消滅。

戰爭並不因殺死人而停止，那些活的人繼續進行戰爭，敵人又向我撲來，他們並非爲同伴報仇，而是爲了保命。

我繼續的掃射，繼續的變換位置以免暴露而遭射殺。

當戰爭因敵人的攻擊頓挫略爲停止時，我看著因營養不良而顯得纖細瘦長的食指，以及沾染在手上的血跡，我眞的殺了人！

那是我所不願相信的，可是它是事實，敵人以及同志同躺在冰冷的山上，他們被殺了，有些是出自我的射擊所造成的傷害。

我驚異於我的膽量，竟然敢開槍把人射死，這是出於我所能想像以外的事情。

事情並未因爲殺人而結束，敵人向陣地作更猛烈的攻擊了。人海戰術也在山腳下出現；那些手拿落後武器的敵人，海浪般一波又一波的攻擊，那些人，卻也如同海浪被沙灘吸收似的在山腳下停止，他們的血，同海水一般的灑在那泥沙上，只是他們永遠也退不回去了。

屍體把一挺重機槍的射口擋住了，我們不得不把屍體同朽木一樣清除掉，好讓機槍有良好的射界，不然我們也將成爲屍體。

戰爭繼續了三天，那一次戰爭我第一次出手殺人，自從我把那撲向我的傢伙射擊後，我已不把殺人當成一回事了。

那一次戰爭，在我那枝湯姆森的火舌下喪生的，至少有七個活生生的生命。

我殺人了，但我沒有罪惡感，戰爭的目的就是要用一切可能的手段取得勝利，殺死敵人，是那些手段之一。

曹鄴有如下：

三秦流血已成川，塞上黃雪戰馬間。
只有瀛兵塡渭水，終無奇士出商山。
田園已沒紅塵裡，弟姪相逢白刃間。
惆悵翠華猶未返，淚痕空滴劍文斑。

戰場成爲一個殺人合法化的地方，殺人可以使你成爲英雄。因爲我們是爲我們的理想而戰，是爲了保護更多人的安全而殺人。又因爲是內戰，骨肉相殘的悲劇也曾發生過。

因此當我扣引扳機時，我沒有罪惡感，沒有內疚，也沒有不安。我爲了保護自己而扣引扳機。但是戰爭結束後，我從戰壕裡爬出來，看到那些屍體時，我的心在流血。

甚麼事都會有第一次，而第一次是最難的，只是我在扣引扳機時，沒有透過理智思考，而是一種本能的反應罷了。我沒有時間去想別的，譬如我們是同胞，我們同是人類，而我的敵人的母親與情人正在倚門等待著他回去等等。那時我所想的，是殺死他。

當他撲向我時，唯一讓我想到的，便是殺人，把他殺死是我唯一要做的事情。戰爭使殺人合法化，而我在戰爭中，果眞殺了人。

一九八一、三、七　《中華日報》副刊

給討海的兒子

現在我寫這封信時，不知道你在那個經緯度的交叉點上，不過無論如何你還存在在這個世界的某一個地方，我想那已經夠好了。

這封信是寄到我們約定的地址，而漁船是那裡有魚，就駛到那裡，是海上的遊牧民族。所以，孩子，你也許讀到它，也許它成爲郵政所謂的「死信」。

一向爸爸寫信，都是板著臉孔說教，如同那些夫子曰一樣的面目可憎，從來沒有談談父子的親情。那些嚴肅的問題使我們的距離越拉越遠。

這造成你漂流海上，過痛苦的生活，也許你和我都選錯了道路，其實說你我都錯了，這是不公平的，當時你不過是位天眞漫爛的少年，懂得甚麼？考那間中正預校，多半是父親的主張。所以錯誤在我。而這些錯誤，都已無法彌補，可能注定你一生要受苦受難了。

你原是壯志凌雲，卻想不到成爲「討海人」。本來，這世界不上天，就入地，想不到竟然由我的骨肉來證實，付出的代價何其高？「討海人」在民主運動者及文學家的觀念裡，是沒有明天的人，是痛苦的同義語。據說，都是一些無法生活的同胞，及沒有技能的人才討海。我想，是否爲「惡意宣傳」，當可從你的身上獲得證實。

「討海人」辛苦可以理解，一九四九年十二月我們從東海島乘二〇八號登陸艇「轉進」，只能載三千人、數輛戰車的登陸艦，載了一萬五千人，沒有睡的地方，淡水十分缺乏，活動空間有限，經過一星期的航行，當我們經過香港海面，見到了陸地，才覺得陸地的可愛。

那時包括父親在內，不少人想跳海脫離那種痛苦。漁船的活動空間更小，我想像得出來，你一定懷念陸地的寬廣舒適，雖然臺灣地小人稠，總還是比漁船要大得多，舒服得多。

爸爸曾經有過吃海水煮飯的經驗，那種用海水煮的飯又苦又澀，難以下嚥；但是飢餓讓我們沒有選擇。過去黃河流域的旱澇兩災，傳說有易子而食的悲劇，有了那次經驗，我相信飢餓會使人失去人性，任何倫理在那種情況下，都不會存在。我曾經從南京一路看到大流亡的景況，他們先拋棄一些粗糙的物品，然後是細軟，然後是兒女，最後是妻子或丈夫。一位還不太懂事，只認識父母的孩子，突然不見了保護他的雙親；或者妻子與丈夫無力繼續向前奔跑，而不得不犧牲自己，保全親人，那是何等景象呢？

回頭再說吃海水煮飯的經驗。

飢餓既然讓人不能選擇，但吃下用海水煮的飯卻讓不少人渴得發狂。那種渴，如火一般燎烤五內，有人因此而選擇死以求解脫，跳海自殺的不少。

漁船雖然比登陸艦小，不過我想淡水和食物不致缺乏，所以生活不會同我在二〇八號登陸艦那樣悲慘。這是唯一可以告慰想念你、擔心你的父親了。

據說，漁船的黑暗是有名的，那些文學作品的描述，以及新聞的報導使爸爸心驚肉跳。我原本對漁船的新聞是不太關心的，現在每則漁船的新聞都細細的讀。我極怕你及你工作的漁船的名字出現在新聞上。父親老了，已不再是過去的「強人」，受不住一點打擊。

漁船同監獄一樣，在一定的空間生活，我想你已經嚐到這種痛苦了。

我爲我替你選擇的那條道路負疚不已。中正預校的教育，使我至今痛恨不已。

爸爸之所以同意你去考那問特殊的學校，是受了他們不實宣傳的影響。那些硬體設備，的確是美侖美奐，他們用納稅人的錢蓋了寬大的游泳池，培養了綠茵草地，有完善的語言教室，卻沒有好的教師。他們雖然是七十、八十、九十年代的人，可是那些已經塑成典型的頭腦卻仍然相信五、六十年前的「老套」。這且不打緊，最糟的是把那西方的「學長制」生吞活剝的搬過來，卻因你們學校學生的素質，完全走了樣——以整低年級爲樂事。

父親仍以愛心容忍了這些不合理，而使不少如同你一般被開除了青少年的事實，不願去揭露那種所謂「制度」的缺失。雖然這些缺失可能誤了你及許多人的一生。

今天，父親不是自私，但對你總要說一些眞心話。

你原本是父親的乖孩子，不會抽煙，不會反抗，更不會說「他媽的」。但你進了那間學校，卽失去在家裡養成的優良品性，而一切的壞習慣都有了。記得你進那所學校時才十六歲（國中畢業），原是天眞爛漫的年紀，如同柔軟的泥土一樣，可塑性很高。對於這樣的青少年，要塑造成甚麼模樣，就能塑造成甚麼模樣，可是那些教職員卻沒有這分能耐。

當他們沒有把一位純潔的青少年教好的時候，永遠都不會去檢討自己的罪惡，他們唯一的方法就是「開除」。那的確是一個推卸責任的「好」方法。雖然我們尊孔，可是那間學校的「教師們」（姑且如此稱呼）卻不是偉大的教育家孔夫子的忠實門徒，他們所遵從的是孫武，所以也就不知道「有教無類」爲何物了。因爲他們沒有把一位純潔的青年教好，學了很多壞習慣以後，唯一的辦法就是開除了事。

他們更不知道愛與耐是甚麼？

他們也不知道國家社會是整體的。例如以你被空軍官校開除這件事來說吧！連同你已合格的那間學校的文憑也不發給，更遑論「比照」大學（不知道那種學校如何比照大學）的一年級肄業證書了。用去了四年的青春，換來的是一紙開除公文。從此斷送了一位青年繼續學業或就業的道路。這是最殘酷，也是終生的懲罰。犯一些校規，眞的如此罪大惡極嗎？爲什麼不能發休業證書或是肄業證書？

我了解的是，他們的國家社會觀，只是他們那個小圈圈，除了那個小圈圈，其他人都不愛國，也不是甚麼社會，你既然不符合他們所需要的「條件」，又認爲你是一位不堪「造就的青年」，那麼不發給你一切文憑，讓你離開了那所學校與團體，就永無翻身的餘地，毀了一生。在他們來看，似乎是極爲「合理」的「懲罰」。

但是我要問，國家與社會就只有軍隊、軍人嗎？這種狹隘、偏執、頑固的心態，不知害了多少青年。

如果父親自私，應當鼓勵你去反抗這些無知者。結合這些被害的（被開除的）青年，一齊爭取你們生存的權利。因爲你們生存必須有相當的學歷，但是再到普通學校的機會，已被他們狹隘的心態剝奪了。

國家與社會，不是某些人的，更不只是軍人的，而是全體國民所共有；所以不是某些團體「純淨」，就可使國家強大、社會和樂安定。我們已是一個多元的、開放的社會，必須是各行各業都盡其本能，才能達到目的。這一點，他們是不懂的。

我已經寫得太多了。

父親已老，對你，我必須再度叮嚀，雖然那間開除你的學校，以及他們的高級職員們，不要你們活下去，以看到凡是經他們開除的學生，都潦倒不堪，使他們痛快，使他們譏笑，使他們相信經他們開除的學生都是頑劣不堪。可是你就讓他們眞的這樣達到目的嗎？你及那些被開除的受難者，應當加倍的奮鬥，證明他們的狹隘是一種錯誤的心態。你及你那些被開除的同學們，不能因爲那一紙開除令所揑死。

父親這樣說，不是一時衝動，自你被開除的那一天起，已經思索了三、四年，反覆的思考過了。父親把整個青春奉獻給國家，爲國家流過血，雖然有些人認爲我們的奉獻微不足道，但我既爲她奉獻、爲她流血，當然格外愛她。愛國者有多種方式，絕對不是拿槍扛砲、穿上軍裝才算愛國。我希望你們仍是一本當初投考那間學校的初衷去愛國家，去爲國家奮鬥。浪子回頭，金尙不換，況吾兒非浪子，又豈有不愛吾兒之理？

談到你的遭遇，我知道所謂「民胞物與」及「成事不談，遂爭不諫，旣往不究」的理法。這些傳統有些人早已抛諸腦後，那些措施，是迫人爲賊，逼人爲盜。吾兒行船，奔走五湖四海，生活於有如監獄之漁船上，亦鋌而走險也！但我希望到此爲止。

有些人，他們只懂得局部的美，以前你讀的那所中正預校、空軍官校及那個團體，他們以爲他們就是全體，殊不知還有你們這些漁民們。

好了，我已經寫得太多了，我的目的不是教你怎麼恨，也教你怎麼愛：做一個好的「討海人」也不錯。

不必擔心我們，我們都活得很好。

父字

一九八八、一、十九《中華日報》副刊

賒得莽林種晚花

一生戎馬，憑著滿腔熱血，東征西討，縱橫於生死之間，自問頗具有浪漫的英雄行徑。由於近代加諸於中國的苦難，都由這一代人躬逢身受，無暇計及個人安身立命的問題，退休以後，才覺得解甲而無田可歸，乃棄劍學書，耕一塊方硯，其中雖然清苦，卻自有山水，樂也無涯，無如我們是二等跑將，未追及轟轟烈烈的八年抗戰，卻又趕在這知識爆炸的開端，能著作而沒有烜赫的榮銜，文章也屬二等，況又生逢詩書價賤的時代，想廉價出售而不可得，於是經過了深思熟慮，頗有退隱山林學老圃之意。

這是一種奢侈的想法，欲隱山林，看似簡單，行起來頗為不易；山林生存要勞力不必說，同時也需知識，在這種花蒔草，也已成為專門學問的時代，少年耳聞目睹的那些耕種方法，早已落伍，就算是具備了務農的知識，人口爆炸的結果，那些荒林野地，也早已為先知者捷足而登，當年荒野一片的梨山、環山、武陵等，都已是處處人家了。

以一支筆養家活口，累人自是意料中事，但當看到兒女如鮮花似的成長，即使累人，只要觸及兒女的笑容，一些構營的辛苦，也就不算甚麼，但是人非鋼鑄鐵打，年齡一到衰弱的表現立刻顯出，因之，最近寫作的速度、構思的敏捷等，都有了顯著的退化。這種現象，頗有硯破筆穎的悲涼感。於是經過了長久的深思，乃作眞正歸隱山林的決定。

一九七八年歲朝，趁著年假，上山找到當年縱橫疆場的老弟兄，踏遍中央山脈，由福壽山到清境，當年的莽莽野林，都已是桃花李花，三十度以下的山坡地，都已植梨種桃，每甲蘋果林，價値五百萬，梨山和環山的草生地，每甲也已値二十萬了。至此，我才感到歸隱林泉也非易事。

來自農村，原就是老農的兒子，我的身上流著他的血液，自然對於土地有著一份親切感，看到那些能捏出油來的土地，歡欣雀躍，我想到父親以及祖父那種耕種之樂，便想借一塊莽林，種些花草，重操舊時行業。

雖然中央山脈已爲那些先知們開發了，但那並未能阻止我歸依山林的決心，那位曾經一起出生入死的弟兄，沿著霧社上山，越過清境，由翠峯沿南投縣新闢的產業道路，向仁愛鄉發祥村的紅香部落進發，我希望在那個未經開墾的野地裡，找一塊安身立命的所在。

紅香部落在這高度文明的世界裡，依舊是五柳先生的桃源世界，泰雅族人的純眞，以及那蒼翠的原始森林，仍保留了農業社會的人情味兒，在紅香部落還是那樣的濃郁。猿狖猴狂，鳥唱花香，好一個清平的和樂世界。

山林的暮色，山林的朝陽都是誘人的，眞是人工比天工，便不得不嘆力有未逮之感，自然的偉大壯觀眞是迷人。

紅香部落在大雪山下，遙對大禹嶺，一彎不知名的清流，繞村潺潺而去，疏籬樹影中，春山似畫，置身於這樣的環境中，浮動的心也沉靜下來。

那裡還未受到文明的汚染，我到了那個地方，便像闖進了吳宮故野，自己是畫境中的一部分了，我變成了淸溪游魚，不問人間冰來雪封，忘卻你爭我奪，三花兩蕊，枯樹昏鴉都使我如珍寶般的獵入眼底。

紅香部落眞是太美了，那夜我雖是孤宿荒村，卻在寂靜的夜裡，擁有蝶夢。

我乃賒得一片莽林，種些桃李，雖屬晚花，一旦開花結實，旣可以自釀醇醪，又可以裹腹，屆時邀三兩老友，老殘於林中，弈半局，飲半醉，睜半眼來看鬱林蒼樹，前半生的闖蕩，便都是白雲蒼狗，一付淸溪，任他西流。過著不辨桃杏、嘉禾莠草的生活，一律植在賒得的莽林野地之中，後半生的生活，付與松竹，固未有五柳先生的才情，然而總可以餐風露宿，放下一切來重操農耕舊業。

我便是爲這些，去賒得那片莽林野地，種植晚花閒草，體驗一下杜工部野人居的生活，倘能洞中方七日，世上幾千年，未嘗不是人生一樂的事情。

紅香部落尚在未納稅的時代，尚在男耕女織的時代，出些勞力，足能以手養口，靜下心來，鬢毛全禿，齒牙頻墮，不記何代何年，忘卻桂冠神武，只戀那多情桃葉，滿山櫻樹，那種生活，勝過英雄蝶夢，也勝作家「榮銜」，當然也勝過斗大印把，更別談那萬戶侯爺了。落腳紅香部落，沒有誰再識得那簑笠老兒是誰，不管是殺人盈野的罪惡漢子，或是廣廈千間，曾庇盡天下寒士的善人，都一筆勾銷，這才是人間大樂。

我不爲出世，也非避謗山棲，更非看穿了這世界，我原是一個凡夫俗子，我爲的只是求一處乾淨的土地，容下我這骯髒的身軀。紅香部落就是那樣一個地方，窮鄉無干贄，柴門草戶，一簾青色，任癡任狂，都無人管了。雖然我只是賒得莽林荒山，付出血汗，是否能開桃花結李子，在所不計；生既未帶，去也無法攜走，即使到頭來，落空又何妨？只要能種晚花，蒔野草，悅目賞心，也就夠了，也不管種桃種李，能裹我腹，酸甜苦辣，在所不計。

一九七八、三、六 《聯合報》副刊

那群漢子的瘋狂

一九四九年四月二十三日的清晨，江陰和當塗兩地易手後，駐守南京的國軍，已被包圍在三角洲上。而我這准尉排長帶著四十幾位弟兄，駐守在江寧鎭的對岸喬林鎭，成爲衞戍部隊的排哨之一。在二十三日凌晨，我們接到一通過江的命令，然後從敵我雙方都封鎖的長江渡江，一路追到湯山、句容，而我們的部隊已所剩無幾。

突圍至安徽的廣德，又被中共從高地把我們包圍在廣德城裡。這時我們已經五六天沒有給養，也沒有正式的睡過。以筋疲力竭之師作戰，結果可以想像。

於是我與路上會合的崔桂林連長，以及幾個新五軍的難友，鑽隙出了重圍，未料共軍的先頭部隊已經在五月初推進到江西境內。這項不利的消息使我們沮喪。但是我們需要生存，這是我們的權利，不能不自找出路。

要生存，就非要戰鬥不可。

依有限的軍事常識判斷，共軍進展太快，對於鄉村控制必然無能爲力，這項判斷是正確的，我們從鄉村道繼續鑽隙向南方前進。

爲了生存，路上吸收的國軍官兵，從十幾人二十幾人，我們像滾雪球一樣的壯大，等到我們經過衢州、江山、玉山、鷹潭到南昌外圍的東鄉時，國軍成功的把「解放軍」暫時阻止在贛江一帶，我們才眞突出包圍圈。

當我們在二十三軍（番號是否正確，還是個疑問）的接待與掩護下渡江時，我們已經有六百餘人，我也自派爲上校參謀長了。

那是一支沒有番號的自願救國軍。

自刻關防，並獲得江西一帶地方政府的認可而支援。

在眞空地帶的東鄉，打開了未及運走的軍火庫，獲得了不十分合用，但聊勝於無的報廢武器，拼湊之下，居然我們有百分之三十的武裝。

這對於那群難友來說，算得上如虎添翼了。我們雄心萬丈，除了救國之外，同時也爲自己打出光明的前程來。

未渡贛江前，我們已不再躲避中共，憑我們豐富的作戰經驗，在東鄉曾經以大吃小、打了就跑的方式與中共前哨接觸。目的是在吃掉中共的小部隊裝備自己。

那時我不過十八歲，除了崔桂林先生之外，難友們的年齡、知識都相差無幾，也許是初生之犢，也許是甚麼都不懂，對局勢不了解，也許殺紅了眼，心中有一股強烈復仇的願望，而使我們拼鬥。現在想來，那種拼鬥方式，近乎無知與自殺，但無論如何是充滿了信心與希望的。

由於那些人槍，過江以後，二十三軍曾接洽，軍部願意給一個團的番號。由於「打出了信心」，一個團已難使我們滿足。

我們在宜川獲得鐵道兵團（即蔣緯國將軍的部隊）的協助送到萍鄉，這時已經離開戰線數百里了。

也許眞的是共患難易，雖然那時還不是太平快樂的時候，卻已減少了死亡的威脅，比起在共軍包圍圈內跑要安全得多，內部就有了意見。

首先是薪餉來源，那時軍中的待遇菲薄，記得尉官與士兵的薪餉，不分階級，都以銀洋計算，士兵每人每月兩元；尉級官每人每月三元或四元。關金在那時根本已失去貨幣作用，政府不得不以準備基金作軍餉，可知政府的困難。我們旣是沒有番號的「軍隊」，除了打家刼舍，那有薪餉來源？但是我們除了吃飯，買菸買草紙的錢都沒有（這裡所謂的吃飯，也只是塡飽胃囊而已），說起來眞的太慘。在這一點上，我的意見與幾個大隊長的意見有了衝突。我認爲要救國，就不要談私人利益，想想，當時是太幼稚，想法太單純天眞。

爭他們不過，眼看不能解決問題，就要面臨解散的命運。崔「少將」則力主接受唐化南將軍的七十軍收編，因爲七十軍在贛南，個人獲得保障，薪餉也可以解決。他有許多新五軍從南甗下來的老同事在七十軍，他保證收編後，難友們都有適當的安揷。但是難友們正以他有老同事在七十軍，很可能拿我們做「資本」而換取高官，所以大家都反對他的意見。

在這種情形下，我只好說服崔先生向萍鄉某煤礦「徵」焦煤運到香港出售，暫時解決燃眉問題。

煤是要到了，反正那時已成爲無政府狀態，誰手裡有槍，誰的話就生效、就有權力。接著向萍鄉站調了四節車廂，也非常順利。有了車、有了煤，我們派「軍需處長」（原來的特務長）和幾個士兵押車去香港。也不知道車在中途被扣，或者是「軍需處長」把煤賣了滯留香港不歸，反正我們等了一個多星期，仍不見他帶錢回來。

由於懷疑、傾軋，加上我年輕氣盛，曾議中與幾位主要幹吵了架。

崔桂林先生率領他的親信投奔七十軍。因爲他年紀大，又參加過中原的好幾個大戰役，看得多，考慮得也周到，事後證明，他的看法正確。他說：「闖，得不要錢，也不要命，不要名才能成氣候，我們啦，都不是料。」果然我們不是料，雖人數不少，但是結果還是闖不出局面來。

戰火在江西膠著了！這給我們喘息的機會。

崔桂林先生的離去，我不僅不惋惜，而且有點慶幸。我想：他一走，餘下來的人都屬於我了，我可以爲所欲爲。壯大或者被消滅都是我自己的事。何況「被難」路經萍鄉的散兵游勇，每天要以萬計，只要在車站貼張條子，要甚麼幹部，要甚麼士兵都有，哪在乎他帶走那一百多人？

共軍向前推進了，那是七月中的事！

我們往那裡去？成爲爭論的焦點，有人主張去重慶，那是根據抗戰的例子，提出這種主張的認爲歷史必然重演；也有人主張去廣州，以政府的動向爲動向；我則主張去廣西，那裡有崇山峻嶺的庇護，同時我對少數民族的控制與相處較有自信。

事關數百人的存亡，爭論相當激烈。我們不過是道義的結合罷了，彼此沒有隸屬的關係，當然沒有服從的義務，我也沒有強迫與命令他們的權利。

但我非常自信，因爲我有闖蕩的精神與勇氣；我認爲我可以領導他們，雖然當時沒有能力發他們薪餉，相信總有一天我可以讓他們過「大秤稱金」、「大塊吃肉」、「大碗喝酒」的生活。

當我們爭持不下時，我要求公決，我想：我一定會獲得多數人的擁護。

就這樣，在一個黃昏，我把人集合起來，把計畫、想法、對時局的可能演變，用最簡單的方式說了，最後提出我與大隊長之間的爭論焦點。

我說：我們是道義的結合，而我們的去向，將決定我們這一生的命運，我無權來做甚麼決定，但我有權選擇，我徵求志同道而又要命的朋友。告訴他們，我不要你們立即做任何抉擇，但是我必須告訴你們，今天晚飯以後，我與我的朋友們，將在這裡集合前往廣西或更遠的地方！

向弟兄們再見之前，要求他們，願意去廣西荒蠻地帶闖天下的人們，晚飯以後在操場裡集合出發。

「我尊重諸位的選擇，事關生死，那是屬於諸位的權利。」

我與他們說了珍重再見！場面有點傷感。

戰爭迫在眉睫，而我們那沒有番號的、不屬於任何單位的隊伍，必然禁不起戰爭的捲席，我們將在那漩渦裡湮滅而在這世界上消失掉。

天黑了，我與我的幾個死黨在操場裡等了大約一小時，一共「追隨」我的不到三十個人。

嘆了口氣，我只有當排長的命。

當時我太自信，也過於意氣用事，並且忽略了那些難友都在大隊長的控制之下這一不利因素。

我失敗了。

我等於已經宣佈結束了我那上校參謀長的任命；卽使留下來，局面也已經完全改觀，何況還有面子問題呢？

不追隨就等於不信任，我發現我們那三十多人已陷入危機中，迅速離開那裡，是當時可做的唯一選擇。

把隊伍帶走，幸好那些有了衝突的野漢子們，沒有採取甚麼行動。

順利的離開了，而我所構架起來的「局面」頓然成爲過眼雲烟，也結束我自任上校參謀長的任命。

在那個動亂的時代，只要有膽、有謀，是可以做出一番事情的，可惜由於自己的能力、膽識等等，錯過了那機會。我失敗了，不過我不覺得可恥、和有甚麼悔恨，誰能掌握那個大動亂的時代？但不可否認的，那確實是一個永遠都不會再來的機會，也不可能讓我對自己的行爲做任何補救了。

一九八三、八、十《中華日報》副刊

翻故紙堆的樂與苦

書刊越集越多，對整個家庭大有「成災」的趨勢，而且家人各有所好，因此各自「搶佔」書牆，因爲自然有限，倒令我爲難起來。樓板有限，屋貴勝金，要想同古代的藏書家一樣，蓋樓房來藏書，在居不易的今天，簡直是做夢，甚至於這類夢都沒有；夢是日有所思的產物，既然想都未曾想過，那裡可能有夢呢？但在閱讀有需要，爲稻粱謀需充實知識的情形下，人家客廳擺酒，我們只好委屈，都變成了書架，隔間牆打掉，用書架代替隔間牆，整個家變成一屋書，沒有算過，大概總有一萬兩千多冊。

不是「愛現」，是現實所逼，無計可施之下的變通辦法。黃永武先生說，只要看他的書架，就可以知道人的深淺（大意如此），的確如此，搞文學的，自然以文學書爲主，依此類推，可知其人的品味。書架新舊參差不齊，足證這人的書是蒐集得來，大致上架的書都經讀過，一律新書，或大部頭書，其性質同名酒、假骨董相去無幾，是種觀賞與裝飾擺飾罷了。

講究版本的，當然年代越久遠越好，善本書的條件，以內容好、刻工好、墨色好、錯誤少、紙張上乘來衡量。中國的線裝書，有許多保存的有利條件，故宋版書仍能良好的保存至今。現代的出版物，這種優點盡失。

先說紙張，現代紙張由於使用含酸性化學品，紙張容易被風化變脆，民國以後的釘裝本，鐵釘氧化，幾十年後所用鐵釘就變成粉末，紙張也只有四、五十年的壽命，不利於藏書，難怪中央圖書館，買到平裝書，全部要重新裝訂以利保存。尤其是在臺灣氣候潮濕，眞不利於藏書。

紙張的改善，受造紙的技術與原料的限制較難，但裝訂應當可以解決，卽使平裝，也應用線穿，以免書本的釘子遭到氧化後脫落。一般消遣書，讀了就扔，倒沒有多大關係，對那些具有永久保存價值的書，裝幀是應當改進的。

還有的是，釘裝書無法平放，厚一點的書，書鎭對它也無可奈何，讀起來非常累，興趣就索然了。以現在的購買力，是提高出版物的時候了，可惜有不少出版社，仍然是過去的陽春麵式的出版主義，不注意出版物的品味，也就難怪出版的商業活動，始終壯大不起來的原因，思過半了。

還有，油墨的品質，對出版品的書籍收藏也極有關係。好的油墨雖然可保存幾十年，仍然透亮發光，劣等油墨則變灰變淡，且有脫磨的現象，容易弄髒雙手。

臺灣這四十多年來出版的書，平裝的居多，清理下來，由釘書鐵釘氧化，和封面黏糊膠的老化而脫落，一本好好的書，取下來就散了。重裝書店，又必須到師大附近才能找到，少數書他們不肯取件送件，自己改裝費力費時，再有價值的書也只好割捨，當廢紙丟掉。每清一回書，心裡就要流一次血。

其次，有些讀過的書，所做的眉批，今天再重讀時，觀點和見解都不一樣，只好重註。這樣一來，一本書就註得密密麻麻的。從估書攤上買來的舊版書，多數是人家讀過的。有的人讀書認眞，註上不少意見，那人讀書的心得，成了後讀者的啓示，獲得益處不少；另一類，夾有情書，或小便條之類，透露著某種祕密。從那些小祕密，揣摹看小女生和小男生玩的愛情遊戲，也是極有趣的事情。

也許寫信的人，已經是有情人終成眷屬，也許兩人已經鬧翻，成爲陌路；還有，曾有一本書裡，擬的孝子孝女輓父親的輓聯，斟字酌句，那小兒女又是如何的悲傷無助；或者夾有一片青葉，一張發票等等，不一而足。

因爲房子小，容量有限，每隔一段時間便需淘汰一部分認爲不必要的書。我採取每年過年大掃除時做這項工作。我發現有些當年認爲價値連城的書，如今都已一文不值，大陸開放以後，這種情形更多。現代人限於無力營造書屋，已不容易再有藏書家了。出版物多，求全不易，只有依據自己的興趣，朝專業方面去蒐集，這樣的藏書，才對我們有益。從整書中，能得到不少啓示，更有不少樂趣，逢到書滿爲患時，留了無用，丟了可惜，取捨爲難，也是痛苦呢！

於是每年把往來的信件和棄書，送給中央圖書館，也是一樂。

一九九〇、七、三十《臺灣立報》副刊

您不必再受苦了

幾位好朋友，大年初六約我到古堂春喝茶的時候，王怡交給我由香港友人請他轉交的一封家信。家信一直是由香港朋友直接轉寄到我手中的，這種反常現象，使我意識到家裡一定發生了重大的變故了。

拆信前，令野與張默一再要我保持冷靜。他們如此擔心的原因，是前年接到弟弟來信說母親病重的時候，因爲煩惱加上沒有一天奉待過母親的愧疚，編完報，就獨自到山裡去過了一夜，妻女擔心，電話到處找人，而使好朋友們爲我擔心，怕我受不了這個打擊而走極端。

本來這封信在農曆年底就已經寄到王怡的手中，照王怡的急性子，當天不送來，也會要我去拿，他一直壓了近十天，是爲了讓我的家人能過一個快樂的年。因爲他深知，這封信到我手中，情緒一定受到相當程度的影響，一家人必然因爲我的悲痛而失去了過年的樂趣。朋友們處處爲我及我家人設想，我們的處境都相差不多，這種相濡以沫的情感與關懷，我深深的感激。

中國積弱，近百年的戰亂，不知道製造了多少骨肉離散、家園破碎的悲劇，而最大不幸的莫過於這數十年的分離，不通音問，家鄉在苛政烈火般煎熬之中，製造了世界歷史中最慘烈的悲劇。我不過是這個悲劇中的一個微不足道的角色而已。

抖顫著手，堂弟達俊代他三個哥哥所寫的長信，展示在我的淚眼下，母親在一九八三年農曆十一月二十四日已經大去了。

堂弟在信上，以他三個哥哥和五個姐妹的口吻說，從今我們都成爲無父無母的孤兒。這個使我不願接受、卻又眞實的消息，雷殛著我的腦門一般，使我不知道是生是死，是在甚麼地方。

全身痲木，眼睛失明，耳朵失聰，好像我懸在四周都搆不著的空間，沒有任何依恃，我聽不見朋友們的勸慰，再體己的語言，再美好的音樂，再甘甜的滋味似乎都不存在。

我不願相信這是事實，母親竟然大去了！

母親甚麼年紀嫁給父親呢？

母親是那一天生的呢？

母親是那一歲生我的呢？

我全然不知道？

母親慈祥的容顏完全記不得了！弟弟寄來的照片，只是一位因營養不良而顴骨高聳的衰弱老人。弟弟說，那是我們的母親，我也只好把那我並不認識的老人，認定是我的母親了。這是莫可奈何的事。

記得小朋友們一起坐在易家門前，等待著各自的母親，當我的母親踏著夕陽歸來，雖然勞累一天，仍是紅著雙頰，即使是冰天雪地，仍是溫暖的懷抱，雖然是黑黑的夜晚，仍是明亮的眼睛，常常引起姑姑善意嫉忌的母親，想來母親年輕時不會醜，難道說就是那個營養不良，而使顴骨高聳的母親嗎？

我不信，可是我不得不信，那就是日日夜夜都在想念的母親啊！

苦難腐蝕了母親美麗慈愛的容顏，艱難的生活吞噬了母親健康的身體，母親啊！當我仰頭去看弟弟寄來的那張照片時，我痛苦、我憤恨、我哭泣，而且也咒罵了！所有的愁緒也都湧上心頭，我違背了母親要我們寬容大度的庭訓。

母親養育我們兄弟姐妹十一人（三妹死於腦炎，五弟死於心臟病），我家在祖父時代雖稱富裕，但到我們懂事的時候，過重的稅賦，以及人口的增加，又因二弟被綁票的贖金、祖母葬地引起文斗和中仰兩寨的械鬥引起的官司，都花去不少，記得僅寫狀子就賣去二十畝水田，其他可想而知，所以到父親這一代家道已經中落，這些生活的重擔，當祖母不再管家時，都落在母親的雙肩上。

不僅是我們一家的生活，還需要照顧佃農們，我們家那些佃農，每到五、六月就需要借貸度日，向別人借糧，重利盤剝，母親不忍心看到他們沉重的負擔，她必須在有限的存糧中勻支給那些窮苦人家。爲這種事，常使母親苦思焦慮，父親從來不管家裡的財務，需要支應甚麼，都由母親調度，他也不問家裡的經濟狀況，已經答應過，必須兌現，母親常常爲父親在外面的承諾而煩惱。

二弟兩歲時，在農莊被綁票，那間農莊距離家約七、八里路，有時祖父母住在農莊，農忙完了，或暑假時父母親也帶我們去和祖父母同住，據說那次綁票的目標是我。父親那時因買替身代服兵役（或者因父親讀武崗機械化學，未曾讀完就回家的緣故，似乎那是軍事學校），住在農莊以避耳目，所以母親常到農莊去看父親，每次都帶我同去，但那次卻帶二弟達清，他就在那次被綁票。

記得我們農莊有一支德造老毛瑟，兩支漢陽造（步槍），一枚手榴彈，以那樣的火力，足可與綁匪對抗，可惜綁匪是趁天黑掩至，佃戶及我家的人都在晚餐，空有那些武器，無法發揮威力。在那種情形下，只有睜眼看二弟被綁。

母親在與綁匪爭奪二弟時，奮力抵抗，雖然母親被打得遍體都是傷痕，卻仍然緊緊的拉住二弟的雙腳，後來只怕眞的把二弟稚嫩的骨骼拉壞才放手。雖然父親和佃農曾出槍追趕，終因二弟在綁匪手中，怕傷及二弟而未敢採取行動。

到底爲二弟付出多少贖金，如今已記不清楚，依稀記得初步提出是十五萬光洋，一直談判了兩三年，才把二弟從匪窟中贖出，當時地方的紳仕及家裡重要的人物，都不敢前往迎接二弟，因爲怕那又是一個陷阱，只有佃農、祖父和母親同去。

在那個年代，貴州強梁橫行，有些地方，既是良民也是賊盜，只文斗一寨，就有步槍百餘支，土炮十二門，我們家就有三、四支槍，鐵匠可以打造武器，父親有一位仲族的把兄弟，可以打造左輪，買武器不需執照，只需有銀子，連機關槍也可以買得到。那些武器既可以保鄉，也可以作剪徑與打家刼舍之用，文斗與中仰因祖母葬地問題引起械鬥時，就是幾十匹馬、幾百支槍對抗的局面。我家家道的中落，與那次械鬥有極大關係。傷的要醫，死的要撫卹，在那個時代，貴州是一個強食弱肉的世界。母親勇敢的去與綁匪交涉，接回二弟，眞是充滿了危險。

她不是不會害怕，而是爲了二弟，那是從母親身上分裂出來的生命，她愛我們，當然更愛苦難的二弟。另外，怕二弟被虜時太小，怕綁匪掉包，母親跟著去幫助祖父認人，花那麼多錢，把別人家的孩子贖回來，那眞就寃枉了。而那些綁匪，是沒有甚麼道義與信用可言的，有道義和信用，也就不會去做綁匪了。

祖父去贖三弟，已是夠危險了，再加上母親，更是危險，雖然背後也曾預備有百十人槍，只要祖父和母親落在綁匪的手裡，那百十人槍有等於沒有，祖父要那百十人槍去也不過壯膽而已。

不知道誰說的，女性是軟弱，爲母則強，我的母親不僅爲了三弟身入匪穴，父親去世，她就挑起生活的重擔。父親是一九六一年去世的，那時我們家在政治的因素下，已經一貧如洗，房子也分給了鄉人居住，雖然二弟已經是二十六七歲，可是七八九妹都還小，怎麼度過那艱難的歲月，不可想像，但是他們終於長大成人。

母親吃的苦，眞是難以說盡，在我懂事時，家庭雖然屢遭變故，賣了不少田地與木材林，生活還不致發生困難，但是每到農事過了，總得和村人一樣，上山尋找代替的食糧。鄉人最常採的便是蕨菜根。

有一年暑假跟母親和鄰居們一起去挖掘，蕨根大都生在光禿的高山，總是挖到幾十公分或一公尺才能採到，從早採到天黑，也只夠一人攜帶的分量而已。回到家吃了晚飯，還得趁鮮到井邊洗淨、搥爛，然後在大桶上用水沖刷蕨根的澱粉，第二天一清早，把水倒去，刮取沉澱的澱粉質，回家來煎成一種同生鴉片一般黑的「茫粑」。

「茫粑」又黏又香，滋味雖然很不錯，但那是母親多少血汗所換來。我們家雖不一定需要上山尋找雜糧補貼，貴州人一向簡樸勤勞，農閒時若不充分利用人力，就「虧了老本」似的，同時你不上山，會被鄉人譏爲不知勤儉的暴發戶，所以到了農閒時間，本來可以三餐乾飯，都得改成兩乾一稀（粥），不管窮富，一律如此，有錢人家更當率先節省，否則就會被人譏爲窮擺闊，而遭人白眼。有句俗諺形容貴州的窮困說：「地無三尺平，天無三日晴，人無三兩銀。」我覺得很恰當，我們黔東算是富足的，還是那麼節儉度日，我想黔西、黔北就更爲窮困了。

家鄉的飲水，是個大問題，能把水引到家庭內，可說絕無僅有，因爲房屋都建築在山坡上，要裝設「自來水」，工程之浩大，難以想像，而文斗沒有水源，整個村人的飲水都靠幾口井。我們家取水有兩處，最近的也有七八百公尺，遠的恐怕有一兩千公尺遠，全家飲水就靠母親一個人挑，有時碰到父親高興，也幫助一些，可是那只是偶然罷了。

提到擔水，那眞是我們家鄉婦女最痛苦的一件差事，天不亮就要把水缸灌滿，那得四五點起床去取水，等到我們起來，母親已經肩挑百十斤，走了七八里路了。

冬季和春季，雨水充足，一到就有水，每到夏秋之交的旱季，得在午夜去排隊等水。而這些似乎都是母親「分內」事，等到我長大，也曾替母親挑過飲水，母親常為我紅腫的雙肩痛惜不已，但是母親從嫁給父親，就為全家用水負起責任。我替母親擔水時，也不過是十二、三歲而已。不說甚麼縫補、飲食之類的日常事務了，只這挑水一件事，就夠母親辛苦的了，可是我從來也沒有聽到母親抱怨過。

那時母親唯一的願望是我娶一房媳婦，好幫她挑水，誰知道她的兒子不孝，十六歲就偷偷的離開學校，從軍去了，更想不到的是沒幾年情勢大變，那點賴以生活的田地當然也保不住，弟妹也只有兩個十八、九歲，父母的艱難，可以想像得出來，十餘口之家，只有四個工作人口，在那個「人無三兩銀」的地方，我眞不知道那日子怎麼捱過來。

離家四十餘年，除了臨行前在雷州半島給父母親去了封信之外，就沒有再敢給母親去信，倒不是不想母親，而是忙著我們的事業，總想有一天能夠有個輝煌的成就，榮歸故里，即使數十年不通音問，也能補償不能定省的不孝之過，那知道做兒子的少小離家，老大未歸，皆因「一事無成」，有鄉難返，有路難行，母親等待天涯遊子，雖已滿頭白髮，仍勞老娘在大去之前，還夢魂牽掛，不能了無牽掛，還有甚麼比這個更不孝的事情？前年二弟由遙遠的家鄉來信說，母親雖然吃了不少苦，看到兒女都各自成家，並且都各自有了兒女，應當是滿足幸福的，可惜只有我亡命天涯，如今得知在海外也有了兒女，也就放下心了。在幾十年的別離中，最初親友都以爲我埋骨異鄉，唯獨母親堅信這個不孝子還活在這世界上。母親之所以有這樣的信心，憑的是我們家從未虧待過人。記得「忠厚傳家」的那塊老舊匾額，總是子子孫孫奉爲處世立身的家風，母親對佃農的寬厚就是一例。我想，我一從軍就上火線，子彈也曾穿透過我的身體，炮彈也曾在身邊爆炸，那些危險都一一度過了，雖然我並不迷信，因果卻在冥冥中有所報應。

母親爲了想念她的遊子而哭瞎了眼睛，近年獲知離開她四十餘年的兒子尚在世間，寬慰了許多，只是她唯一的要求是母子能見一面，而那時母親已是七十四歲了，活著等待遊子歸去的時間不多；但心焦如焚，千山萬水、荆籐阻隔，其奈之何？

每當午夜想到母親倚閭而望的痛苦，我竟然不願爲人，如果我是鳥、是魚、是爬蟲，任何險阻、任何荆籐都無法覊絆我那似箭的歸心！而無奈我竟而爲人！母親！您苦，兒子更苦啊！

說起來，都是一些不堪回首的往事，一九四三年抗戰正是艱苦的階段，眼見日軍逼近獨山湘西，日本似乎在抗戰末期，大有孤注一擲之勢，後方全部適齡男子，不加入戰鬥行列，也徵調作後勤支援，父親率鄉親到平略修公路，祖父母住在農莊，家裡只母親一人帶著幼小的弟妹，我雖然已十三歲，卻在錦屏中心小學讀書，因父親不在家，壯年人都去支援修路和其他勤務，生活費用未按時寄到縣城，只好請假回家去取，那知道母親生病，餘糧也都被徵借了，生活極爲困難，母親變賣了首飾支應家裡的生活及我在縣城的用度。

看到家裡的慘狀，前往八里找父親，一路都是徵來的民伕，一個營地一個營地的去找，走了數十個營地才把父親找到，等父親回家，我才從平略東下。母親雖然病重獨持家計，卻不許我去找父親，一因我太小，再則母親深知戰局危險，如不能及時支援，日本很快就席捲西南，二次大戰中國戰區的戰史很可能改寫。母親雖然不識字，愛國的道理還是懂得，現在想來，母親的胸襟，又不是一般婦女可以比擬了。

母親的苦是訴說不完的，因此有人說母親的恩與愛同海一樣深，母親去世了，我們兄弟姐妹都成爲孤兒，小時不懂得父母的愛與付出的心血，一旦自己爲人父母，才眞正知道做父母的辛苦，現在我才眞正體會到「子欲養而親不在，樹欲靜而風不息」的無奈。人的能力雖然大，可以深入地底、飛入太空，唯有死神無法抗拒。倘使死神也可以抗拒，我想人類一定不計犧牲的去與死神搏鬥，可惜自有人類，或者人類開始有思想以來，都想長生不老，人人都免不了一死！每天有千千萬萬人從地球上消失，只是母親與我骨肉連心，所以格外悲傷。

母親是一切，母親給我們一切，做母親的爲了子女永遠沒有怨心。貴州的冬季相當寒冷，手腳凍壞是常事，可是冬天母親卻要清洗一家人的衣服，她的手常在冬天凍得裂開不少縫隙，血從裂縫裡滲出，一碰到寒風便痛徹心肺。爲了防風，上山邊挖一種生有黏性球根的草根，搗碎了塞進裂縫裡，第二天又照常的洗衣淘米，母親的手從冬天一直裂傷到春末才能痊癒，母親的一雙手凍得那種樣子，還不讓父親和子女們幫忙。她常說：「男子做家事，不會有出息！」那裡是甚麼出息不出息，她只是心疼我們，而不讓我們的雙手也凍裂罷了。

生在憂患時代的人，多數演悲劇的角色，母親生在民前三年，不是外憂，就是內患，尤其是貴州，幾乎到了抗戰，才算納入政府的實質統治之內，在此之前，強梁各據一方，擁槍自重，殺來殺去，沒有寧日，文斗的人那樣愛槍，而幾乎只要買得起的人家都擁有槍枝，原因是爲了自衞，當我懂事時，後寨山上還有戰壕和碉樓，種植的蒺藜鹿柴，都已成長爲樹牆的天然的障礙物了。每當夏夜一家團聚，母親偶然也會把當年逃匪的痛苦當成故事來說，但那些都是母親親身所受的痛苦。

母親的苦，是訴說不完的，正如龔定盦〈紀夢詩〉說的那樣：「門內滄桑事，三人隱痛深，淒涼生我處，婉轉夢中尋，窗外雙梅樹，床頭一素琴，醒尤聞絮語，難謝九原心。」這些滄桑事，有時說也難以說明的，生我之處，豈止淒涼而已？一窮二白還不足以形容，而母親就生活在那個地方。

正月初六，王怡先生把信交到我手上，如被雷殛，雖已過去數月仍不能平靜，五月八日接堂弟四月七日的來信，詳細敍述母親大去的情狀，雖然只有四弟達琪的兩個女兒送走母親，但母親去時是痛苦的。因五妹生育，要他們幾個兄妹去看她，弟妹們未能遵照她的囑咐，一生氣便喝農藥自了了。

這件事說起來眞是痛心。母親是於一九八三年十一月二十四日（農曆）早上大去的。母親的一生，痛苦的日子多，快樂的時候少，如今再也沒有甚麼痛苦與災難可以折磨她了，也不必再爲了等待一個遊子而苦思焦慮。一個一生都苦的人，大去可能是解脫。這樣說，我似乎忤逆不孝，細細去體會，也許我說的是實情。

母親下葬時大雪紛飛，世界一片銀白，上蒼似乎有意把那個罪惡的世界粉飾得乾乾淨淨，讓母親臨走看到一個潔白清明的世界。

對於母親的大去，沒有做甚麼佛事，因爲我不信那些出家人能爲我偉大的母親做些甚麼，還有的就是不敢驚動親友，我一個人的悲哀已經夠了，何再忍心讓親友爲我母親悲慟。

母親啊！您的痛苦結束了，安息吧！

一九八四、五、三十一　《中央日報》副刊

輯四

萍踪記趣

武陵秋野

嚮往武陵已經很久了，仰慕一切美的事物一般地，武陵在心中越來越美，也越來越擴大。在此之前，有多次機會，均因俗務羈身而未能成行，一九九一年九月終於滿足了渴望一親武陵芳澤的欲望。

車子由棲蘭遊樂區，向梨山支線進發，九月二日下午四點，終於到了武陵。那裡山青水秀，七家灣的溪流清澈見底，游魚可數。不顧八小時車程的辛勞，忙著打開相機，捕捉夕陽下的武陵。

一九五三年，我們從三星鄉入棲蘭，在中央山脈進行四十天的山訓，從羅東起，經棲蘭、武陵（那時還沒有名稱）、環山、梨山到東勢結束。武陵蓁莽一片，到處古木參天，藤葛芒草阻路，走的是羊腸小道。日本人曾開闢過探礦道路，年久失修，用古木搭成的便橋，經風雨浸蝕，或山洪沖擊，早已腐朽得不堪行走。每人一根枴杖，作爲驅蛇與探路之用。沿路露宿、野炊，不過我們卻不是去欣賞風景，而是鍛鍊山地戰法，所以除了莽莽森林以外，並未留下太深刻的印象。直到中横公路開通，才得重遊，然而多數都是經德基水庫到谷關，武陵總是失之交臂。這次總算得償宿願了。

武陵像位少女一般變了。

她是美得四季各有新姿的山水，但以秋天最爲宜人，春冬太冷，山上氣溫曾達零下九度。冬季大雪山下的武陵，寒梅盛開，一個粉粧玉琢的世界，又是別有一種情趣。畢竟我們生活在亞熱帶氣候太久了，對那種寒冷世界，如去旅遊，要有心理上、裝備上的準備，患有血管病變，如高血壓、心臟病等，不能掉以輕心，藥物上更不能忘記攜帶，夏天則水果尚未成熟，山未豐盈；只有秋天，山才有成熟之美。

秋天的武陵，能給愛山的人更多回憶。

我們去武陵，水梨已過採收期，蘋果則紅潤、金黃地把枝頭墜得彎彎的，在晚風中搖曳。她已不是我們食欲中的蘋果，而是賞心悅目的蘋果仙子。

武陵的一草一木、一山一石在夕陽下，各自展開她們美妙的新姿，眞是難以形容的物貌。每一處、每一物都各自按照自己最得體的互相配置襯托，成爲整體的武陵。這時我懂了「物之有神」的道理了。「獻歲春發，悅豫之情暢；滔滔孟夏，鬱陶之心凝」，我們在秋季去武陵，自然難以領略其他三季的妙趣，所以也就難體會劉勰所說的美景了。

烟聲瀑布雖與黃果樹大瀑布不能比擬，但她的小巧，卻具有李白詠盧山瀑布「飛流直下三千尺，疑是銀河落九天」的情趣。在觀爆亭裡仰望，非常過癮。雖說：「眞山水之雲氣，四時不同」，但臺灣處於亞熱帶，秋天也沒有疏薄感。不過對於山水的欣賞，因人而異，因心境而異。我於一九五三年到武陵，只感到蓁莽一片，這次卻不同，由於榮民弟兄的開發，正是自然結合了人類的智慧互相交織的結晶，在榮民同袍心血的灌溉下，如同那些果樹、菜圃一樣，把美提煉出來了。武陵也同人類有機的肢體，經過了修飾，才孕育出透剔的藝術。榮民從土地上取得了滋補與養料，但也回饋了那個大地。歌德說：「自然造人，人造自然。」我們在武陵看到了榮民弟兄血汗的結晶。

山只有一個面貌，我們若從不同的角度入手，便有不同的收穫。我不是要做「樂山」狀，實在武陵洗滌了我的心靈。山水都是無私的，只要你接近她，定有回報，所以我說山是狐，變化萬千。

武陵農場場長張民善，陪同我們從國民賓館到場本部的途中，告訴我們，當年胼手胝足開墾的榮民，現在都是千萬富翁了。土地從不欺人，只要面朝土地，背向青天，她定不負人。所以古人以君子之德以喻山。

農業時代，我們從土地所要求的是食物，現代人也不例外。不過他們更多要求的是山的美趣，武陵能滿足我們美的欲求。

「巍巍溪中，翠暈烟籠，奇枝倒掛，徘徊多變，不接凡木，和而不同」。武陵山上的古檜木、古松柏的傲然伸展，正如那位五代畫家對畫中松柏讚美的一樣。武陵的迎賓橋下，百勝溪、桃山西溪、雪山溪匯流處，就有不少傲然的古檜、古松，不用畫家費心血而自成一幅山水。她是上帝最偉大的傑作。

山之美，在有限的語言符號中，很難準確的去形容。「美」只是一個概括的符號，至於怎麼美，是無法傳達的經驗，要瞭解武陵之美唯一的方法，便是親近她。

武陵是烏鴉的保護區之一。

對於鳥類，恐怕最不受歡迎的便是烏鴉了。我們常用「烏鴉嘴」形容一個人語言無味，牠們的叫聲實在不怎麼高明。而農村禁忌中，出門碰到烏鴉是晦氣。這種鳥在武陵卻幸運的受到保護。

所以在武陵，烏鴉繁殖的數量可觀，到處都可以看到黑亮的烏鴉無憂無慮的飛翔。

人之所以以「烏鴉」作爲這種鳥的命名，多少與牠那羽毛有關。烏鴉鮮少有其他顏色，故以「天下烏鴉一般黑」來形容到處都有敗類。看來我們習慣了的這句成語要改了──武陵出現了四隻白烏鴉。

既然有了白的鴉類，「天下烏鴉一般黑」這個成語似已在邏輯上說不通，看來，我們的鳥專家們需要再動動腦筋了。

最近武陵出現一對白色烏鴉，又繁殖了第二代，成爲四隻的一個族群。武陵的白烏鴉羽毛、尖嘴都是純白色，極爲珍貴。我曾刻意等待觀察了一個下午，白烏鴉都未出現，是這次武陵之行的一大遺憾。

武陵有二害，烏鴉與猴子都以水果爲主要食物。這兩種動物都已獲得保護，與櫻花鉤吻鮭一樣，不許獵殺。因牠們的偏好，果園常有、日夜之間被盜食殆盡的情形發生。

動植物都各有剋星，一般謂之爲食物鏈，又叫生態平衡。猴子怕紅色，果農揷紅旗嚇猴；烏鴉怕聲響，果園一早便放沖天炮。但是時間久了，紅色爲猴子所習慣，沖天炮也嚇不倒烏鴉時，我看果農只好架鐵絲網保護耕耘的成果了。

在二十多年前有部電影，屬於未來學範圍。時間過久，已經忘了那部片名。故事大意是地球經一次浩刧，只剩下幾位由太空歸來的人類。當他們回到地球時，地球已爲猩猩所統治。回到地球的太空人只好偷竊猩猩所種的玉米生活，最後成爲猩猩的階下囚。

那些猩猩挖掘人類文明，進行考古，並以醫學方法，在人類腦部進行手術，使之喪失記憶與思考能力，然後當猩猩的奴隸。這不僅僅是一部寓言的電影，如照目前人類破壞自然環境的情形來衡斷，很可能人類的文明會是用來消滅自己的一種愚蠢行爲。因爲從人類竭澤而漁的行爲中，這種事極可能發生。

所以人類的保育行爲，不是愛物，而是愛他們自己。

天地造物非常神奇，有植物春華秋實，有的卻偏愛冬天，梅花就反其他花卉的生長季節而展現她的美姿。而我們說梅花傲霜，其實那不一定對，梅在雪地開花，只是她的特性罷了。所以無論白烏鴉黑烏鴉，都是鴉類，無論是牡丹或梅花，各適其性而已，爲甚麼要有孰貴孰賤之分？

我曾見過不少奇山，如張家界之靈巧、武夷之怪、桂林的秀麗，都各有其美，武陵也不例外。各有美妙處，無可取代。

自然的美，就在於她的自然。武陵農場已經規劃爲國家公園，開發的計劃即將陸續付諸實施。

開發是有其必要的，但當我們去開發大自然時，應當順其屬性，尤其是不要用水泥把大地封死，更不能把都市的一些如卡拉ＯＫ、ＫＴＶ之類的東西搬上山去。如果去武陵，竟要追求聲色犬馬的娛樂，那就讓他們向都市去追求吧！去武陵就是享受綠色的美，潺潺溪水與清新的空氣。武陵所能提供的，應當是野趣，是自然大餐。咖啡文化不必引進山區，到了那裡就是喝茶，住在茅屋裡，下一盤帶有古意的圍棋之類。那才是山野的樂趣。

尤其是交錯的電纜，應一律埋設在地下，以免破壞自然景觀。照片中橫著一條電纜，那就使秀麗的風景俗了。

自然美，就美在自然上，一旦予以破壞，我們就無力再去恢復。這是開發武陵的一個重要觀念。

遊罷武陵使我忘記了歲月，這是一次極愉快的旅遊，眞是「山陰道上行，目不暇給」。這次武陵行，我才眞正瞭解〈蘭亭集序〉中「遊目騁懷，足以極視聽之娛」的眞義所在。一陣秋蟬，只怪自己已經老去，不然也效陶潛回歸山林，享受幾天田園的生活，那才是眞正人生樂事。

一九九一、九、二十九　《臺灣新生報》副刊

被允許的婚外情

苗族婚姻，有「不落夫家」（又稱「坐家」）之俗，即結婚不同床。由「送親娘」陪伴度過新婚之夜。按，「送親娘」即伴娘，以雙數爲準，二、四、六對，加上新娘爲奇數，合著新郎計算又爲偶數了。

新婚夜由「送親娘」伴睡，新郎不得越雷池半步，只能到堂兄弟或朋友家去借宿。新娘第二天或第三天便回門去了。故苗族結婚並無肌膚之親，是有名無實的夫妻。

沒有「送親娘」的，也由新郎的親姊妹或嫂子陪伴。

故結婚在苗族只是一種形式。一九九一年六月中旬去貴陽撤走一個小投資的資本，得識貴州省社科院研究員張曉。她正好是研究苗族民俗的，本身又剛好是「黔東南苗族、侗族自治州」西江苗族，那裡是苗族聚得較多的一個聚落。跟她討論「不落夫家」（坐家）的許多相關問題，獲益不淺。

苗族新娘行完婚禮回門，直到生了頭胎孩子以後，才「坐夫家」。也就是說，才與丈夫同居，有夫妻之實的生活。

「不落夫家」這個民俗，到底是甚麼理由，又因何而有此一民俗呢？不少苗族民俗學者的說法不一，但這是一種古老的婚俗是可以確定的。有很多只知道古代就是這個樣子，今後子孫也照此例。由於苗族不像彝族、水族一樣，有文字記載其歷史，苗族的歷史是歌傳和口傳，時間一久，有的添了枝葉，有的則以訛傳訛，所以聽到的婚俗史都不一樣。再加上苗族居住分散，難免受到其他民族的民俗影響而變了質。所以沒有統一說法也就不足爲怪了。

有一點與此民俗有關，而且也甚爲合理：苗族多數早婚，結婚皆未到適婚年齡，十三、四歲就成爲夫妻，對生理心理都有傷害。可是既要合乎民俗，又要不傷害到兩位年輕孩子的身心，變通的辦法，結了婚就分開居住。

其次，少數民族多數住在苦寒老林之地，以務農爲主要職業，勞力對一個家庭的經濟至關重要。女兒長大結了婚，等於娘家失去一個勞動力。因此新娘結了婚不落夫家，等於是爲娘家添一個勞動力。不管是否唯物史觀的看法，聽起來蠻合道理。

看起來以上形成此一民俗的原因，尚能言之成理。但是由於「不落夫家」，姑娘仍能跳花跳月，玩山、趕表（即交男朋友）的「搖馬郎」（苗語，即戀愛），那麼新娘生了頭胎再「坐夫家」，這就衍生了很多問題。按「坐」為苗語，等於漢語的「住」。問題來了。苗人的長子或長女，是否婚生子？在法律上來說，是的；但在血統上會不會發生問題，那就難說了。

苗族民俗婚後新娘新郎忌在岳家同房，西江苗族認爲那會給岳家帶來災難，一旦發覺女婿女兒在自已家做了那事，要放鞭炮，請酒爲岳家去霉消災。換句話說，新娘既「不落夫家」，又不得在岳家親熱，那麼第一胎又如何生的呢？

苗族的婚姻，無論那個地區，都有自由戀愛和包辦兩個部分。不管是自由戀愛結婚，或父母之命媒妁之言的婚姻，結婚後都可以「不落夫家」，不過我們可以假設自由戀愛的一對新人，在「不落夫家」期間，在對歌玩花趕表時，可以找自已住在娘家的妻子，妻子也可能不再找新的對象去花前月下了。

這樣的婚姻，「不落夫家」的妻子，第一胎的兒女，即可能是自已的骨血；父母之命媒妁之言的婚姻呢？「不坐夫家」等於逃離了樊籠，而苗族的戀愛既然是自由的，難免趁這段期間求得補償，年紀小的，在「不坐夫家」期間，感情的發展誰又能逆料呢？

在這種風俗下，苗族的長子我不敢說他們的血統都有問題，至少是值得懷疑的。我曾建議貴州的「社科院」與「貴州醫學院」，聯合做一項長子（女）的血統調查研究。這對於民俗學是別具意義的事。

我這種懷疑，並不是毫無道理。

苗族有一種習慣法，分產時長子不得分正屋，只能住偏房，如廂房等。我國以嫡爲正，正妻所生的長子爲「適子」（適通嫡），餘皆庶子。《儀禮・喪服》，胡培翬正義：「長子、眾子與適子、庶子，名異實同，凡言長子者，則不獨長子之弟爲眾子，而妾子亦爲眾子；言適子，則不獨妾子爲庶子，而適子之同母弟亦爲庶子。經中凡以適對庶而言者，適謂一人，其餘皆庶也。」又《後漢書，李固傳》：「侵奪主威，改亂嫡嗣。」按李固爲後沖帝時期的太尉。沖帝去世，質帝遇弒，李固和大司農杜喬想立清河王劉蒜；大將軍梁翼初立質帝劉續，劉續有作爲，指梁翼爲「跋扈將軍」，梁把劉續毒死，又立庶子桓帝劉志，演出一場後漢宮廷悲劇。嫡庶在繼承上是截然不同的。歷代這樣的悲劇不少，苗族爲甚麼獨不重視長子在家庭中的地位？我想與「不落夫家」有直接關係。

雷廣正在貴州〈紫雲縣四大寨社會調查〉一文說：「生第一個小孩時，由外公外婆爲小孩取名。」《邊疆研究論叢》刊有胡鑒民一篇〈苗人的家族與婚姻習俗瑣記〉說：「鴉雀苗婚後新娘在男家住一夜即回門。繼續與老哥（苗語，即情人之意；筆者按）往來。並可由老哥出來邀集青年朋友參加新嫁娘的『請老哥酒』，即在席間集款，交給新嫁娘。新嫁娘照例交給他的父親，爲她備辦妝奩。待有生育（不論男女）卽可一併帶往男家（按指丈夫）。據說男家來接返時，照例要丈夫親自來抱回那個小孩，視若己出（不一定是他生的），一樣姓父親的姓」（民族研究參考資料第二十集《民國年間苗族論文集》）。童振藻著：〈黔苗近況述要及調整綱領〉一文，是民國時代對少數民族的一份調查報告，範圍廣泛。他說：「苗族結婚以生子爲急務，故女子婚後歸寧，不生子卽不能回至婿家，如過三年，尙未生育，卽可離異。」由此可以看出苗族對婚外生育，不僅不視爲恥辱，還認爲「坐家」期間能生育才是個好女人。

不過也不全然如此，有的在「坐家」期間，各自找到了心愛的人而協議離婚的比例相當高。而離婚也不純然爲了另外一方或雙方都找到情投意合的戀愛對象，有的也是爲了妻方有了「老哥」，男方有了新的情人而難以容忍離異的也不是絕對沒有。

「不落夫家」又不僅僅是苗族所獨有，侗族、水族、布衣族、仡老族、瑤族、土家族都有類似的風俗。

婚後再交朋友，或婚前的老情人，都可以在「不落夫家」期間再談戀愛，再續前緣。貴州少數民族對於婚後的戀愛，叫「趕表」、「玩花」、「吊姑娘」等不一。

少數民族居住地區遼闊，據貴州民族學院的統計，全國少數民族雖然只佔全國總人口百分之七不到，卻居住在我國百分之六十強的土地上，足見少數民族居住是分散的。以苗族爲例，六百萬人口分布在湖南、湖北、北平、江西、四川、廣西、雲南、貴州等省，其他少數民族也有同樣的情況。因此，少數民族的習俗，互相影響的極多。並因地區之異，對同樣的習俗也有不同的看法。

「不落夫家」這風俗習慣而言，在湘西與黔東南卽有不同的主張。據梁甌第的〈搖馬郎〉一文說：「搖馬郎固然是一種愛情的活動，但在開始時也是一種普通的社交活動。成年或已婚的男女各覓對象，在馬郎坡上活動，也不算是異聞。在這種場面上，男女仍須掩飾其已婚，以免減低情趣。丈夫在遠方談愛，妻子固然無從干涉，但妻子如上夫寨馬郎坡，那卻是樁危險的事。因此，她們從事這個活動多在母寨方面。」由此可以判定「不落夫家」的再戀愛，也還是夫家所禁與所忌的。但實質上旣然准許已婚女人再戀愛，爲甚麼又忌在夫寨的馬郎坡「搖馬郎」？那無非是面子問題，只要彼此顧及對方的尊嚴，則可以相安無事。這眞是一樁「掩耳盜鈴」的事。

「不落夫家」所生子女，之所以不坐正屋，是否受漢族嫡庶的觀念的影響，至今未見有關報告與研究，無論如何在遺產的分配上，嫡庶的倫理觀念是在苗族中存在的。

由於此一風俗，已使少數民族家族的血統出現了問題。

苗族父母於分家後，父親多數與滿子或庶子居住，是否與此風俗有關，不得而知。苗族分家，有的長子結婚後就另立門戶。

固然分家有砥勵競爭的立意在內，大家族則因妯娌之間的私心而使家族成員不知努力。故大家族除了有強而有力的領導者（族長之類）以外，無論漢苗都出現腐敗衰落的局面。所以苗族的分家與此有關，但亦不排除因對非夫家血統而及早另立門戶的可能。

另外，少數民族因近親婚，如「舅霸姑娘」的「還娘頭」習俗，體位有下降趨勢，個子越來越矮小，其次智商亦受影響。按苗族是最古老的，與漢族自蚩尤、黃帝在涿鹿（今河北涿鹿縣）一戰後，節節退敗，往南遷移，除了一度在湖南長沙一帶建有「三苗國」的彭蠡以外，一直是被剿、剷的對象。這樣一個古老民族，竟不像彝族、水族、傣族一樣有文字，是否與此有關？

爲了證實這個疑點，我對貴州的民族學院施俊岑教授、文聯副主席伍略、社科院的張曉等建議，做嫡庶的智商、體位、成就的比較調查，人口素質低、體位矮小，是否與其婚俗的近親婚姻有關。這方面的研究是太少了。我的建議沒有惡意，如果此一調查研究有結論，可作改進少數民族陋習的一項依據。

苗族分布甚廣，有的早已漢化，更有的嚴禁近親婚姻。故讀者不能以偏概全。那樣，便眞的是瞎子摸到象了。貴州三穗縣苗族吳、胡兩家不能開親，開親一律視爲亂倫被趕出宗族；正安縣雷、葉不能開親，禁例勒碑記載；石阡馮、袁兩姓不能結婚……類似的例子極多。

禁婚多數因歷史關係，實際這兩家或多家，如過繼等原因，他們本是血親，所以禁婚。又如姑表可以親上加親，姨表卻在禁止之例等等。如果以偏概全，便如「天無三日晴，人無三分銀、地無三尺平」一樣，造成錯誤的印象。這是不得不事先聲明的。

苗族婚俗有極奇異的。放蠱實際是一種沒有根據的傳說，但是在苗族中確有被視爲放蠱人家者，亦在禁婚之例。一旦被視爲放蠱人家，人們退避三舍，婚姻極爲困難。

扯得離題了，但「不落夫家」這一民俗，確然有醫學、民俗學的研究價值。在這裡筆者只提出了問題，至於揭開其中之謎底，還要學者專家做更深入的研究。

一九九一、八、一　《中央日報》副刊

四十年相思得償

離家四十二年，日思夢想，未解嚴前，思鄉也只能在心裡暗暗的進行，這是歷史悲劇的賜予。

有種魚類，有溯江回故鄉的本能，當人類繁衍到需要更多電力、更多糧食、更多水源時，他們在江河上築壩攔水解決這個問題。固然築壩解決了人的許多困境，卻阻斷了溯江魚類的歸路，望壩浩嘆不已。這種情形，魚類的專家們發現以後，乃在築壩時同時設有魚梯，留給魚類一條歸鄉之路。這種設施，人稱之爲「人道行爲」。

當然是的，溯江的魚類終於能一年一度回到牠們的故鄉，留魚梯與其說是「人道行爲」，毋寧說是爲人類自己來得更貼切，雖然魚類與人類在動物中顯然不同，但是當環保意識覺醒，知道生態平衡對人類的重要性以後，留魚梯何嘗不是爲人類自身呢！

爲了臺灣的安全、生存與發展，歸鄉之路阻隔了近四十年，許多人都有「孤燈不明思欲絕，卷帷望月空長嘆」的痛苦，而且又都是「天長路遠魂飛苦，夢魂不到關山難，長相思，摧心肝」的，李白的〈長相思〉雖然只是寫人，卻可以用來寫盡未「開放探親之路」前，離鄉背井的那批遊子的心情。「大道如青天，我獨不得出」，不是身歷其境，很難體會其中的淒涼滋味。

臺灣體質健全到足以對抗任何可能侵入體能內的細菌了，開放「大陸探親」的時機終於成熟。有人說這是政府的德政，與其說是政府的德政，不如說是全體國民數十年齊心協力，朝著共同理想與目標奔赴的結果來得更爲恰當、更爲貼切。可以返鄉，一償鄉思的時機終於到來。由此看來，政府不是在解嚴前刻意阻斷歸鄉之路，而是不得不爾。這點，我們是可以理解的。

「開放探親」當然是政府的正確措施，是民之所好好之的政策。

在這種情形下，我終於一九八九年五月十日成行(開放探親於一九八八年實施，此爲我成行日期)。我踏出中正機場的出境大門，飛香港，十二日就到了廣州。

香港雖因九七而有投資萎縮的情況，可是市面仍然相當繁榮，加上英國近百年的經營，地小人稠，管理仍是井然有序，尤其入夜以後，燈火輝煌，不愧爲東方明珠。對於割讓了近百年的這塊中國土地，有無限的感慨。

十二日早上八點十五分，乘香港開往廣州的「國際列車」，見到車上的景象，與自由世界截然不同。綠色服裝配著紅色領肩的公安警察，與服裝也不太協調的車上服務員，我不知道自己臉上肌肉如何牽動收縮，只有靜下來觀察。

上車不久，放映注意事項的錄影帶，接著又是「資本主義」社會的促銷產品廣告。那些都與我無關，我細心的觀察，車上有不少「少小離家老大回」而「鄉音未改」的「遊子」。他們和我一樣的沉默凝重，大概是人同此心吧！

未久，有人擠在車門邊擾嚷，原來是車上販賣部出賣零食。我對那些東西一點兒胃口都沒有，只看看就算了。

一九四九年九、十月間，曾在石龍、虎門、東苑與中共的「東江縱隊」作最後的抗爭。這條鐵路曾無數次的來回跨越，那些曾使我們流血的土地，仍是那樣的熟悉，山還是山，水還是水，房屋還是那些低矮老舊的傳統建築。「沒有變！」我在心裡暗叫，難以確定是喜悅，還是悲憫。

約十一點，終於抵達廣州，託運的行李也到了，推著帶滑輪的小車，到入境的門邊，塡寫報關單和檢疫紀錄。

因爲我是單人獨行，沒有同伴，一面塡寫那些必要的證件與卡片，一面要照顧行李，這時我才眞的發覺行李帶得太多，和獨自一人行動的害處。但我堅信當年單槍匹馬去了臺灣，當然也能單槍匹馬回到家鄉。

經過約四十分鐘的塡寫、檢查、打了部分稅以後出關。我眞正的再度雙腳踏在離開了四十多年的國土上。

我聞到了那泥土的芬香，我眞的非常喜悅。但是瞬間我就覺得中國人的命運眞苦，還有受不完的災難。

廣州是一個國際都市，與所謂的「資本主義世界」最接近。可是車站的老舊、設備的簡陋，還有廣州車站計程車的貪婪惡行、街道的雜亂人潮、洶湧的腳踏車隊等等，使我有些失望，以中國人的厚道，我本想把這種感覺，深深地、永遠地藏在心裡，那些人卻是我們的同胞，我怎忍心說出他們的貧窮落後？

但是，一瞬間，孰令致之的無數問號，從我心底冒了出來。

我急需把自己安頓下來。有人來代提行李，我任由他「協助」，行前閱讀了許多相關的資料，箱裡帶著探親手册，一切我都瞭然，也就胸有成竹了。

上車時，他要我付二十塊外匯劵，漫大要價落地還錢，華僑大廈在甚麼地方我清楚，海珠大橋等我還依稀記得，豈能讓車站的小混混敲我這老馬的竹槓？

那項交易，十塊外匯券成交，代提行李的那人，向司機拿走五塊人民幣的好處。怎麼？以控制見長的大陸政府，竟然也睜著眼睛讓流氓在光天化日之下橫行？而影響「國際觀瞻」？想想臺灣的松山機場，火車站前的計程車的惡行，我明白，這原是「人性」。我把心裡想的，向那位計程車「師傅」談及，並問他為甚麼允許那些壞胚子的剝削，馬克思不是「反剝削」的嗎？他嘆了口氣說：「那些人與警察有關係啊！」「天下烏鴉一般黑」，他們是人，同所有的人一樣有七情六慾，人民幣雖然貶值了，可是它還是可以買麵包、買化粧品、買所有需要買的東西，錢非常可愛，至於「黨」與「國家」管他娘去。

華僑大廈在硬體設備上，頗合於「資本主義社會」的標準，接待的態度也還不錯，只是餐飲的服務還是「共產社會」式的，既沒有人替你效勞，所賣的東西也「制式」化。咖啡廳只有四樣點心，我要求給我一份烤土司，沒有，結果是要甚麼都沒有，出賣的是四樣「制式」點心，你愛吃不吃！反正賺的又不屬於個人，拿工錢啦！多賣多出力，為了誰？

這大概就是「國營事業」的「特點」了。

北平的計程車有「個體戶」，卻少之又少，一部計程車多少錢？「總路線」以後「大躍進」，最後實施了「人民公社」，消滅私人資本，人民工作是為「國家」，而國家對人民呢？從生到死，吃穿醫療包辦，「統收統支」嘛！理論上是「各盡所能，各取所需」，卻忘了自私的人性。「我的」非常重要，一切不是「我的」以後，那麼多做和少做都與我無關了。

中國人「勤勞、節儉、恭謙」的優越性全沒有了；現在大陸上的中國人是貪婪、懶散、投機，凡人性所有的劣根性都有了。

這次返鄉，探親是主要目的，其次是蒐集材料，相機是必要的工具之一。在旅舍檢查相機時，才發現不小心長期打開扳掣，鋰電池耗盡。

非立即補充不可，爲了兩枚 LR44 TOSHIBA 電池跑遍了珠江沿岸的大照相館和商店也買不到，沒辦法只好到「友誼商店」去試試。在「友誼商店」照相機部也沒有這種電池，這使我非常懊惱與沮喪。如果找不到這種電池，雖然還帶了另一部老爺藝康，總不如有兩部方便，免得換鏡頭。

還好，在電池部找到了那種電池，可是卻都過了期，換了不少對，才勉強湊合。而這種電池，在香港和臺灣隨處都是。由此，可知大陸的物質確實很「緊張」。奉勸前去探親的朋友，行前要把裝備檢查，攜帶你必要的物品，有些東西，在大陸上是有錢買不到的。周全的準備非常重要。

走前我有相當的心理準備，我必須有當年從安徽、浙江、江蘇、江西、廣東那種單打獨鬥的精神。我不避統戰部，當然所有交通食宿的問題，都找「中旅社」解決。當天下午，我找到設在華僑大廈的廣東省「臺灣同胞接待科」的李科長，表明了我服務於《民生報》，大概因爲這個職務的關係，也許他們知道我也偶爾搖搖筆桿吧！雖然機票極爲「緊張」，但我買到十三日飛貴陽的機票。

到了貴陽，第二天，卽由我的親戚李鴻用他的「北京牌」吉普送我到隔二百公里外的「黔東南苗族、侗族自治州」的州府所在地凱里，而錦屏縣的縣委書記單洪根已在凱里等我了。

第二天（五月十四）我坐他的專車赴二百四十公里外的錦屏。

那是我熟悉的地方，我的小學、中學教育都在那裡完成，熟知那裡的每一塊石頭、每一條街道、每一棵樹木。到了錦屏，雖仍離家六十里，等於已經到了家；況且弟妹、侄兒、外甥十餘人前來接我，算是已經到家了。四十幾公斤的行李，有人一接手，心裡已輕鬆許多。

吃了晚飯，見到侄兒外甥的襤褸，心裡老大不忍。帶他們到一家據說是最大的「服裝公司」去選購衣物。在選購過程中，我的心在流血。

甥兒與外甥，每拿一件衣服，就看我一眼，深怕我這大伯、大舅付不出錢來，他們是窮怕了。

我說：「你們儘管選，我付錢，把這間公司搬回家都行。」當然我知道他們不會這樣做，不可能搬空那間公司，不過眞搬空了，我估量我帶去的錢也足夠付淸了，因爲根本沒有甚麼貨色，樂得說大話。他們聽我這樣說了以後，十幾個人才放心的選了衣物，同時也買了被單甚麼的，總算下來，不過兩百多人民幣，我付一百美金（美金一比三・七官匯），還要找錢，而那家公司居然不認識美金，更從來也沒見過大額美金，所以爲了眞假問題，向旁人求證了半天才成交，還是因爲「臺胞的信譽」才肯收下那張鈔票，而卻又找不出錢來，這不是甚麼笑話，有些內陸縣城，商業活動還很落後。

說這則故事，我無意炫耀甚麼，實際我在臺灣過的是貧窮邊緣的生活，我沒有任何資格去嘲笑落後與貧窮。我是含著淚水說這則故事的。不過我要問，這是誰的過失？

五月十六日上了一艘船，逆淸水江而上，兩個小時終於到家了。

那些參天古樹木依舊，梯田還在，每一塊石頭都還是我曾走過的那些石頭，山河依舊多嬌，唯有人事變了。眞是「少小離家老大回」，鄉音未改，卻是親兄弟姊妹，如非事前連絡，卽使擦身而過也不相識了。

殘破的鄕村，沒有一處房屋是完整的，不僅沒有進步，反而比過去更加貧窮。我不便啓口說甚麼，心裡痠溜溜的，眼淚簌簌的流了下來。

父老們倒是熱情依舊，還保留昔日的古風，遠近數十里的親友都來探望，問得最多的是臺灣的情況，在臺親友的生死。四十年隔絕，誰不關懷？

很多富戶變成了窮人，窮人也並不因此而富有。富貴是一種罪惡，這眞是奇聞。類似故事是說不完的。「腰下寶玦青珊瑚，可憐王孫泣路隅。問之不肯道姓名，但道困苦乞爲奴。」已經百日竄荊棘，身上無有完肌膚」。何止是竄荊棘而已？水深火熱，我父母名列「黑五類」中的「開明地主」，已是求死不得，最後是，父親被折磨至死，母親吃毒鼠藥自己求去，其他的就不必說，也不忍說了。但是統戰部卻事先打了招呼，盡可能不談過去的事。孰令致之？回鄉固然可以一慰思鄉之苦，卻使人心靈受到更多的創傷。

從進入村頭開始，一路鞭炮聲，也不知道是誰放的，總是至親好友。這樣子一直不停的放了三天三夜，每來一位親友，就是一串，熱情令人感動。

我把帶去的東西分送給親友，而我不知道親疏，不知如何是好。這時我恨不得把臺灣的整座百貨公司能搬回家去，這樣才能每個人都有禮物。

最後我把身上所有的，能送人的東西都送了，手錶、鋼筆、稍好一些的衣服、小額美金，最後是人民幣。我不是擺濶，實在是「衣帶漸寬終不悔」的那種愛、那種情感使然。沒有一點勉強，沒有一點壓力，我是心甘情願的，即使要剝我的皮，也無怨尤。

三天，請了五十四桌客，殺了三頭豬，連水酒一切都計算在內，不過一千八百元人民幣。人民幣的匯率，換算下來，與臺幣是一比八，我花不到一萬七千元，看起來雖然便宜，但那是大陸一家數口一年的生活費了。

我五月十八日離開家，因爲我的聲音啞了，人也病了，鄉村根本沒有任何醫療，我非離開不可，因爲我很難應付熱情的人潮。

在家住了三天，我和三位弟弟、五位妹妹和妹夫、侄兒、外甥、堂弟妹、大舅、表兄妹近百餘人，喝酒、唱歌、談過去的樂與未來的理想，也哭，也笑，總之，我嘗盡了酸甜苦辣。

我走了！

他們送我到河邊，問我！甚麼時候再回來？

我什麼時候再回去呢？離家以後，我如飄蓬，甚麼時候再回去？我無法回答，我回答他們的是滿眶的眼淚。我本想以幽默些的心情處理這篇東西，可是我幽默不起來。

一九八九、七、二十三　《臺灣新生報》副刊

琉璃廠風光不再

從很多前輩學人對琉璃廠這個地方的敍述中，無疑的那是北平的一個文物集散區，而且無論大書店或小書報攤的主人，都飽讀了書，雖非滿腹經綸，至少在版本目錄學方面，都有相當認識，對書刊市場也非常熟悉你所要的孤本祕笈，雖不一定就有，他們可以在同業中互通有無的「過給你」。所謂「過給你」，就是向同業拿來的意思。那裡的書局有時很會納價，對讀書人也非常瞭解，你蒐集甚麼書刊，你的專長在那裡，甚至於你的購買能力如何，都一清二楚，明明店裡就有現成的，他也會說替你找找，過些天送到府上。書既經送來了，價錢高些，或者並非急要的書，也不好意思不要。北平的書店做生意，也有文化氣息，人情味十足。因此有諺語：「三年不開張，開張吃三年。」琉璃廠書店的善本孤本書，貨眞要家，拿捏得準。

琉璃廠的書店賣書，買主是大爺，他們相信上門的顧客都是財神，全笑臉相迎，從來不看輕任何人。北平那地方臥虎藏龍，往往不起眼的糟老頭，就是名震宇內的大學者，所以總是客客氣氣的。

他們賣書，如是老主顧極少收現，都是撿了書，隔天小夥計送去掛了帳，一年三節結算，數目也常童叟無欺。那裡的書店，做得也相當文明。讓讀書人與賣書人得到應有的尊嚴，書商也就把錢賺到荷包裡了。

琉璃廠在北平外城和平門，和平門又叫興華門，作家林海音先生的北平老家就位在那附近，是北平的文化街之一；另一處則在隆福寺，沒有琉璃廠有名，現在「新華書店」則設在東單市場，形成新的文化區。

琉璃廠過去也不全是賣舊書的，三十年代李小峯所辦的「北新書店」，也在琉璃場內。梁容若說：「通學齋書店」的老闆孫殿起所編《琉璃廠志稿》一書所記，就有三百零五家之多，也可以看得出琉璃廠書肆的盛況了。

那裡在民國初年還有很多老舖子，「一酉堂」是明朝的老字號，「文友堂」則有六、七十年歷史了，至於大家所熟知的「榮寶齋」，原爲「松竹齋」，到光緒二十年（一八九四年）才改爲「榮寶齋」，到現在已是三百多年的歷史，一九五○年以後，先是公私合營，繼而收歸「國有」，現屬中共的「國家出版局」的直屬單位。一九八九年五月遊北平，畫家黃冑的兒子梁穗領我參觀過水印畫的印法，印象深刻。

琉璃廠很多店舖都屬專營性質，各有特色，「通學齋書店」就是舊書大王之一，至於「榮寶齋」則是以藝術品爲主要經營項目，也還有畫紙與筆墨專店，所以學者到那裡，學生也到那裡，文化街的名聲就這樣傳開。

關於琉璃廠誌方面的專著計有：李文藻著：《琉璃廠書肆記》；繆荃孫著：《琉璃廠書肆後記》；日人長澤規矩著：《中華書林一瞥》；孫殿起著：《琉璃廠志稿》等，都是寫北平琉璃廠的興衰。不過梁容若說，這本書是否已出版，還不知道，走前未曾讀過這篇介紹文章，所以未加蒐集，非常可惜，是否已經出版，尙未可知。

琉璃廠是明朝遷都北平，因應宮殿建築燒磚瓦的窰廠，瓦片多數是不上釉的，可是宮殿的建築高大，翻修不易，不上釉的瓦容易風化，爲了牢固兼具美觀，宮內建築都用上釉的瓦片，因此叫做琉璃瓦。這種瓦內層用較好的黏土，表面塗琉璃（卽釉料，是用鋁和鈉的矽酸鹽化合物，卽俗謂扁青石的藥料）燒製的瓦。又由於宮殿建築考究，屋頂組合複雜，有筒瓦、板瓦、眷瓦之外，還有飛簷的材料，所以不是一般瓦窰可以擔任製造，非設專廠不可。琉璃廠就是專爲北平宮中製造磚瓦的一個地方，說起來是粗人的聚落，後來城垣擴大，漸漸成爲一個文化區，是當初住在那裡的人夢都未曾夢過的。

這裡說些閒話，琉璃本指的是一種青玉，《西京雜記》說：「昭陽殿窗扉多是綠琉璃。」指的就是青玉，足見當時宮殿建築之美。漢武帝後宮有昭陽殿，試想，窗子用琉璃嵌裝，那眞是窮奢極慾。到了漢成帝，趙飛燕得寵，賜居昭陽殿，後人卽以「昭陽」作爲后宮。到底「昭陽」一詞何時啓用，是否典出於此，未能深究，但這「昭陽殿」用琉璃當玻璃嵌窗子，恐怕是古今最豪華的居室了。那麼明代設廠製造琉璃瓦算不得甚麼。司馬光的〈碧樓詩〉：「烟瓦疊琉璃，危樓朱空倚。」是否卽指的宮殿，無可考，不過至少指出用琉璃蓋房子，時間相當早。

「琉璃廠」是個通俗地名，又叫「甸廠」，北平人叫「廠甸兒」，卽海王村，民國以後闢爲「海王村公園」，就是原來的琉璃窯廠址，在南新華街，北師大卽在此，師大附小面對著北師大，隔條馬路而已，甸廠後則爲師大附中，林海音先生〈家住書坊邊〉，記的就是這一帶，甚爲詳細。其實，琉璃廠、甸廠、廠甸兒、海王村、海王村公園，在北平人來說，也許有些分別，外地人則很難界定了。除了有考古癖，誰還去管它甸廠、廠甸兒、琉璃廠到底界在甚麼地方呢？反正就是那一帶。一葫蘆兒。

不過琉璃廠文化街與「廠甸兒廟會」還是有差別的。

據記載所謂「廠甸兒廟會」，是每年農曆正月初一到十五這半個月是廟會期。賣吃食的、要把戲的、賣童玩的、賣字畫、扇面的、賣舊書的都在廠甸區擺攤兒，可說是每年一次古玩及文物的小型商展，眞是五花八門，眼花撩亂。這些，都只是前人的描繪。我們去時是農曆四月初十，一九八九年五月二十五日，未能恭逢其盛，也還忘了問中共統制以後的北平，廠甸兒的廟會還時興不？時興是否還那麼熱鬧等等。事實上要問的太多了，也就記不起來。要記得寫封信去問帶我們逛琉璃廠的梁穗或《中國婦女雜誌》的責任編輯張永虹（林哲）才好。

北平人做生意，也講究刨根兒，多少帶著點兒歷史癖。譬如說，賣風箏這小事兒吧！外帶風箏譜（史），眞是賣甚麼還帶著點陪嫁，沒甚麼，就是喜歡那點古典。文化怎麼來呢？不是就這些一點一滴匯集起來的嗎？

琉璃廠這條文化街的行業，共分三種，現在也還沒變，一種是書，一種是紙筆店，一種是骨董玩物，另外還有書攤。過去是不加管制的，只要你找到了店面，申請個營業執照就行了，現在甚麼都是「國營」，尤其是出版社、書店、書攤屬於管制事業，非「政府經營」不可。這並非中共的發明，列寧在一九〇五年十一月十三日發表關於〈黨的組織和黨的文學〉一文說：「文學家一定要參加黨的組織。出版社和書庫、書店和閱覽室、圖書館和各種書報販賣所，這一切都應當成爲黨的機構，都應當請示匯報。有組織的社會主義無產階級，應當注視這一切工作，監督這一切工作……無一例外。」（《列寧全集》卷三）中共一切制度都師法「無產階級祖國」，出版業的控制操作，自也不能例外。我們參觀的「中國藝苑畫廊」、「榮寶齋」都屬「國營」機構。由於這種原因，琉璃廠還不如臺北市當年的牯嶺街。我們去參觀了東街和西街，已是冷冷清清，沒有任何書報攤了。

現在我們先說書店方面：專賣講究版本的書店。據唐魯孫先生說，存書最多的有「翰文齋」、「來黃閣」、「二酉堂」、「經香閣」、「汲古山房」幾家。唐先生所說的當然是「有名」的，至於普通的書鋪，以三百零五家計算，那就多了。新的書店和出版社，「中華書局」、「商務書館」在那裡也設有門市，現在「中華書局」的門市就在「榮寶齋」的斜對面，三十年代中共出版大本營之一的「北新書店」也設在琉璃廠，直到抗戰前才由李小峯搬到上海。

這些書店，還是舊書鋪最出名，原因是這些書鋪出售一些絕版書，而買主多數又都是有名的學者專家，每買到這種無價之寶，貴的炫耀，便宜的自喜，都形諸筆墨，於是琉璃廠的名聲便不脛而走，天下聞名。偶然在報章雜誌讀到這些軼聞，總是羨慕不已，可惜稍懂得書中滋味，大陸已經易手，也就無緣一睹那裡的書肆風光。這次趁探親之便，走了一趟北平，自然非逛琉璃廠不可。當梁穗帶我們去時，才大失所望。

設於「中國藝苑畫廊」對面的，有一家「中國書店」（已經記不眞切了），賣的都是洋裝書，至於設在「榮寶齋」對面的「中華書局」則以販賣仿木印版景印書籍，根本沒有甚麼祕笈孤本可言。

琉璃廠的鼎盛時期，是清末民初之交的時候，多少清朝遺老回老家，多少京官黯然返鄉，又有多少沒落王孫賣家當度日？這些人把古玩、藏書、字畫、家具等等，不管價值連城或花了多大心血蒐集，得來不易的典籍，都當成破爛論斤賣了，連末代皇帝溥儀都成了宮中的偸兒，遑論沒落王孫、紈袴子弟呢？在這種情形下，琉璃廠自然貨源不絕，而且無虞匱乏，本輕利重。這時候，無論是眞正的讀書人，或者是附庸風雅的暴發戶，都撿到了便宜，這種情形到抗戰初期，風雲日緊之際，又是一個高潮，再下來就是民國三十六、七年時，北方戰局吃緊，人人都做「東南飛」的「蝗蟲」，上述寶物當然又一次流入琉璃廠。但是「文化大革命」以後，往日的風光就不再有了。「十年浩刧」也給這個文化聖地帶來榮枯的影響。

這種情形，和牯嶺街是一樣的。牯嶺街在四十年代是鼎盛期，牯嶺街到厦門街、南昌街、西寧南路一帶，都是估物店，最多的是舊書店，很多絕版書、善本書流入牯嶺街的不少。五十年代我到處流浪，在軍中三、五個月移防一次，又未成家，居無定所，不用說沒有餘錢買書，喝口茶、吃根冰棒也得考慮半天。坐火車，總是設法坐「霸王車」，雖說早已禁止軍人無票乘車，而軍人因知識水準提高，紀律要求嚴格，一旦查到無票乘車，得受記過處分。軍人記過，影響升遷，是樁大事，但是「窮則變」，照乘「霸王車」不誤。眼明腳快，看到查票的來了，從這節車廂向下節車廂走，逢站下車，再轉到已查過票的車廂裡去！要是運氣差，被堵住，又不到站，那就唯有往廁所裡避難了。有時霉運來了，碰到認眞的列車長，鐵面無私，硬是敲門查票，要麼賴著死不開門，逼不得已，出來補票。不過很多列車長明知道這種伎倆，也睜隻眼閉隻眼，軍人窮啊！何況又是今日「聖人」，要敬軍啦！於焉放一馬，也就過去了。處於這樣的環境，哪還有餘錢買書？腰桿兒只有二十寸，新皮帶發下來，還要到舖子裡去多打兩個孔呢！有錢就急著祭五臟廟，看肉就同看到命一樣，那兒還想到書這檔子事？於是錯失了買好書的良機。

一九六〇年結了婚，做了個雜木書櫃，總有二十公斤重，視如珍寶，從新竹搬景美，從景美搬吳興街，跟了近二十年。這時已開始跑牯嶺街，買不起貴的，買便宜的。曾有一次在光華商場見到一位估書商，買到一位辭世的大官的藏書，的確有很多珍貴的字畫和書籍，可惜身上沒帶錢，只有眼睜睜的看人家把珍寶帶走，毫無藥救，悔恨也是沒法子的事。原來那大官的子孫，是爲了驅霉氣，才整房書籍字畫估賣給舊書商的。據說，那書商僅一幅齊白石的畫成本就回來了，其他都是賺的。這也就是子孫不肖，才「富不過三代」。類似的不肖子孫，清末民初甚多，而四十、五十年代則因遷徙臺灣的富豪，面對強敵，如沒有信心，時時都準備逃亡海外當寓公，那時走的人不少，一部分書刊來自這種人家，另一部分則是坐吃山空，原又沒有長遠的打算，準備三、五年返回大陸，因此房子由大變小，不時搬遷，而書又是最佔地方的東西。於是搬一次，賣一次，起初賣次要的書，一搬再搬，最後寶書也不得不當廢紙賣了。而牯嶺街之沒落，固然是整頓市容的結果，眞正的原因是經濟發展，家家富了，空間大了，賣舊書的人少了，貨源沒有，這才眞正是牯嶺街的沒落的重要因素。牯嶺街與琉璃廠的沒落是不能同日而語的，不過也有共同之處。

這種舊書店收來的書，有的很快銷出去，有的十年八年賣不掉的也不少。唐魯孫說，大書舖的存書，有的比圖書館還多還齊全，這就難怪讀書人喜歡跑琉璃廠了。

這次去琉璃廠，多少有些懷著「朝聖」的心情，到幾家書店去看了一下，的確不錯，還保持著當年琉璃廠的舊書舖風格。以「榮寶齋」來說吧！雖然它是南紙店之一，以書畫、紙張、文具與裱褙見長，還是保持明窗淨几，擺著書案長桌。我們去訪問時，是副經理兼「中國美術家協會」會員的米景揚先生接待，沾梁穗及「中國畫研究院」副研究員李延聲等人的光，受到相當禮遇。當然，這都是劉國松的安排，也是李錫奇的關係，在此之前，我是與大陸上任何作家、藝術家都沒有接觸的。

到「榮寶齋」的內間，在客廳裡米副經理給我們做了簡報，然後參觀「木刻水印畫」的製作過程，最後我們「參觀」紙墨筆及繪畫製品，當然希望我們買一點藝品，可是「榮寶齋」的職員上上下下，沒有一點生意樣兒，這使我們這些窮顧客的「貴賓」沒有一點窘狀。四個人每人買不到兩百人民幣，共計不到一千元，但他們仍然是那麼客氣。

琉璃廠的書店也好，南紙店也好，賞玩也好，總是那麼有禮，尤其對於老主顧更是如此。

唐魯孫先生在〈北平的書攤兒〉（大地已出《唐氏全集》）一文中，對於那些書舖如何招扶顧主，有極傳神的描寫。他說：「凡是進來看書的人，有櫃上的徒弟或夥友伺候著，想看甚麼書，告訴他們，一會兒就給你拿來！如果參考版本，他們可以把這本書不同版本，凡是本舖有的，全一函一函的拿出來，任您查對，有的資深夥友，告訴他要找甚麼資料，他們還可以一頁一頁的給你翻查，如果有些書客想看，而本書舖恰巧沒有，他們知道那一家有，可以借來給你看。」

伺候的還不僅這些。再看唐先生怎麼寫吧！他說：「看書時，抽菸櫃上有旱菸、水菸，喝茶有小葉香片、祁門紅茶，如果客人想吃甚麼點心，客人掏錢，小徒弟可以跑腿代買，假如您跟櫃上有過交往，由櫃上招待，也是常有的事。不但此也，你跟書店相熟之後，酷暑嚴寒您懶得出門，可以寫個便條給書舖送去，櫃上很快就找出送到府上，放上十天半個月，您買下固然好，不買也沒關係，還給他就是了。」

這樣的書舖，也只有琉璃廠，或者說北平一地吧！至於南京就不同了，也是唐先生說的：「……南京夫子廟左近也有不少書店，你要看了半天不買，他們繞著彎俏皮您幾句損人的話，能把你鼻子氣歪啦！」一南一北之間，有多大區別呢？就臺北的重慶南路這條文化街來說吧！你只看不買，說不定把你當賊般盯著呢！就甭談招待菸茶外帶點心兒和甚麼版本了。

有天我到黎明文化公司的重慶南路門市部去，表明了我是作者，請照合約優待，鬧了半天口舌，還是打七五折。最後我又表明，我曾是這間公司開門的元老，並且當過編輯部的副主任，他們還是翻著白眼，氣得我要打電話到他們總經理那裡去，才照合約打了折扣。但是他們氣憤難消，憤憤的說，給他外加稅，明明外加稅已取消了，他們還用這違法的方法給你點氣受，好像不這樣，就吃了虧似的，那能和琉璃廠的老舖子字號比呢？難怪張之洞、洪鈞、王仁堪、潘祖蔭、文廷式、盛昱、黃體芳、梁鼎芬、于式枚、胡適、鄭振鐸等都是琉璃廠書舖的常客了。吳雷川在這些書報攤蒐齊八十八本的《國學萃編》，豐子愷收齊《點石齋畫報》呢！

類似的趣事還多得緊，雖說書舖兒都是中共「國營」了，那種架式還在，北平文化局職員梁穗給我介紹了「中國書城」的張經理，撂下話說，要甚麼書哪您先生吩咐張先生一聲，趕明兒張先生給你找去。我雖愛書，卻對中共的出版品一無所知，如說蒐集近代史資料，一收三、五千本，我可就帶不走，也買不起，即使買得起，也帶不進臺灣，這人可就丟大了。所以梁穗雖然吩咐了，可沒敢勞動那位張先生。

再說南紙店，也叫南紙店筆墨莊，是一個大項，過去買紙、筆也極考究，「清祕閣」南紙店的白紙朱絲格條幅最有名；「淳菁閣」的仿宋染色紙的信箋古色古香，「松古齋」挖裱則是一絕，「榮寶齋」掛名公巨卿代求字畫，陳寶琛、朱益藩、梁鼎芬跟「榮寶齋」的東家交情就極深厚，還有「榮錄堂」的「緩紳」是獨家生意；至於筆墨莊則有「胡開文」、「李文田」、「賀蓮青」等等名筆家製的筆，恐怕現代人連聽都沒聽過。現代人講究的是鋼筆、原子筆，即使非用毛筆不可，也不太注意是誰家製造了。再說，現在製筆也是夕陽手工業，誰還要打甚麼品牌呢？還有墨，那就更不講究了。

這次返家探親，去逛琉璃廠，眞是敗興而歸，已全不是那麼回事了，那裡還有昔日風光呢！「十年浩刼」放了一把「破四舊」的火，把文物都燒得精光，尤其是北平受害最烈。不肖子孫還是有的，可就是沒東西賣出來了。即使還有些倖存的東西吧！有人賣也沒人敢買，因爲都是「國營」，還多那層廂煩幹嗎？沒貨落得淸閒，反正都是那麼一點薪水，省點勁也少耗一些卡路里。在熱量普遍不夠之下，少耗一些總也是好事。

本來，逛一次就夠了，我不太甘心，我獨個兒再去了兩次，也是空手而歸。骨董似乎還有一些，我不玩骨董，也沒錢玩骨董，就只有望著琉璃廠，背她那輝煌的歷史了。

一九八九、十一、一《幼獅文藝》

格洛格桑的夏天

格洛格桑的仲夏眞的涼爽啊！

飛機從白雲機場，經過七十分鐘的飛行，降落在磊莊機場時，已是貴陽的晚上十二點多了。一出飛機，立卽感到短袖襯衫不足以禦寒，六月十五的臺北，火傘高張，氣溫高達三十五度，廣州的氣溫更高，而苗人稱爲格洛格桑的貴陽的氣溫只有二十幾度。到貴陽，有到了歐洲度假之感。

磊莊這名字多少有些寫實，新構造運動造成隆起的地貌，形態強烈而多變，岩溶景觀奇特，貴陽都是石灰岩構成的石山，這大概就是「地無三尺平」民諺的由來了。

老天是公平的，貴州的極端高熱也不過三十四度，最熱月平均爲二十二度，所以六月的貴陽，正是臺灣春末秋盡的氣溫，現在在貴陽還見到穿長袖夾克與薄羊毛衫的人。又由於污染少，綠地多，空氣清新，一件白襯衫可以穿四、五天不必換。

大陸城市的綠化比臺灣成功，南京的夾道法國梧桐，除了過十字路口，不會曬到太陽，貴陽也不落後，延安路與百花山路的夾道路樹也令人羡慕。

貴陽去黃果樹的「貴黃公路」已經修建完成，經安順到鎭寧，原來四個小時的車程，現在只要一個半小時。遊黃果樹大瀑布，外帶安順龍宮、紅楓湖，如早上八點出發，晚上六點可以回到貴陽。那些風景已形成連線，是非常好的旅遊區。

紅楓湖兼有西湖的美艷與漓江的秀麗，多灣道、多島嶼是紅楓湖的特色，從貴陽去只有三十公里，在平壩與清鎭之間，到龍宮溶洞也不遠，未受污染，水質清新，屬於岩溶丘陵窪地，峯林槽谷，有極良好的森林被植。

貓跳河與羊昌河注入湖內，「捕魚節」時，苗族青年男女光著身子在河上捕魚的鏡頭，煞是有趣。不過捕魚節用毒藥藥魚，是竭澤而漁的行爲。有趣是有趣了，對於魚蝦資源與水質污染卻是一大傷害。

貓跳河與羊昌河河谷都非常險峻，形成了獨特景觀。

湖分南、北、後湖三部分，灣道與湖汊，形成大大小小一七八個島嶼，星星點點，深窪幽奧。這湖的三部各有特色，北湖的島、南湖的洞、後湖的灣，比西湖更有特色，有七十幾個風景點。紅楓湖應當是貴陽的無煙囪工業。而貓跳河河谷與白崖叢林莽莽。一葉扁舟穿梭在怪石嶙峋的小島上，那就不是西湖可以比擬的了。

過滴澄關、花魚洞成爲南北兩湖的門戶，飛架兩山的石橋如虹般橫臥在綠波之上，青山棕黃的片頁岩直入水中，有如一個盆景。小石林更是奇峯突起，每一座石峯各逞奇姿，王八洞內還有貴州地貌特色的溶洞的地下湖泊。

紅楓湖的石林與天星橋（黃果樹瀑布下游兩公里處）石林不太相同，沒有湘西張家界的雄偉，卻非常秀麗玲瓏。

那正是老天賜給「人無三兩銀」的貴州人的另一項財富。

貴陽附近的山都不很高，全都是片頁岩堆積而成，十分陡峭，不易攀登，當年造地的上帝，實在是慧心巧手，否則怎麼會如此之美呢？

貴陽南郊的小車河有地下公園，也是個溶洞景觀，是古老的地下河床，白龍廳的石筍、鐘乳石、石幔、石花美不勝收。黔靈公園還保持原始狀態，頑猴飛躍在原始森林間，也接人給的食物，已是野生動物和人類成爲朋友的那種境界。

有時我想，如果在紅楓湖畔蓋一些小別墅，賣給有錢的人，作爲消夏的去處，那必然是一大筆財富。

貴陽的房屋極便宜，八十平方公尺的一個單元，只要六萬人民幣，就算一層的別墅再賣貴一些，十萬人民幣，銷路也一定很好。紅楓湖畔風景既優美，土地也容易取得，平均氣溫在十四度至十五度間，最適合退休養老。當然，大陸上的自由化是必要的。

暑期大陸的旅遊，哈爾濱、大小興安嶺與九寨溝都適合老年人夏天去玩，唯獨不能去武漢、南京、長沙以及東南沿海地區，那裡的氣候太熱，貴陽是個最好的去處。

這次去貴陽，是心肌梗塞後六個月去的，那裡的氣溫和空氣對我都極適合，去洗滌一下臺北的滾滾紅塵，未嘗不是件樂事。

貴陽的綠色，使人心曠神怡，氣候又是那麼宜人，要是再有更多的自由，我就願老死是鄉。

一九九一、八、二十六　《中華日報》副刊

願化光明燭‧多照逃亡屋

一九八九年秋兩度返鄉，對於大陸的觀察，又有了更深一層認識，看到的是民生凋敝，災黎遍地。有的地區，出於想像之外，其情形與非洲的貧民幾無區別。禁不住要問，那種與野獸沒有甚麼兩樣的「人」，活下去有甚麼意義？尤其是少數民族，更加貧窮困頓。

苗民族是我國五十五個少數民族之一，在歷史上受到歧視壓迫，自傳說黃帝與蚩尤涿鹿（今河北涿鹿縣東南，一說在宣化縣）一戰戰敗，從黃河下游南移，聚居江淮，堯、舜、禹三代以「三苗不服」而進攻，竟與「有苗」戰於丹水（山東昌樂縣附近）之浦（見《六韜》）；舜又南征，三苗也戰敗，夏舜又以「蠢茲有苗，昏迷不恭」的罪名再加撻伐，而不得不從丹水遷移荊楚（荊指今兩湖、兩廣部分與四川、貴州；楚，爲河北、湖北、安徽、江浙與河南等地）之地，商周再進剿，這支苦難的民族，便只好再溯沅水而上，往苦寒的西南荒蠻之地去逃避了。我懷疑陶淵明所寫的《桃花源》中的避秦者，很可能就是苗民族。不過這不是學術上的討論，原沒有甚麼證據，只是想當然的妄臆罷了。

古代的征伐，並未結束苗族人民的苦難，糟的還在後頭呢！別的不說了，元朝出兵，從西北來包抄南宋，首當其衝的當然又是苗民，土司卽由元朝學了中國以夷治夷的手段而設立的；明清兩代，也因蠻夷的反抗升高，也有剿苗的軍事行動。

在此之前，歷代王朝對西南少數民族，都採羈縻政策，只要承認「中央政府」，丁賦徭役都多你不多，少你不少，象徵性的納貢。照理，苗族在經濟上應是發展的良好機會，這種不得已的「優惠」，卻都由土司的強征暴斂所取代。因此，這個機會失掉不說，並激起民變。民變就要征剿，最不堪的是苗族遷入西南以後，已再不是蚩尤時代的苗族，更不是夏禹時代的三苗了，而成爲一支人爲刀俎，我爲魚肉的弱勢民族。而奉命征剿的將軍，又不懂得人道爲何物，大肆殺戮，試看《資治通鑑》宦官楊思勛爲黔中招討使時，鎭壓「溪州蠻覃行璋的叛眾，竟然率兵六萬……斬首三萬級。」《新唐書》說北宋派大臣巡五溪，爲邀功，下令「殺一蠻人，賞錢十千」來鼓勵的結果是：「殺戮十之七、八」，造成「數十寨無一人」的慘況，得的結論便是《貴州通志》所說的：「苗民逆令，自古爲然。」而弄得無苗不蠻了。清嘉慶年間剿苗，曾帶數千俘虜到北京充苦役，故今北平西山上還有苗族，就是那批俘虜的後裔了。另一原因是，沒有文字，使苗族吃了大虧。

黃帝與蚩尤時代「姬」的這一支民族與「華夏」的這一支民族，在文化上是勢均力敵的，這兩個民族，戰爭的初期，黃帝還吃了敗仗。這不必說了，苗族即使戰敗逃到荊楚，氣候、地理與水利並不輸給北方的華夏民族。何以竟然沒有文字？這種情形，令至今的苗族學者百思不得其解。

沒有文字就無法累積知識，而漢化程度又不夠，經濟條件差，當然也無法興學，傳授漢字，於是這支古老，至今還是中國第五大民族就落後下來了（人數第二多的為壯族）。

落後到甚麼程度呢？且舉一些事實看看，就足以瞭解這支民族的苦況。

●苗學專家王如學先生在〈發展經濟必須發展教育〉一文中，以離貴陽不遠的清鎮縣乾溝鄉的四個苗族村落為選樣論述。這四個村總人口五九〇人，苗族有三七八人，其他民族一九一人，漢族二十一人，選樣應當相當的標準。而這四個民族村，距離都市輻射不過四十多公里，應是比較發達的鄉鎮。一九八八年四月，中共「國務院」授予「文明村寨」的「榮譽」。他們的年均所得是人民幣二百元。那裡除了木材之外，還有鋁礦。

●貴陽後槽垃圾掩埋場，收容了貴州本地的盲流人口，四川與西藏的外流人口，及「黑戶」，約有兩、三萬人。這些人完全靠撿垃圾維生，是沒有戶籍的所謂「黑戶」，那裡沒有水電，當然也沒有房屋。筆者曾到過該地，因受不得照相的警告，故無圖片。那裡的居住條件，簡直無法形容，也無從比較。房屋因為完全是用垃圾中的廢料與泥土搭建而成，無窗戶，只有容人出入的門洞。

既然如此苦，為甚麼還有人在那裡生活？據說，那裡既然沒有戶口，生育就不受一胎化的限制。另外，他們還可以進城來（距貴陽約十幾公里）大街小巷亂竄，只要沒有人，衣服、鐵器等等，任何可用、可吃的全偷。

●威寧是貴州靠西南的一個偏僻縣份，那裡是一個彝族、苗族與回族的自治縣。彝族雖然人數少，卻是一個強勢民族，有他們自己的文字，以苗、漢族的子女為奴隸，直到中共整個控制大陸，這種制度才廢除。

威寧的苗族，據楊正偉先生在〈威寧石門坎的昨天、今天和明天〉一文中所進行的調查，那裡的苗族約在宋元之間遷到石門坎，是一個苦寒地區。有一首歌，可以說明那裡的地理情況：「擡頭見天是白天，彎腰望底是夜間。隔山說話聽得見，走到眼前要半天。」（轉引自楊文）直到一九〇五年英國傳教士柏格里（S. Pollra）到石門坎傳教，才把文明帶到那裡。把苗語拉丁化的也就是他。據楊正偉說：他是用非洲土人的符號加上拉丁字母，另創六十六個字母來拼苗語，並用這種語言的課本辦了苗民學校，也才開始有教育。

他們住的是「叉叉房」，吃的是洋芋、野果，信巫信鬼」，中共土改時才發現窮得上無片瓦、下無立足之地。居民普遍信仰基督教，弄得苗民「只知有教會，不知有政府」。過去窮困是不必說了，但直到今天仍然相當困難。其困難程度如何？且看下面的調查報告：

一、衣：百分之四十以上靠補助，百分之五穿自製麻布衣物，四季卽一件衣服，絕少更換，走訪親戚要輪流穿衣，八九歲孩子光著身子的很多。

二、食：年產包谷（卽玉米）五七二、四〇〇斤（注意，每斤十兩，以下同），平均每人每年一一八・六斤，洋芋總產量一七八〇、四〇〇斤，每人每年平均三六九斤，大豆的平均爲一四・八斤，雜糧平均九・七斤，因不產稻米，故不列，每人每年所有能吃的東西是五一二・一斤，等於是五一、二一〇兩，每人每天平均一八・六九兩，家畜的飼料用糧食全缺，所以百分之十的人春節過後就缺糧了，六月份以後，百分之八十靠救濟生活。

三、住：百分之九十八是泥土牆，空間爲一丈長方形，左右的空間，上蓋竹子、松針或雜草，用竹木隔成兩層居住。這些房子因多天風大，只有門，沒有窗戶，故一團黑。人畜都同住屋內，一個大門出入。都是燒煤，而一年四季不斷，屋內空氣汚濁不堪。多數樓上住人，樓下住家畜。百分之三十五沒有床，睡在樓板上，墊的、蓋的都是莽草，好一些的蓋麻布，或自織的羊毛毯子。平均十人左右才有一床被子，還是由國家補助。

這篇文章，舉了兩個例子：一個姓王的人家，一家五口共蓋一床被，還是一九七一年去修湘黔公路時買回去的；另外鍋廠村村長楊通文一家四口蓋一床被，是一九五六年「抗美援朝」時期的產品。

四、器具：生活用具簡陋，平均一戶有二、三個土碗、一個砂鍋、一個甑子，少量鐵器。

牛是農村主要勞力的來源，平均每戶不足一頭黃牛。

每兩戶一張吃飯桌、兩條板櫈、一對水桶，五戶共一個石磨。

五、經濟：人均年收入一三四．七元，百分之七十一在人均二〇〇元以下；人均在三〇〇～五〇〇元的占百分之二十四；五〇〇～一〇〇〇元的，占百分之五。還有人均不足十元的極貧戶。

楊先生的調查是一九八六年一月到六月，而資料引用，有的是一九八五年的統計。其次，那裡飲水困難，衞生、交通、市集根本談不上。這種貧窮，歸因於地理、氣候、政策、教育等條件之不足。

苗鄉還是普遍貧窮，教育水準低，卽以產杉木聞名的清江沿岸，在明清木材卽已賣到北京做建築皇宮的材料的錦屛而言，明末淸初，年交易已達白銀二、三百萬兩，這個數字，僅茅坪、王寨、封治三地（均屬錦屏縣）而已。這樣一個富裕的地方，鄉村的收入，人均也不上二百人民幣，貧窮的織金縣人均收入更低。

這是貧窮縣份的收入，而所指的貧窮縣份，並非無資源，而是挖不出來，清鎮縣的鋁、門坎鄉與織金縣的煤、錦屏的木料，品質優良，藏量極富，只是週邊與基礎建設根本沒有，生產工具原始，不要說挖不出來，挖出來了也運不出去，等於糞土。當然，少數民族的教育，四十年來也等於零，怎會富得起來？

中共號稱「無產階級專政」，苗民族是眞正的無產者，我未見到他們「專人家的政」，倒是中共專那些少數民族的政了。貧窮的原因，少數民族的危機，讀者是應有判斷力的，這裡毋容再去點明。

幾趟家鄉之旅，走一回，心便冷一回，僅以〈傷田〉一詩作結：

二月賣新絲，五月糶新穀，
醫得眼前瘡，割切心頭肉；
我願君王心，化作光明燭，
不照綺羅筵，只照逃亡屋。

當東歐共產政權如骨牌似的民主化、自由化時，我們希望中共也加快改革腳步。

一九九〇、一、二十　《大象週刊》二六九期

武夷奇峰天成

福建風景，有北武夷、南清源之說，泉州是我國「海上絲路」的起點，唐開元年間已經設州，對外經商，開風氣之先，故古蹟處處。由於洋華雜處，泉州又有「世界宗教博物館」之稱，與鼓浪嶼的「世界建築博物館」相媲美。因此，有到福建不遊清源山與武夷，等於沒有到過福建的說法。福建的鼓浪嶼、清源山、媚洲嶼、武夷山已連成福建的旅遊帶。從香港飛廈門，一路北上，「中旅社」有空調巴士，經泉州，莆田，可遊鼓浪嶼、開元寺，看李贄(卓吾)故居。開元寺旁，建有海上交通博物館、弘一法師紀念館，過惠安可看蔡襄興建的洛陽橋，到莆田去媚洲嶼參觀媽祖升天處與媽祖廟，最後經福州上崇安，遊武夷爲結束。是一趟內容豐富的古蹟旅行，也應當是文化的旅行。

武夷是我國名山之一，古代道教以武夷爲三十六洞天中的第十六洞天。道教所追求的是仙界的飛升，道士的修煉最後目的是成仙得道，故其道觀都選擇在風景絕佳的地方，對於道觀所在地亦以「福地洞天」來形容。武夷三清殿后壁，清朝雍正年間，崇安縣知縣劉靖卽以「洞天仙府」題武夷三清殿；天遊頂峯胡廡澗旁，也勒有「福地洞天」，亦稱「極樂園」，勒於星村白雲渡半壁上，晚對峯山麓的石門上則稱「別有天」。足見道教修煉之所，皆是仙人居住的地方。

武夷位於崇安南郊，西去江西上饒一百四十公里，鷹潭一百七十多公里，那裡原是浙贑路，北去浙江麗水及溫州也不算遠，是一個旅遊的重要地方。

武夷是「丹霞」地貌，周圍的山地地質，在多少億年前經風蝕熱化，形成紅色岩層，到處是懸崖峭壁，一條溪流經斷層岩谷，彎彎曲曲，故稱爲九曲溪。這個名稱，不僅僅是形容也是寫實的九個彎道，沿溪有三十六峯，峯峯都有名稱，也有很美的民間傳說。

九曲溪頭源於黃崗山西南三港，是閩江的支流，經三十六峯九十九岩，千奇百態，都有命名；如大王峯、接筍峯、鷹咀岩、鐵板嶂、玉女峯，天柱峯、一線天、臥龍潭、水上獅、大小道藏岩等。每一個山峯、每一尊石山都有神祕的民間傳說。我們從星村乘竹筏，順流而下遊覽九曲溪時，訓練有素的船老大，口如懸河的爲我們作導遊。可惜記憶不好，未備有錄音機，否則那就是一篇極好的報導文章了。

據文獻，自唐以來，歷代在武夷山建築的廟宇、道觀、亭臺、書舍有三百多處，至今還保存的有南宋時期理學大師朱熹的講學處「武夷精舍」，可惜時間不夠，我們沒有能夠去看看。朱熹曾寫有〈九曲棹歌〉，對玉女峯有如下的描述：

二曲亭亭玉女峯，插花臨水爲誰容？
道人不做陽臺夢，興入前山翠幾道。

這位理學大家，開了戒色的道士一個小小玩笑。嚴肅理學家之外，也有輕鬆幽默的一面。

九曲溪經星村入武夷，盤繞山中約十五里，到武夷市注入崇陽溪，在南平與富屯溪會合後流入閩江。九曲溪水中有山，巧妙玲瓏，岸上無數的紅色岩石，相映成趣，碧水丹山的景色，眞要讓人沉醉得留連忘返。

九曲溪的遊覽，從武曲宮的第一曲溯溪而上，可達星村的第九曲爲結束；也可以由星村順流而下。順流可節省時間，因爲速度太快，無法細看兩岸奇峯美景，所以古代都是逆流而上，到六曲即止，精華已盡收眼底。故上行與下行遊覽，各有優點。

九曲溪是武夷山風景點，各曲風景如下：

一曲：小觀音。

二曲：兜鍪峯、鏡臺、玉女峯。

三曲：船棺（卽懸棺）、仙館岩、小芷峯。
四曲：宴仙岩、船棺。
五曲：紫陽書院、更衣臺、天柱峯、接笋峯、隱屛峯、玉華峯。
六曲：雲窩、岩高城。
七曲：百花莊。
八曲：駱駝峯、晚對峯。
九曲：星村碼頭。

武夷風景區，周圍一百二十里，一天旅程就只能看精華了，其他的景觀是無法領略的。僅僅九曲溪，就讓你永遠都玩不膩，那些風景，大多數都有一個或數個令人神往的故事。例如大王峯與玉女峯就有一個非常哀艷的傳說。

故事是這樣的：遠古一次山洪爆發，沖毀了田舍，其中一位王姓少年在大王峯附近被救了起來，於是他被那裡一位白髮蒼蒼的老人收留。從此，他勤奮的劈山鑿石、削嶺塡溝的開墾，也開鑿了九曲溪，輸導流水，免鄉人受洪水的災害。有一天，玉帝的女兒聽到凡間悠揚的樂聲，撥開雲霧一看，武夷丹山碧水，幽澗翠谷，充滿了人間的歡樂，動了凡心，下凡到了九曲溪畔，與那位勤於耕作的大王結識，一見鍾情的決定下嫁給他，當他們正要進入結婚禮堂時，鐵板鬼把這件事告到玉帝那裡。

玉帝非常震怒。當玉帝駕臨武夷，對女兒說：「大膽逆女，竟敢私奔凡間，如不回天庭，就把你們點化爲石。」玉女堅定的回答他的父親：寧願爲石頭，也要留在凡間。玉帝果然把他們點化成石，這是現在的大王峯與玉女峯的由來。

五曲天柱峯，酷似一隻倒置的酒罎，俗稱酒罎峯。天柱峯也有兩段傳說。

這段傳說，都與八仙之一的鐵拐李有關。

其一：鐵拐李路經武夷，聞到武夷酒香，帶走一罎美酒，喝完後，順手扔回酒罎，倒放而立，成爲今天的天柱峯。

其二：一次仙凡宴，鐵拐李遲到，美酒都被人喝光了，一怒，把酒罎扔了出去，成爲今天的天柱峯。後人因天柱峯上有裂痕，加油添醋說是鐵拐李扔了酒罎還不甘心，一拐杖打去，酒罎子破了，那便是天柱峯上裂痕的由來。

九曲溪的水質清甜甘洌，也與這段故事有關。鐵拐李打破酒罎，餘下的佳釀流入溪中，因此九曲溪的流水有酒香。從此，用九曲溪的水釀酒，便特別香醇。武夷山水未受到污染，水質好是可以肯定的，武夷產的酒也的確不錯。不過九曲溪的水是否香甘，沒有試過。不管如何，傳說不就是傳說嗎？

每一處風景，都有很美的神話與民間傳說，把風景點綴得愈益美麗了。

武夷出了個理學家朱熹，他對中國的文化做出不少貢獻。

朱熹祖籍安徽婺源人，朱松仕閩而遷居建州（今福建建甌），朱熹出生於龍溪，八歲才到建州的。十四歲時聽說朱松病逝。不知道甚麼原因，朱松遺命要他遷居崇安，十五歲隨母遷崇安縣五夫，投奔父親的好友劉子羽。師事劉子羽的弟弟劉子翬，後來又從胡憲、劉敏中讀書。

朱熹二十九歲辭官，在武夷建築書院開講，在閩北講學有二十多年之久，與呂祖謙研究周敦頤、程頤、張載的著作，寫完《近思錄》，後來與呂祖謙到江西鉛山鵝湖寺，與陸九齡、陸九淵等討論哲學問題，如今人們凡是理學學派都自稱爲鵝湖學派，典出於此。晚年建「武夷精舍」講學八年，這是形成、也是孕育了他的理學體系時期。他辦書院的目的是「始乎爲士，終乎爲聖」。朱熹集儒學的大成，是在武夷山完成的。如今建陽等地的文風如此之盛，是有其源頭的。當初從朱熹讀書的，有一百五十多人，他撒下的文化種子不少，心血沒有白費；福建人文萃薈，歷史上名人不少，可能都與這些風氣有關。

朱熹選武夷作爲講學的地點，王陽明被謫貴州時，也在陽明洞開館，都對於地方上有相當的貢獻，他們自己的成就也非凡。我想：他們之所以選環境幽靜的風景區讀書做學問，主要的是遠離煩囂的紅塵俗世，才能潛沉於學問之中。「地靈人傑」這句俗諺，不是毫無根據的。現代人既不甘於寂寞，也沒有那種淡泊的高潔行爲，追逐聲色犬馬的生活，通宵達旦留連於KTV、MTV尚嫌不夠，這樣的人，還期望他們有甚麼成就呢？

不可否認，地理環境的確是影響人文的，不少偉人的生活環境與他們的成就有極大的關係。如能在那裡安心讀書，勤於用功，是不難有一點成就的。

在朱熹那個時代，武夷應仍是草昧時期，何以竟在那蓁莽的地方，有那麼多人不辭辛苦跋涉去做學問？這個問題頗值探討。

陶潛當時掛冠回老家去過苦生活，而王陽明貶謫貴州，李白也因事遠置夜郎，後來這些人在思想上、著作上都有相當的成就。想來想去，只有一個理由，遠隔塵世，能使人靜下心來做學問，這很可能是朱熹能安然的在當時生活條件差，交通不便利的武夷讀書講學的一個原因。現代人之所以浮薄，住在萬丈紅塵之中，種種煩雜、種種誘惑，那裡能做潛心的研究？難怪現在的學者不能自成一家。

即使武夷山交通改善，生活條件比朱熹時代好了千倍萬倍，再也沒有人會到武夷去教學生，去著書立說了，想來想去或許是人心不古吧！

每一峯的故事都極美，更衣臺又叫文峯。頂上竹林蒼翠，明代崇安縣有兩兄弟藍仁與藍智，在那裡讀書寫字，藍仁終生不參加科舉，也不做官，明時做過武夷書院的山長（卽院長），朝廷要升他爲邵武尉，不赴任；弟弟藍智以明經中舉，當過廣西按察司（司法單位，或稱衙門）僉事（幕僚、判官），能折獄，爲人清廉，也著有詩集《藍澗集》。足見崇安那偏僻的地方文風鼎盛，而理想也是相當崇高了。因此，武夷又不僅以山水名，她還孕育了文化呢！到這樣一個風景區，不應當只欣賞美景，實在應當注意到文化的發展。

文峯又有一名，叫更衣臺。傳說，凡道士修煉成仙，在登入仙班之前，都要到那個峯頂去更衣，然後才從臺上升天。按升天卽羽化，羽化就是「蛻」，也是通俗所說的死。如果道士而知自己的生死，也眞是得道了。成仙之說，是不可靠的，卻有那麼多人去追求神仙的生活，其實道士們住在那樣美的風景區，卽使不成仙，也是神仙生活了。

青山綠水，逍遙自在，要說非人生活吧，那恐怕就是禁慾一項，但是一個眞正悟了道的出家人，或者經過幾十年的修行，生理機能上可能失去亢奮的能力，也就不以爲苦吧？

五曲上大藏峯的懸岩絕壁上有「懸棺」的古蹟。

「懸棺」是一種埋葬的方式，雲南、貴州、廣東、廣西、湖南、江西、四川、浙江和臺灣據說都有「懸棺」這種埋葬方式，至今有許多問題仍無法解其謎底。

對於神祕的「懸棺」，我們遊覽到那裡時，天色已晚，又是個陰天，光線極差，而我只帶了一隻二百釐米的伸縮鏡頭，沒有能夠拍下來，非常可惜。

五曲橋岸上是一大片茶園，元代已經開始種茶了。這裡自元代即專門製供皇室用的貢茶。元十六年（西元一二七九年）浙江有位官員從武夷帶了石乳茶獻給皇帝，深受喜愛，於是就下詔崇安縣令每年監製一十斤貢茶。以後每年增加貢茶額數，最後一次進貢茶葉多達九百九十斤，明代還在進貢。因此武夷茶極有名氣。但是現在的武夷茶葉的品質一落千丈。其原因是茶葉承包戶按人頭計算，每人每年要收購一百斤，爲了湊足這個數目，多數不採春茶，等到茶葉成長後，五月中才開始採收，葉大梗粗，可以抵斤兩，但茶葉的品質卻不堪入口了。

茶葉承包戶的產品，是以平價收購，賣到市場去的則可以多賺一點。利之所趨，茶農只好以量來充數，茶葉的品質自然降低了。由此可見大陸的農政可議之處太多。

天遊峯在六曲上，是武夷第一勝地，眞是雄偉危立，其中有副對聯，可以看出天遊的美景：

世間有石皆奴僕；

天下無山可兄弟。

論她的沉雄渾厚，這副對聯是寫實的，北麓爲小桃源，凡山皆幽靜，張家界的石山是奇秀，武夷山的天遊雖然沒有金鞭岩那樣高，卻是整個山爲完整的一塊石頭。

三姑賓館工作室處就是舞池，放著迪斯可音樂，除了那不知名的美麗導遊與她的男友共舞之外，一向有舞癮的我也不想跳舞，卻看他們表演書法和繪畫去了。但是無論你書法多精，繪畫多麼神似，都不如天工神造的山河，武夷山就是上帝的最佳的傑作，還有甚麼藝術品比得上上帝的傑作更美好呢？我們已經到了這美好的地方來了，袁枚（清人）〈回望天遊〉一首說：

一樓高立萬峯巔，遠望迢迢在半天。
昨日幸依樓上住，不然還道住神仙。

天遊峯上有道觀，可以住宿，武夷嶺觀日出，想來一定壯觀。李商隱也有〈題武夷〉一首說：

祇得流霞泛一杯，空中簫鼓當時回。
武夷洞裡生毛竹，老盡曾生更不來。

當我們離開武夷時，頻頻回首，山河多情留人，無奈我們卻客居海峽對岸的工商社會，未能盡興，不過此生能一遊武夷，也沒有甚麼憾事了。

一九九一、三、一　《勝利之光》

洞庭湖的風流韻事

洞庭湖濱上的岳陽市，曾是歷來英雄爲爭奪它而大顯身手的戰場，地處洞庭與長江會合處，東依金鶚山，北通巫峽，是歷代兵家必爭之地。尤其是三國時代，孫權與劉備更是以佔有岳陽爲爭勝的要地。岳陽的歷史，幾乎是戰爭所構成。

又由於岳陽樓爲江南三大名古樓之一，與黃鶴樓、滕王閣鼎足而三，多少騷人墨客，在那裡舞文弄墨，故它又是一個比文采，弄吟唱的舞臺，而留下多少風流韻事。

多少才子挖空心思吟咏佳句，多少英雄人物爲它折腰。對這座歷史名城，早就興起一睹眞面目的意念。一九九〇年六月十日隨湖南作家李元洛、凌宇、孫健忠、蔡測海、何立偉、駱曉戈、肖建國與段育林等到岳陽，與該地作家群張步眞、李自由、彭見明、楊孟芳、吳月明、朱小露等會合，再加上臺灣去的應未遲、夏鐵肩、夏美馴、羊恕等十七人，稱得上是一次作家歷史性的盛會，雖未吟詩作賦，卻是在岳陽賓館把酒臨風，遠眺洞庭，踏著李杜等騷人墨客的履痕尋幽探勝。

李白這位曠世奇才，曾六次泛舟洞庭，有不少吟詠佳句，足見岳陽之誘人。但寫得最讓人難忘的，我認爲只有賈至與劉禹錫。

賈至的〈西亭春望〉，旣寫實，又寫意，短短的四句詩，把洞庭寫得活跳極了。

日長風暖柳青青，北雁歸飛入杳冥。

岳陽樓上聞吹笛，能使春心滿洞庭。

劉禹錫寫洞庭的美，譬喩靈巧，尤其是岳陽樓遠眺君山，更有獨到的描寫，他的〈望洞庭〉只有登過岳陽的人才能體會。

湖光秋月兩相和，潭面無風鏡未磨。

遙望洞庭山水翠，白銀盤裡一青螺。

遠望君山，七十幾峯起伏，山不高而靈，確然頗似青螺。讀有關洞庭的詩詞，發覺洞庭與岳陽四季都不同，而四季都美，頗有增一分肥，減一分瘦的天賜嬌嬈。一九四六年兩手反剪被綁當兵時，曾在岳陽過了一夜，由岳陽出長江，一去四、五十年未歸。當時旣不懂得岳陽之美，當然也沒有登臨此一歷史名樓的自由，對於岳陽之美就無從領略了。未料此生仍能擁抱舊時山河，過去的一切，都想說一聲休休而過去，只要「水晶宮裡奏霓裳，今朝露宿何妨？」當與文友舉杯相祝，撩起這四十多年酸甜苦辣，都湧上心頭。陸游〈江行雜詠〉，頗像寫我當時的心情。

陸游在〈江行雜詠〉中寫道：

浪跡江湖數十年，年年散發醉江天。

岳陽樓上留三日，聊與瀟湘結後緣。

當年從岳陽出長江，就同一葉無根的浮萍，隨風隨浪漂流，風捲浮萍，有心溯江而上，都不敢聲張，如今登岳陽樓頭，山河如畫盡展眼前，數十年心結，都在那一眼中解開了。讓洞庭的水，洗滌心靈創傷，膿血都付東流，但願今後洞庭無波，再掀起毛伯溫在〈岳陽樓〉一詩中說的「巨浪洪濤」，撫平傷痕，他日溯江入洞庭，再與文友飲聚，搖舟渡水到君山，坐「半邊衡」，飲「君山仙酒」，「龍涎」沖泡的苦茶，即使沒有羅曉戈的挽扶，也要去踐彭見明蘆花飛白再去的約。

遊古巴陵，六月並不是最好的季節，蘆花飛白，才是洞庭最令人陶醉的時候。

據報導，洞庭蘆葦面積近百萬畝，除了造紙以外，蘆葦筍可吃，蘆葦柴可燒，蘆葦花絮可以鋪床、蘆葦桿可以蓋房屋，連蘆葦根都是消熱去火的良藥，凡蘆葦都有用處，漸又製成飾品，另具一格。原本是沒有多少用處的植物，如今已變成了黃金，改良種植技術與品種，防止病蟲害，是一種新興的經濟作物。

可以蘆花白再去之約，不是爲了蘆葦的經濟價值，除了那些熱情而才華極高的文友以外，還是蘆葦誘人。

說起蘆葦，秋末冬初時節，蓼花叢叢，滿天飛絮，蘆雀跳躍，一片野趣，泛舟其間別是一番滋味。情侶輕舟，漫遊在蘆葦之中，正如置身在青紗帳裡，此時可以把世間一切煩愁，都可拋卻腦後，眞是宋人張孝祥說的：「悠悠心會，妙處難與君說」。除了親自體會，誰能說出那番境界？

百畝蘆花，一片浩瀚，倘再飲君山仙酒，微醉中與友人撥開蘆葦鼓浪而行，那正是司馬相如的〈上林賦〉。我這個人遊山則登攀，玩水則游泳，喜歡的是官能的享受，能觸能摸最好。登岳陽樓遠眺洞庭揚帆固然已是一種高等享受，卻遠不如撥蘆葦，泛小舟，喁喁訴說來得有情調。即使是風露即將蕭瑟的秋冬洞庭，總比那如聽騷屑來得過癮。

秋末冬初的洞庭，又不止是蘆葦花白，飄蓬滿天的美景而已，讀過《巴陵勝狀》所寫的〈湖區野鴨〉一篇，禁不住食指大動。那篇文章列的秋冬野禽就有數十種之多。雁類有沙雁、鴻雁、黃頭雁、墨咸子雁、珍珠斑雁等，野鴨也不少，青頭鴨、琵琶鴨、黃鴨、對鴨……拖槍鴨、野雞等。數量之多，一炮就可打下百十隻，蘆葦叢裡的雁鴨蛋，獵戶一擔一擔的挑回家，可知其數量了。

至於獵雁與捉野鴨，更是充滿了野趣。

鴨雁都是候鳥，中秋後，鴨雁就從北方陸續飛到洞庭的沙灘上，把沙灘都變成了野禽灘了。

洞庭湖畔的獵戶，都備有土炮，裝塡黑色火藥，炮筒內裝滿了鐵沙，少則數十粒，多的幾百粒。那種炮射擊的散布面大，一火炮，總打下數十上百隻野鴨和大雁，他們也就發一筆小財。

鴨與雁都是群居，而且有組織，晚上派有警戒，保護群體安全。獵人把握牠們的習性，利用獵犬驅趕野鴨逐漸集中，裝了火炮的船悄悄接近，到了射程之中，火光一閃，咚的一聲遍地是羽毛和血。洞庭初冬，雁到南方避寒，也是成群的飛來，落在洞庭湖濱，也成爲獵人的獵物。

雁的習性也和鴨差不多，有守衞者。不過雁是對禽，終生只有一隻配偶，打了隻，另一隻就不會離去，是最有感情的禽類。

談起獵鴨與雁，使我想起獵斑鳩來了。

斑鳩也是群居的禽類，晚上常棲息在叢林的一根樹枝上，你悄悄的從最前或最後一隻抓起，你抓一隻，下一隻便擠過來，直到你抓完那群斑鳩為止。在抓斑鳩途中，不能發出響聲，一不小心讓被抓的斑鳩撲翅發出聲響，其他被驚醒的斑鳩就飛了，這樣一來前功盡棄。這樣獵法，也只限於南方；至於北方，則是依賴鷹犬。唐魯孫曾經打過雁鴨，是用鷹犬。這位末代王孫，對於吃喝玩樂，門檻精得很。他對於訓練鷹犬，也道之甚詳。不過在臺灣那種鷹犬行獵圖根本就見不到了。不說沒有東北的好鷹可供訓練，就是有，恐怕也沒有唐魯孫所說的「鷹把子」。

獵鴨獵雁季節到來時，據說岳陽街上，家家都懸掛一串串野味，可惜我們是六月份去的，既看不到蘆葦花，也品嚐不到野鴨，只能吃到洞庭的魚。洞庭的魚，也別有滋味，我就不說了，我們是來品嚐風景，不是為魚而去。

岳陽隨處都是歷史，為歷代兵家必爭之地，所以岳陽又是一個古戰場。據考古家發現，自新石器時代，那裡就有人類活動的遺蹟，原為三苗之地，黃帝與蚩尤之戰，蚩尤在涿鹿失敗，苗族南遷，落腳得較久的便是荆楚。當時的荆楚，範圍甚廣，湖南卽為楚地，戰國為楚之黔中郡，直到現在，岳陽都是湖南僅次於長沙的政治、文化、經濟中心，故《續史方輿紀要》稱為「全楚之要膂」，自馬援大軍建了巴丘邸閣，魯肅又把它擴大成為巴丘城，在此練水師，而成為兵家必爭的歷史名城。唐中書令（執掌機密，是首相之一）張說謫岳陽建南樓，卽今的岳陽樓，宋代經滕子京被謫守岳陽，重修岳陽樓，並請宋朝名將范仲淹寫〈岳陽樓記〉，除了岳陽樓自此揚名外，范仲淹氣勢磅礴的文章，名樓名篇相得益彰互爲因果。從此岳陽樓多少騷人墨客歌頌詠嘆，都不可朽。如今范仲淹所做的〈岳陽樓記〉，蘇舜欽的撰書(卽丹書)，邵竦篆刻的木質〈岳陽樓記〉雕屛已經不在了，掛在岳陽樓一樓的正廳上的雕屛，是清代張照所書，極爲名貴，可惜不准照相。岳陽作協的彭見明等向文化局要求例外亦未曾獲准，原則的堅持，中外一律平等，這個原則是堅持對了，不像其他機關，要看誰的臉上有血，給了特殊，一有後門可走，古物維護固然爲難，也壞了規矩，那規矩訂來幹甚麼？

關於這塊雕屛，依《巴陵勝狀》這本書的說法，應有三塊，一塊是范仲淹著作，宋朝的大書法家蘇舜欽所寫，邵竦所刻，稱爲「四絕」的雕屛才是正牌。蘇舜欽、蘇舜元都是當代行草大家。蘇舜欽本在宋朝做官，他卻賣骨董，用公家的錢召妓而被除名，後來建蘇州的滄浪亭，自署滄浪翁；第二塊是江蘇華亭人，康熙進士，做到刑部尚書的張照所書，是位音樂家與書法家，他寫的一塊，卽一百多年前岳陽知縣找人僞刻了一幅，換走張照所寫的一塊。以《巴陵勝狀》這本書上的說法，雕屛應當是三塊。假定這個說法可靠，則蘇舜欽所撰，邵竦刻的那一套已經遺失了，現在掛在一樓的是張照撰書的，二樓的是僞刻品，也算不錯了。

因爲《巴陵勝狀》一書明明說，現在陳列在一樓的是巴陵名士吳敏樹從漁人手上，用百兩紋銀贖回的那一塊雕屏，二樓所陳列的當是那位想盜走的那幅僞刻的作品才對。到底是怎麼回事，書上沒有交代清楚。就記憶所及，現在陳列在一樓大廳上的那塊，是最近才在民間發現的，臺灣曾予報導。如果這個說法可靠，則蘇舜欽丹書，邵竦所刻的宋代作品，早已遺失。

到底眞相如何，還有待考證。不過無論如何現在陳列在一樓大廳上的〈岳陽樓記〉是紫檀所刻，每塊重兩百多斤，有張照的落款，蘇舜欽所寫的那一塊到那裡去了，有追根究柢的必要。

雖然《巴陵勝狀》只是一本旅遊的書，助人談興而已，不過正確仍然非常重要。

岳陽在三國時，是吳國重鎭，魯肅曾駐守岳陽練水師，一本三國的歷史，與岳陽關係密切。孫策（孫權的哥哥）娶東漢太尉喬玄（又稱橋）大女兒大喬，周瑜娶小喬，小喬卽死在岳陽，葬於今岳陽第一中學側，惜抗戰，小喬墳墓已毀於戰火中，不過墓廬內的一副對聯，仍爲人所傳頌，玆抄錄如下：

綠珠猶作墜樓人，銅雀春深，最恨舊傳非禮語；

二女遠來巡狩地，瀟湘月冷，可憐同有未歸魂。

大小二喬傳說皆美貌，二喬皆適吳之權貴，「最恨舊傳非禮語」，應是杜牧所說的「東風不與周瑜便，銅雀春深鎖二喬」而言，不過這都是出於傳說或附會，聯語也是如此，是沒有甚麼可以追究考查的。

三國時代，對岳陽這一地之爭奪，羅貫中所寫的《三國演義》有不少描述，即赤壁也在距岳陽不遠的長江，當年的古戰場，現在連殘垣斷壁都沒有了，江山固然多嬌，但當年你爭我奪的英雄何在？大家都只是洞庭過客罷了。

每個風景區，都有若干神話，只是沒有岳陽樓及君山那麼多，傳說「呂洞賓三醉岳陽樓」，「呂洞賓與乾隆皇帝對對聯」就有三四個，日前逯耀東所寫的〈三醉岳陽樓〉就引用這個典故。

遊岳陽不到君山，不算到了洞庭。

從岳陽到君山，乘渡輪爲十幾里。修有君山碼頭。

君山原叫洞庭山，相傳是七十二位螺絲仙女脫下自己的殼，凝結成君山，故也有七十二峯，洞庭山改成君山，是紀念舜帝的兩個愛妃娥皇、女英而得名。舜帝南巡，兩妃趕到君山時，聽到他埋身蒼梧，結果兩妃哭死在君山，葬於此。她們的血淚把竹染成斑，今在島上有二妃墓，附近確有斑竹成行，別處則不長那種竹子。

柳毅井有段哀艷的故事。

《巴陵勝狀》這樣記載這段傳說：唐高宗年間，書生柳毅應試落第，經陝西涇河，見一牧羊女掩面而哭，柳毅一問，她原是洞庭龍王的三女兒，嫁給涇河小龍王，受到夫家百般虐待，柳毅問她何不寫信去告訴龍王，請父兄搭救。龍女說，沒人能代爲傳書，柳毅自告奮勇，答應替她帶信，於是龍女便寫了封血書，拔下頭上金釵交給柳毅，並告訴他，到洞庭君山一口井上，井旁有一棵大橘樹，用金釵擊樹，龍宮就會有人接應。柳毅拿了信和金釵，到君山投書，說出公主受難慘狀，公主的弟弟錢塘龍君飛到涇河，殺了涇河小龍王救回公主。洞庭龍王爲了感謝柳毅，想把公主許給他，柳毅卻拒絕了。他說，爲人行義，不能爲己謀利，殺人夫婿，奪人妻室更不應該了。公主覺得柳毅爲人正直，爲善又不圖回報，非常敬慕，她就變成民女盧氏追到柳家，兩人終成夫妻。當然柳家從此也富貴起來了。

後人爲了紀念柳毅，把井命名爲柳毅井，在井旁建一傳書亭，以彰不趁人之危，救人不圖報答的優良德性。

傳說，曾有人用吊線測試柳毅井，深不及底，一說這口井直通太湖洞庭山，上半年把蛋殼丟進去，下半年可在洞庭山看到。這只是傳說而已，眞實性如何，存疑。不過貴州有一井，能喝到數十年前的雨水，那麼柳毅井通太湖並非不可能了。

關於貴州的礦泉，是經科學的測試，在大地未行核子爆炸前，地下水的輻射線有限，試爆後的射線增加幾十倍，這口井的水還是核爆前的基準量，所以能斷定是數十年前落的水，幾十年後才滲到地面上，所以輻射線少。

世界上眞有很奇妙的地形，貴州的金雞溶洞（現改爲織金洞）長有數十里，一個大廳可容納數千人，張家界的金鞭岩，高近三四百公尺，四面如刀削，岩石腳比山頂小，形成上大下小的奇岩，可是它已經歷了數億年而不倒。

由這兩個奇景，證明大地眞是鬼斧神工，任何樣的地貌都可能存在，柳毅井就是還未乾涸的溶洞滲出的水也說不定，誰敢說，若干億年以後，柳毅井不通太湖呢？

柳毅井的故事，實在非常動人。現在的傳書亭卽立碑記載此一傳說。我沒遇著龍女，但湘女美麗多情，卻是有口皆碑的事。

龍涎井與柳毅井的水質特別好，柳毅井旁已設有酒廠，生產「君山仙酒」，浸泡金龜與毒蛇，就是大陸名酒龜蛇酒，喝了可延年益壽。是不是，得由讀者去試行品嚐了。

君山又稱茶島，生產了一級好茶銀針與毛尖，是當年的貢品。現在這種茶的產量仍極有限。君山的茶「綠金」、銀針和毛尖，賣到數十人民幣一兩，貴得嚇人。不過只要你喝過君山茶，再貴也覺值得。

這兩口井的水質好，用以沖泡君山茶茗，更是特別香涼甘洌。我們去時，曾受招待喝了一杯，不是特別的「貴賓」是恕不招待的。看來我們受到相當的禮遇了。

君山茶，是茶中珍品，自唐代開始，卽由湖南每年進貢十八斤。說來也怪，君山茶用柳毅井的井水沖泡，稍蓋一、兩分鐘，茶葉沉落杯底，茶葉豎立如群筍。而君山茶採摘，也只能在清明前後那幾天，「君山銀針」、「君山毛尖」最名貴，最好的是「居山銀針」，清明採收，茶芽剛冒出頭就要採摘。據說最好的採茶工，每天也只能採收二兩，每一葉的長短、大小都要一樣，要沒有蟲傷、斑點，不曾開口，狀似蓮心，又似雀舌，製成熟茶後，呈橙黃色，外面裹一層白毫，絨絨地，沖泡後，立卽將蓋子蓋一兩分鐘，初期茶葉上浮，慢慢下沉，全部豎在杯底，翠綠成叢，茶味清香甘冽，是我所喝到最好的茶了。

到岳陽，可以飽餐歷史，又可以飲一洞庭的綠，在那裡，可以從時光隧道回到三國時的爾虞我詐，也可以見到魯肅的水師在水上揚帆操槳；當然更可以在岳陽賓館的席夢斯上看漫天蓋地的絢麗晚霞與點點漁火，她是個多樣的城市，規劃得極美，仿唐的建築飽餐了古典之餘，放眼望去，那卽將變成工業城的煙囱，難免帶給我們這些被工業污染怕了的遊客以憂心，如不把污染防治弄好，湖裡鮮活的魚、蔚藍的天空、油綠的行道樹卽將受難。那麼工業化不一定能帶給岳陽人幸福，而可能是災難，正如圍湖爲田就是一個極好的例子，防治工業污染，要做到未雨綢繆才好。

岳陽之旅，除了飽餐美不勝收的風景，還認識了不少用功，而又才華橫溢的作家，那是一項最大的收穫，彼此的感情與距離拉近了，對於兩岸的瞭解，有極大的幫助。總之，這次岳陽之旅，是一次文學之旅，給予我的經驗，是前所未有的，對於那個美麗的小城，我們依依不捨，不僅僅是那風景，是那無風的三尺浪，以及錯綜複雜的歷史，最使人懷念的還是那些熱情的小說家、詩人與藝術家。可惜我們的行程已經訂了，段育林先生已在長沙替我們買妥了去吉首的火車票。雖然是硬臥，那麼多人也是很難買到的，要不是他能打交道，人頭熟，我們不會那樣順利。爲了趕那班火車，留在湘江賓館的袁睽九先生，到車站來會合。孫健忠、肖建國、弘征有要務，不能陪我們去湘西了。我們便向沈從文筆下神祕的湘西進發。這趟岳陽之旅，眞是我的旅遊經驗中最愉快的一次。

一九九〇、十、一　《源流》二十四期

芙蓉鎮晚霞・船歌引飛猴

神祕的湘西，在沈從文筆下，淳樸而有濃厚的人情味。土家族土司的老城——王村，是湘西的一顆明珠，因拍攝古華所寫的《芙蓉鎮》馳名中外，所以又有個別名叫做芙蓉鎮。

在酉水與猛洞河濱上的王村，是去張家界和天子山必經之地，而猛洞河、老司城、不二門又都是「武陵源」觀光帶的據點，所以凡是要去張家界之遊的旅人，都得在那裡歇腳，看王村絢麗的晚霞，遊猛洞河，看金獅猴，沿河泛舟，乃是去張家界、天子山風景點之前的一道點心。

王村是個古樸、美麗的土司城鎮，居民多數是土家族，對歌、踏月、歌唱似的哭嫁，使王村更具有特色。

而「芙蓉鎮」電影外景部分，幾乎全在美麗的王村完成，故兩千多年前的古老村鎮，一夜之間成爲一個新的觀光據點。

王村古稱酉陽，是土王的古都，秦漢時代少數民族文化、政治、經濟的中心。五代稱溪州，屬於苗蠻的五溪十八峒之一。

實際上，五溪十八峒不足以形容湘西、黔東及川南這一地帶的險與蠻，溪流縱橫交錯，由於造地時的鬼斧神工，山與河流都非常奇特，風景格外秀麗，流水格外清澈，有如一幅國畫。

王村在酉水與司河、猛洞河之間，古代的運輸以水運爲主，尤其是湘西，地形奇險，風景固然秀麗，卻不利於貨物的交流。古代運輸除了獸力便是人力了。在交通不發達的地方，落後是必然的，王村在這方面佔盡地利的優勢，而形成蠻苗土司王的城鎮。

王村住的多數是土家族，關於土家族的族史問題，民族學家們對於「五溪蠻」與「武陵蠻」的分布辯論，初步獲得結論，土家族是巴人之後。他們從史書、家譜、筆記中加以參證，大致是可靠的。

土家族是與「客人」、「客家」相對的稱呼，也就是土家族爲當地的原住民之意。土家族至少已有兩千多年的歷史了。我們是去觀光，不是做民族的調查，更不是做歷史考證，只能在這裡略略提過。

一九九〇年六月十二日，我與臺灣的一批作家應未遲、夏鐵肩、羊恕，在湖南作家李元洛、蔡測海、凌宇及湘西土家族、苗族自治州的文化局副局長周文光、《湖南日報》記者楊山青的陪同下遊王村，乘渡船過酉水的汽車渡船到達王村的時候，天已傍晚了。

吃過晚飯，順著電影芙蓉鎭的拍攝道路，逛王村用青石板鋪成的五里長街，青磚砌成的古牆古厝，在依山而建的錯落土家族建築下，古王村的確相當誘人。

我們到了芙蓉姐子胡玉音與秦癲子掃街的街道上，也到過胡玉音與谷主任同居過的房子裡，劉曉慶精彩的表演一一再現到眼前。我們也參觀了鬥爭廣場，在那裡又不僅是戲劇的上演地點而已。

據導遊告訴我們：「三反五反」、「四清」及「文化大革命」時代，在那裡曾經發生過比鬥爭胡玉音更悲慘的慘劇。如今那些血跡已爲雨水沖刷得了無痕跡，可是誰也抹不掉心頭上恐怖悲慘的往事。

小街是靜靜的，街上有不少家土家族的手工藝工廠，織造土家錦緞。可惜土家族對於照相還認爲靈魂會被相機攝走，對健康有害。我曾打開攝影機拍攝坐在門口乘涼的土家婦女，結果是她們怒吼著說，再照就砸爛相機，我只好拔起腿來就跑，再也不敢多拍攝照片與錄影了。

晚上觀賞「民族文化館」的表演。苗族鼓王石順明（女）的女兒時紅英小姐，表演了一趟擊鼓絕技，咚咚的擂鼓聲中，有舞有歌，我也技癢，上場表演了一趟「亂擊」，居然還是當年的浪蕩少年模樣，又吹了趟嗩吶，不過久不玩此道，已是吹不成調了。

土家族與苗族的姑娘們，表演了歌唱與哭嫁，惜都未經音樂家、戲劇家的指導，雖然保持了原始風貌，卻無甚可觀。

例如哭嫁倘能加入土家族的婚娶情節；歌唱加入苗族搖馬郎（談戀愛）情節，在不損及少數民族歌舞的原有風貌之下，也許更能吸引人，節目也精彩豐富得多，對於吸引觀光客是有相當幫助的。

湘西有相當的觀光資源，惜都未開發，尤其是運用少數民族天賦歌喉與奇異風俗方面，還有待努力。

在張家界的民族文化館內，我們又看（聽）了時紅英小姐的母親，苗族鼓王石順明的表演，她的舞步與精湛的擊鼓技藝已臻化境，同樣的在鼓的製作與合聲鼓的設計（根本未有合聲的小鼓），仍是欠缺的。

她曾多次出國表演，應當知道日、韓的擊鼓演出，有許多可以借鏡之處。苗族的擊鼓也應當透過音樂家、舞蹈家予以更新，加入現代化的音樂舞蹈配合。這樣，相信鼓王的表演更精彩，也更有吸引力。

去王村，可經由香港，乘飛機或坐火車入廣州，乘火車到湖南懷化，換車到依羅溪下車，可乘西水的船到王村，行程上，火車一天半即可到達目的地。

事實上，王村可以玩兩天，因爲我們的時間不夠，只遊了王村與猛洞河，及猛洞河的小龍溶洞。

猛洞河的金獅猴群已習慣於與人相處，只要船家一張開喉嚨唱山歌，百來隻的猴群便從山頂飛奔來到猛洞河右岸。

牠們知道遊客到了，會有食物丢到岸邊上去。那天我們見到金獅猴群攜老扶幼而來，發現猴有猴的社會倫理，在猴王的領導下，井然有秩序。看了猴群的社會倫理，引起我的感慨，有時候，有的地區人還不如猴呢！

永順縣就是古代的溪州，雖然沒有獨立稱國，事實上那是一個獨立歷代王朝體制內的一個特殊地區，直到清末民初，才眞正的受到中央政府的管轄。

在此之前，湘西很多地方都是土司的獨立王國。土司就是土皇帝，明、淸兩代的「改土歸流」，一方面是土司的魚肉百姓，民不聊生，另一方面，也想把名義上屬於明、淸王朝，實際卻獨立的各行其是的土司納入中央政府的體制之下。

「改土歸流」的政策構想是好的，無如人謀不臧，流弊叢生，「改土歸流」竟然成爲土流勾結，強征暴斂，結果形成大地主的剝削社會，這是當初設計者始料不及的事。

在王村的北方老司城，可經由猛洞河在兩河口沿河溯源而上，經靈溪河到老司城，或者乘汽車（需半天的車程）到永順縣住宿，第二天遊老司城至索溪峪或天子山（即張家界另一風景點）。老司城是個近兩千年的歷史名城。

這個小城住了十八代彭家土司王。據說當時有城內三千戶、城外八百家的盛況，六百年的昌盛歷史，直到雍正七年（西元一七二九年）「改土歸流」才蕭條下來。這個名城近郊有一百零九座土司墓，彭家祠堂和「子孫承亨牌坊」，靈河迤邐而過，據說是風水最好的地方。

如先到永順，遊完了老司城，順著靈溪河乘橡皮艇漂流而下，水急灘陡，不下於美國大峽谷的漂流刺激。到了下游，可換乘遊艇到王村，溫習一下電影「芙蓉鎮」胡玉音掃街的舊夢，當然也可以嚐一嚐因她的美麗而風行起來的米豆腐。

如果你參觀土家文物館，還可欣賞到畢茲卡（土家語，自稱為畢茲卡，即本地人之意）的「大溪文化」與「龍山文化」外，更可以看到最具原始特色的土家族毛谷斯舞，比草裙舞刺激。

這一個旅遊點，在族遊之前，最好能閱讀有關資料，做好充分的事前準備，攝影錄影比較容易得到較好的照片與錄影畫面。其實任何地方的旅遊，都應該有周全的準備，否則會一無所得。

王村的旅遊是最愉快的一次經歷，花錢不多，但能欣賞到最美麗的山河，享受原始世界的淳樸樂趣，一次少數民族之旅，也可以洗滌一下佈滿塵俗的心靈。我們在湖南的文化之旅，接受湖南文學界的盛情款待，使行程順利而愉快。

一九九〇、九、八　《中央日報》星期天周刊

讀沈從文的故鄉

那是個古老而神祕的城市，在邊陲上，沈從文曾悠悠地在《沈從文自傳》裡，說過那個小小地方的寧靜。有條河叫沱江的小城，叫鳳凰縣，原叫做鎮筸的地方。人民強悍，愛習拳腳，當然也愛讀書。

若要喜歡講古，那有得擺，因爲那裡在五億年前還是海濱，成了陸地的草昧時代，不消說，是莽莽世界，有記載是自漢朝起，屬辰陽，後來改辰溪，就是出辰砂的那地方；元時顯得重要了些，設五司寨等等，有得皮拌扯了。幸好，我們沒那種歷史癖。

這次去湖南，有個緣由，一九八八年去大陸探親，女作家張永虹見到臺灣的朋友們要錢，氣不過。你們有錢，我們有文化。讓那些囂張的臺灣客吃些苦頭，殺殺他們的威風。那年第一屆作家班，在北京大學中文系開班。那一期正是來自三山五岳的好漢，都是有相當成就了的作家。

不知就理的我們居然答應了，在司徒雷登的紀念館裡，開了一次座談會，原想難我們一難的張永虹未達到她的願望，連那個班的班頭袁和平（福建作協副主席）、才子蔡測海都成爲了忘年之交了。

湖南文風僅次於上海、北平，而我們又想做一次文學之旅——走沈從文筆下的湘西。這便和袁睽九（應未遲）、夏鐵肩（鐵陀）、夏家浦（羊恕）、夏美馴，外加劉德宣、洪兆鉞、李光復「成軍」，做了一次湖南之旅。在長沙、岳陽與湖南的作家交換了寫作經驗。六月十一，在文學理論家李元洛、沈從文的研究專家凌宇、土家族小說家蔡測海等先生的陪同下，直奔「湖南土家族、苗族自治州」的首府吉首。

第二天由「州政府」文化局副局長周文光、《湖南日報》駐湘西記者楊山青的陪同下去鳳凰縣——沈從文的家鄉。

我們乘兩部中巴，沿著吉首到鳳凰的公路，浩浩蕩蕩地展開這次文學之旅。

對於沈從文先生的著作，以及一九四九年以後的遭遇，都懷著一股敬佩的心。一向自稱鄉下人的沈從文先生，自一九四九年以後即已罷寫文學作品，以一位清潔工的名義，在北平故宮從事歷朝服式研究。這一現象與行爲，我研究發現，他是綜合了托爾斯泰的不抵抗主義與甘地的不合作主義形成了沈從文主義，是他企圖苟活的方法，由一位文學作家，無怨無悔的做歷史研究，並且有相當的成就的作家，受到自由世界的尊敬，研究熱潮始終未曾衰退，當然就受到我們分外的敬仰。我們這一群便懷著一股朝聖般的虔誠，去參觀他的故居。看看現在叫沱江鎭的古鳳凰怎麼孕育出這樣的大作家，而且是極有骨頭的作家呢？這就不同於看山水之美了。

同行的有一位研究沈從文的專家凌宇先生，他是北大文學研究所畢業的，現在任教於湖南師大。對於沈從文先生自然瞭如指掌。有這一位專家的指導，我們上了一堂沈從文研究，他的《沈從文傳》已由三民書局出版了。那本傳記，解了不少解不開的謎，不過總不如實地的瞭解來得直接，感受自然不同了。回來，再讀凌宇的《沈從文研究》、《沈從文傳》，對於我這位沈從文迷而言，有茅塞頓開之感。凌宇在《沈從文研究》（收入《鳳凰文史資料》第二輯），對於沈從文有適當的評價。尤其是他所受到的政治待遇，有爲客觀的看法。這種翻案的態度，對凌宇而言，無疑的需要冒一點風險，不過凌宇甚爲幸運，至今爲止，還沒有太多的困擾。說句良心話，這一點，大陸上是有進步的。

鳳凰縣與貴州的銅仁、松桃交界，是眞正的「邊城」。在他的筆下，美麗、寧靜、古樸，尤其是人情的淳厚，還保存有苗族與土家的原始特色。巍峨的南華山，群巒疊翠，沱江靜靜的穿城而過，古城牆懶慵地在暖陽裡，無視於現代文明的入侵，依舊昂然的在那裡，吊腳樓有青瓦，有杉木皮子蓋的，錯落櫛比構成一幅美麗的圖畫。

街道是一色法國梧桐，綠油油的，飽餐我們這些被都市紅塵薰俗了的訪客。到了那裡，比讀沈從文的《湘西散記》等等誘人的描述，更愛那纖塵不染的小城。山城裡的樸素，並沒有如沈從文所預料的改變。我們仍然沿路見到聳立山頭的「營訊」，有的「南方長城」已被所謂的蠻苗搗毀，變成民房的「營訊」仍然可以想像得到當年的告急烽煙。

我不知道叛逆性格極強的苗民，那種搗毀阻絕苗患的「長城」，是智慧的行爲呢？還是愚蠢的動作，因爲那正是西南少數民族被歷代王朝迫害與歧視的鐵證。如今鐵證已被搗毀了，想做點文章，出出氣也困難了。事實上從貴州的西南沿山建築的南方長城，細細的考察，仍然是隱約可見的。

不過卽使考證出來，雖是血淚斑斑，又向誰喊寃去？五族都共和了，卽使鐵證如山，也無可奈何。

沈從文的故居，有段沈家興衰的歷史，說來話長得很。說我們沒歷史癖吧！不說又不清楚，沒法，讓我們長話短說。

我們說的沈家故居，指的是百多年前沈從文的祖父沈宏富置辦的中營街二十四號的小四合院內。

沈宏富是胡林翼湘軍的一位步卒，初當兵是在鄧紹良的部下，追隨鳳凰的田興恕轉戰江南，平定「太平天國」有功，官至一品，幹過貴州提督，已是封疆大吏了。中營街的房子，卽是貴州辭官後營造的，始於一八六六年，住了沈家三代，一九〇二年沈從文卽誕生在現在故居的第二進，也就是正左側主臥房。

這棟小四合院大小九間。沈宏富無後，抱沈宏芳的第五子沈宗嗣爲繼子，那也就是沈從文的父親。

關於沈宗嗣的過繼，非常曲折。

沈宏富的二弟沈宏芳原已生有宗粱、宗頤、宗基三子，沈宏富的妻子張氏爲達到過繼的目的，又爲小叔娶了一房小的，是位苗族姑娘，再生下宗澤和宗嗣，張氏卽要求把宗嗣過繼到沈宏富名下，後來沈宗嗣追隨天津總兵羅榮光駐守大沽口炮臺，八國聯軍之役敗下陣來，回到鳳凰，繼之沈宗嗣參加孫中山先生革命，鳳凰光復起義就出自他的策劃，毀家紓難，並未成功，被朝廷追捕，逃離鳳凰達十二年之久，家道乃中落下來，沈從文的母親黃英變賣了田產度日，學業也告中斷，他只好到軍營中當兵去了。

黃英獲得丈夫沈宗嗣流落關外的消息後，把現在沈氏故居賣給田友蘭，所得銀洋五百元，交給沈從文的大哥沈雲麓到東北去尋找父親，他們全家則投奔芷江沈從文的舅舅家。沈從文從此卽脫離家庭，過軍中生活。

沈從文的故居賣給田友蘭，田某無嗣，由他的外甥楊光華繼承產權，一九四九年以後並未充公，直到一九六六年八月「文化大革命」，楊光華又以一千三百元人民幣賣給沱江鎭房屋管理委員會，分給六戶人家十八人居住。一九八八年二月又由鳳凰縣政府買回設「沈從文舊居紀念館」，現在產業權屬鳳凰縣旅遊局所有，成爲鳳凰縣的觀光點之一。現在只有沈從文先生的弟媳羅蘭女士住在裡面，羅蘭女士也已是七十多歲的人了。羅蘭爲沈荃的妻子。按沈荃黃埔四期，曾任陸軍少將，一九五二年年被當反革命殺害，至八三年才獲得平反。

年久失修的沈從文故居，直到一九八九年五月才修復。

這棟清朝一品大員的宅第，現在看來，並不如想像中的華麗，這原因是與沈宏富的性格有關，田興恕在貴州提督任內因「青岩教案」，滿清屈服於外洋而罷官，沈宏富繼任，沈宏富是田與恕的副將，故也受監視，復因政治的傾軋，地方官員密奏沈宏富「搶刼民女」、「居功自傲」及「通賊」等，清穆宗密令貴州巡撫張亮基查實據報，張某入黔時得到沈宏富的幫助，故爲他開脫，通賊之罪雖未拿辦，總得不到滿清政府的信任。對於仕途，心灰意冷之餘，辭官歸田，但沈宏富並未回到黃羅寨，遷到了鎭篁（今沱鎭），卽現在沈從文的故居處居住。沈家人才輩出，九世祖沈思遠在明朝做過貴州銅仁知縣，由江西琦州（今高安縣）

遷許州，算來沈氏一家遷湘黔邊境已經四百多年了，做官的爲數不少。

鳳凰這個地方也出人才，文學上出過沈從文，畫壇出了個怪傑黃永玉。我在鳳凰招待所的牆上，見到黃永玉的一幅荷花，是我所見到畫荷畫得最粗獷狂野的一幅，應屬於黃永玉的精品之一，但卻隨意掛在斑剝的牆上，看來，藝術的貴賤，還須看落在誰的手裡而定了。

鳳凰縣是老天賜給人地的藝術，它是個令人難忘的小城市，可惜我們只是匆匆的過客，否則我們會欣賞到老人向各處人家斂了錢財，給社稷唱木傀儡戲、祈雨擡活狗遊街、舞草龍、聽春官穿了黃衣唸農事歌，和歲末的儺戲，苗人槌如雷鳴的大鼓，苗巫穿血紅的衣服，又吹鏤銀牛角、舞鋼刀歌唱娛神等。沈從文先生在他的自傳中說的那些讓人感到又靜、又稠的人情與風俗，因爲時間的關係，無法去領略它，倘使生命允許，我將用一年的時間去細細體會土家與苗家的那種古老、淳厚的人情味，與異於文明世界的風俗。

那是很迷人的。

沈宅在沱江邊，我們走過石板鋪成的路上，去領略原來官府衙門的箭道坪，沈從文先生曾在月夜裡，在那裡習過拳腳，攀過綠營軍營的城牆，我們還可從那粗糙而牢實的工藝是爲了甚麼？那厚厚的城牆，璧輝門上的箭垜火口，都說明了自元以來，鳳凰縣就是一個軍事基地。

在那些青石板鋪成的路上，我似乎看到綠營的清軍還穿著鎧甲，手拿長矛籐牌在街上巡弋。

箭道坪原是個衙門，也是個練把式的地方。如今那地方已改成箭道坪小學了。用古衙門來做平民的基礎教育，似乎頂有些意思在內。

大陸上並不像臺灣那樣愛護古蹟，倒也不是那裡的人沒有認識，而是古蹟實在太多了。在我的家鄉文斗，元明立的碑用來鋪路的很多很多。苗族實行「舅霸姑婚」，這種習俗當然對於優生有害，於是他們立碑禁止，那些文物應有相當高的保存價值，可是他們任由那些價值連城的文物風雨浸蝕。鳳凰縣這類古蹟也很多，不過再多的古蹟也會流失。但是保存的經費那裡來呢？維護古蹟不是一句口號就可以辦得到，他要錢要人力，這又都是他們所最缺乏的。我想即使是有心也是無力的。

中營街的每棟房屋都有百年歷史，要維護的實在太多了。

從古老的街道上，我們試圖找出沈從文先生的腳印，出璧輝門來到當年他舉出寫紅字的手游泳的沱江，很多他筆下「白臉身長善作媚笑的女子」，仍在水湄濱濯洗衣服，的確是一條多鰍魚、鯽魚、鯉魚的清澈河流。面對那樣美麗的悠悠河水，一顆童心再興，竟想光著身子躍入河中，效法沈從文先生做個逃學的狂童。

從那清澈得使人自心裡渴起的沱江，我瞭解沈從文爲甚麼在他少年的時候逃學；也理解他父親沈宏富辭官後，選擇沱江濱上建屋居住的道理。

環繞「鎮筸」入辰河抵洞庭的那條小河的確多嬌，的確是可以引起多少英雄盡折腰的江山啦！也就難怪辛亥革命後，湘西鎮守使皆爭相駐節在那小小的小城裡了。

眞的，小城有許多誘人的因素。以氣候來說，他們根本無需空調，因爲我們去時已是六月，榴花如火的季節，人們仍然穿著長袖，連蒲扇都還沒有用處。鳳凰縣，不，湘西與貴陽的氣候頗類歐洲，在污染日益嚴重，工業噪音煩囂的今天，那小小的山城，恐怕是人類留下來不多的乾淨土。只是不知茅草坡上，松林裡還有沒有伸手就可揀到的菌類？

鳳凰人好客呢？還是我們自己置辦的午餐？管我們公費的是羊恕，我再也不必操心了，酒來喝足，飯來張口。去年幾位同鄉去過趟貴州，我管的公費，最後貼了幾萬，只好吃啞巴虧，這次湖南之旅，有了前次經驗，耍了個詐，羊恕最年輕，我推舉他管公費，一路上我知道他吃足了苦頭。似乎離開了蔡測海的「地盤」，吃住就由我們自己負擔了。湖南十一天，每人花了四百美元，有人還查羊恕的帳，好人難做，主人聽了也會傷心。這一點，我深悔組團之不當，也深深向羊恕道歉。中午飯費不管是誰出，鳳凰縣的「政要」都到了。鳳凰的好客，正如同沈從文說的一樣，人情是濃郁得化不開來的。

說起蔡測海這位朋友，熱情可感，當天我們經古丈縣，他又在縣委會「奇襲」了每人近兩斤古丈貢茶，他的人際關係似乎通天到地，通吃了北京和湖南。

鳳凰雖然只玩了幾個小時，但極其愉快，山城的美麗，沈從文令人敬仰，那裡已成爲「武陵源」觀光帶旅遊的一個重點，那天同到鳳凰的還有香港等地的旅遊團隊。可惜大陸上的人不會做生意，鳳凰既買不到沈從文的作品，也沒有沈從文的圖片、黃永玉的畫册，甚至風景圖片都沒有賣的。在這種情形下，即使有再多的遊客，也沒有美金在那裡可以落袋。

總之，讀沈從文的書，循著他的腳步，尋找那樸實而溫馨的鄉野情趣，我們的收穫是極多的。這一趟，我又重讀一次他的傳記，對於一位崇高的靈魂，一位偉大的文學家，有了進一步的瞭解與認識。

一九九〇、十、五　《臺灣新聞報》西子灣

遊罷張家界・天下無名山

一九九〇年去張家界，醞釀了一年多，土家族的小說家蔡測海先生，一年前提議到湖南訪問。幾位文藝界朋友加入，終於組成了一支八人隊伍，於六月四日出發，作湖南作協的座上客。

因為六月是較敏感的月份，原來的「邀請」，改成「返鄉訪問」，據說接待卻仍是「高規格」的。

在長沙參觀了岳麓書院與馬王堆博物館，革命元勳黃興的哲孫黃偉民先生，帶我們參觀了黃興墓及馬王堆漢墓等之外，最高興的是與湖南作協的幾位傑出作家的接觸。那是一次文學的盛會，雖然沒有會議的形式，不曾提出論文，意見的交換與情感的交流上，卻相當成功。

九日結束長沙訪問後，乘夜車赴吉首，已是湘西了。吉首是個很美的小城，街道清潔整齊，土苗雜處，語言相當複雜。我們住的招待所後面是個運動場，入夜以後，有年輕的少男少女在那裡「對歌」，你來我往的酬唱，使人彷彿又回到十五、二十時。

少數民族天生一副好歌喉，人人都是歌唱的高手，他們戀愛要唱歌，工作、喝酒也要唱歌，可以說是歌聲處處。這兒屬於武陵觀光帶，也是陶淵明筆下的〈桃花源〉中的武陵（今常德一帶）。雖然今天仍沒有人進行考證，陶潛筆下的武陵避秦者是否即爲少數民族，但是從土家族的遷徙史來看，那些人極可能就是今天的土家族。

十一日參觀鳳凰縣大文豪沈從文的故居，當天宿永順縣的王村，古華小說改編的「芙蓉鎮」電影就在這裡拍攝。十二日經古丈縣到大庸市，天快煞黑，已到達我們這次旅遊重點——張家界。

從大庸市到張家界風景區三十二公里，進入張家界內，蓊鬱蒼翠的綠野，奇巧的山峯已吸引我們紛紛打開相機與錄影機。

這次我是有備而來的，我要把張家界的美拍個夠。陪同的《湖南日報》駐湘西記者楊山靑先生直截了當要我們不必浪費膠捲，那裡不過是張家界的入口。事後證明，我們的確浪費了膠捲。等我們到達張家界賓館時，那種美景更令我們難捨。

一天的舟車勞頓也夠瞧的，但是沒人覺得累。放置好行李，立即跑到入山處，欣賞那鬼斧神工的山水。

張家界在湘西，沈從文筆下的湘西神祕而又人情溫厚，這次張家界之旅，可說是趟文學之旅，凡沈從文寫的酉水、澧水、沅江都到過了。我何其有幸，能欣賞到那樣神妙的美景。張家界更北爲乾溪與慈利縣的索溪峪毗鄰，北爲桑植縣的天子山搭界，西爲朝天觀與禹溪、興隆、中湖接壤；南面爲沙提鄉，東鄰爲協合鄉，包括了朝天山、青岩山、三姊妹山、香爐山、黃獅寨、秦王峯、竭功山（又稱腰子寨）和磨刀嶺（又稱磨刀溝），總面積有八千公頃之多。數十個風景點，若一一的欣賞，至少要花半個月的時間。無奈這個團體老少年紀相差太遠，遊了黃獅寨下來，已沒有力氣再攀天子山了。

近年有「桂林山水甲天下，張家界山水甲桂林」的說法。我認爲這個說法很恰當。至於黃山，更難和張家界作比較。

因此，我以爲，遊罷張家界，可以從此不看山，宇宙不會再有超過此處的風景了。因爲張家界山勢奇美，比美國的大峽谷有過之無不及。

張家界古時屬永定縣，也就是澧州，今改爲大庸，這個地方先後有三個名稱，即青岩山，後爲馬鬃嶺，最後稱做張家界。

一九五九年把青山岩、馬鬃嶺合併，建立「國營張家界林場」，直到現在，張家界仍屬國家林場之一。

到了一九八二年八月，大陸正式下達公文，定張家界爲「大庸張家界國家森林公園」，也是大陸第一座列入保護的森林公園。張家界的範圍相當大，是一座完整的「無煙囪工廠」，如果宣傳與接待得法，應當是湘西最大的財富。

張家界同時也是一個動植物的天然陳列室，尤其所擁有的植物，比整個歐洲還要豐富，不少珍貴植物生長在其中，如近年來才爲瑞士移植成功，深受歐洲人寵愛的鴿子花，便是貴州東南和湘西僅有的稀有植物。

張家界若把大庸、慈利、桑植算在內，有三千到五千座奇山異峯，所以有「峯三千，水八百」的美譽，包含了五大絕色，卽秀麗、原始、集中、奇特、清新。奇特如金鞭岩，高三二〇公尺，卻是一劈到底，光是石頭，不算稀奇，上面還有許多千年植物，布滿了綠色，古樸的一山一水，乃是天造地設，人工是無能爲力的。

構成張家界地貌的是砂岩，由浸蝕構造的石英砂岩構成的砂岩峯林，是晚古中生代中晚泥盆世時期的地貌。地質學家們考證，四億年前湘西還是個海洋，當時張家界位處海濱，接納流水沖積而留下的古陸地物質，故又可稱之爲沉積岩。由於這些岩石結構細密，因此堅硬不易風化，能昂然挺立，異於其他石林。又因爲其中夾雜有粉砂岩與泥質粉砂岩的緣故，一些生命力強的松柏與榕類，點綴得這些石林更爲美秀。

整個張家界的美景，大致規劃了五條遊覽線：

黃獅寨線：這條路線從森林公園的金鞭岩飯店出發，沿金鞭溪走一段，即上杉山林道、大岩屋、寶劍出鞘、天書寶匣、前卡門，登上黃獅寨，從後卡門下山，到白沙井，清風亭觀夫妻岩，回旅社。這條路線是張家界的精華，以兩天旅遊時間最佳。霧中的張家界很美，而落日的彩霞，也相當迷人。

在黃獅寨吃完中飯，從後卡門下山，甚爲輕鬆。所謂卡門，即爲黃獅寨的寨門，地勢險要，只能容一人進出，眞是一夫當關，萬夫莫進。傳說民國初年，土匪以黃獅寨爲巢穴，雖然人數不多，一團軍隊數月也無法攻下黃獅寨。由此足見黃獅寨的陡峭險要了。

金鞭溪路線：仍從金鞭岩飯店出發，沿金鞭溪向北走。適合老人及婦女步行，到「千里相會」點後折返，或沿亂竄坡到後花園住宿，那裡有旅社，一天行程足夠。這條路線，林木蒼鬱，幽靜清涼，經神仙廟、龍宮庭、金鞭岩二十個風景點，約有十至十二公里路程，行來非常輕鬆。

琵琶溪路線：從金鞭岩飯店，到清風庭往南走，可見到夫妻岩、三姊妹、朝天觀、望郎峯。來回全程十五公里，仍須回到原旅社住宿。

腰子寨路線：渡金鞭溪，沿化旗峪走一段，北內沿山花小徑，可看鴿子花，那是我國稀有木本植物的一種，四、五月開花，滿山皆白，學名爲珙桐，爲世界著名的觀賞植物，其形似白鴿，故得名。

腰子寨可俯視金鞭溪，遠眺黃獅寨，全程十公里，天橋有簡單旅社，亦可到千里相會觀景臺，沿金鞭溪下去看張良墓。不過這條路線四、五月去最好，因爲那時鴿子花開。

砂刀溝線：無論遊腰子寨或沿金鞭溪步行，如果有意去拜訪「天下第一橋」，就不必再回金鞭飯店，以免浪費時間和金錢。

這五條路線，分做四天旅行，則輕鬆愉快，如果年紀大的，可以乘滑桿上山，路程險峻的只有黃獅寨這一條線，其他都可步行，畢竟坐在人肩上欣賞美景總不是滋味。

張家界有溪流六條：從老木峪流經枇杷界，叫琵琶溪；一條從張家界流經鑼鼓塔，叫金鞭溪；一條流經種子園入金鞭溪，叫花溪峪；另一條則從天子山流經沙刀溝風景區，叫沙刀溝；一條發源於天子山北面南流，叫礦硐溪；還有一條則是發源於西向北流的叫龍尾溪。每條溪的水都非常清澈。

到水繞四門這個地方，已叫索溪峪了。實際就是金鞭溪的下游，很多人從張家界入口的地方，就已把這條匯集名溪的流水稱爲索溪峪了，流向慈利縣注入澧水，沈從文先生對這條河有深刻的描寫，《邊城》（卽電影「翠翠」）就是描寫那些水邊人家。這些溪流，由於森林的覆蓋率達到百分之九十二以上，故終年不枯，碧綠清澈，游魚可數，濯足其間，俗人也雅了。

美麗的風景，可以滌盡塵俗，來到張家界使我們忘記滾滾紅塵，而山如仙，山如狐，它不僅四季變化無窮，也隨人的心境變化無窮，如果情況允許，眞的希望能終老是鄉。

張家界只是湘西的風景帶的一個據點，屬於國家的森林公園。最近大陸規劃的湘西觀光帶，範圍極大，叫「武陵風景旅遊區」，包括三大部分：張家界國家森林公園、天子山自然風景區、索溪峪自然風景區。

這三個區域構成了武陵觀光帶，湖南主事者已把它擴大範圍，猛洞河、王村應都可納入這個觀光帶內。

那是一個洗滌心靈的好去處，如能閒散的西窗剪燭，身在「明月松間照，清泉石上流」的無囂無塵世界，不管是綠肥紅瘦，對於一位爲生活做奴隸的都市人而言，偶得山水之樂，何嘗不是李白〈把酒問月〉：「青天有月來幾時，我今停杯一問之」的情懷呢！不能長久擁有，且求一遊，煩惱時，飲酒鬼（湘西名酒），醉一回，回想起來，正好是「忽如一夜春風來，千樹萬樹梨花開」的境界。

這次到武陵，眞的領略了陶淵明的〈桃花源記〉中的荒野美景。對於〈桃花源記〉所描寫的武陵（卽今常德），溯澧水上去就是沅水，可到張家界毗鄰的慈利縣，那裡是張家界的另一入口；溯沅水則經桃源，也可到達大庸或桑植，逯欽立校注的《陶淵明集》誌，〈桃花源記〉可能是根據《搜神後記》寫的，沈德潛的《古詩源》也證實了這點。他說：「此卽羲皇之想也，必辨其有無，殊爲多事。」但是我卻寧願這篇「記」是有根據的，而那些避秦人，太像今天的土家族與苗族了。

到張家界，不可僅僅去欣賞山水，雖然山水極美，到底仍是山水而已，對於少數民族文化，應當加以考察與體認。

中華民族不僅是五族共和，中華文化也不僅是黃土區文化，它融合了不少少數民族文化在內，故我們的文化不獨是中原文化，它應當還有少數民族的心血結晶。

這次我們剛好碰到湘西土家苗族自治州的少數民族文化展，在張家界文化館展覽少數民族文物。在那裡我們見到土家精緻的雕刻和土家、苗族的精美刺繡與他們的服飾。除了沒有文字，他們的工藝不遜於中原。尤其是土家的九滴水，更展現了他們高度的藝術與智慧。九滴水是土家族最高尙的新娘床，也有三滴水的。這次在張家界少數民族文化展覽中所見到的，不過是一床三滴水罷了，但已相當可觀。據州文化局副局長周文光說：「一床九滴水的雕工，常用幾年的時間才能完成，卽三滴水也要花一位工匠一年的工夫。」關於材料，則要看家庭的經濟情況而定。這些新娘床，有用紫檀的，桃木與楠木非常普遍，製作之精美，不下於龍床。我曾參觀過故宮，龍床也不過如此了。

歷來都稱那一帶的人爲「武陵蠻」，「蠻」給我們的粗略概念，都是落後的、不講理的。可是從他們的工藝來看，那裡的人文明極早，只因地理的隔絕，而把那裡的人都視爲原始社會，但後晉征蠻，於古丈豎立的銅柱，高約兩公尺，粗一公尺的八角銅柱，是後晉所立，距今已一千多年了。這個銅柱是記載「大晉天福五年」（西元九四〇年）前，楚王馬希范和溪州刺史彭士愁的一場戰爭結束的和平宣言。按，溪州包括今天的永順、龍山、古丈、保靖四個縣市，大概五溪蠻並不好征剿，五溪蠻也難以消滅楚王的軍隊，兩方都沒有勝，故這銅柱爲和平相處的鐵證。上刻銘文一千一百多字，到了宋朝又補了四百九十多字，一共兩千五、六百字，不管銘文上面說些甚麼，在一千多年前要鑄造那樣一根銅柱，刻那麼多銘文，不是件容易的事，這證明了工藝與刀具已相當進步了。根據彭武一先生的考證，彭士愁正是土家族，鑄銅的不管是溪州刺史還是楚王，鑄的地點在湘西是可以確定的。

另外，因爲苗族鼓王石順明在張家界文化館，鼓王的女兒時紅英在王村民族文化館，就爲我們表演了兩場鼓藝，相當精彩。還有苗族、土家族的對歌、哭嫁等節日，也展現了少數民族的才藝。

我以爲大陸要發展觀光事業，需要與少數民族的文化結合起來，少數民族的文化，尤其是才藝表演，很可能是觀光遊覽最具吸引力的一環。少了少數民族文化的展現，張家界雖然美，無論如何還是有種蒼白感。譬如鼓王就可參考韓國、日本的技藝加以改進，只要不失其特色，是不怕改進的。目前鼓王擊鼓雖然靈巧，舞步與鼓調仍然過於單調，應當有人幫助他們利用現代的聲光美化。

類似的改進還很多，如哭嫁的表演，也嫌太簡單了些。

這次遊張家界，是我生平最愉快的一次，很難寫出我對那裡的感受，只有借明代九永通判夏子雲的一首詩來表達了：

尋常山裡數青峯，玉笋成行擀楚封。

澗道洞雲沉白絮，寺門長版度疏鐘。

苔痕終古迷幽壑，壁面千年挂古松。

玉壘匡盧曾浪迹，巨靈移岳此重逢。

香港攝影家陳復禮的〈題張家界〉也說：

一生好入名山遊，青岩奇觀入鏡頭。

三山五岳堪比美，華夏風光第一流。

雖然近於打油詩，卻眞能道盡張家界無法形容的美感。張家界屬苗嶺山脈的餘脈，峻峭玲瓏，溝壑縱橫，山水之奇特，爲生平所僅見，純美古樸，那荒蠻或將成爲歷史名詞了。在那裡，即使是屏煙作廬，飲一杯淡酒，也是清酣的。樹是鳥的莊園，山是獸的樂土。那片土地在滿地文明與工業污染中，卻因那荒蠻而能風流依舊，眞替湘西人慶幸。

當我回憶那風光；當我審視那些照片、當我觀賞那錄影，仍有浮一大白的衝動。我想醉眼朦朧去看張家界，會更添幾分狐媚！

一九九〇、十、一　《勝利之光》

校後記

上五十歲以後讀書，越讀越怕。這次校《烟塵》，更加深了這種印象。很多字用錯、讀錯了一輩子，等到三民書局的編輯、校對替我校出，心裏暗暗慚愧，也禁不住流了一身冷汗。由於知道校讎之難，故買書便格外審慎，選認真的書局的出版品，可能是避免謬誤的方法之一。

寫作在用字上，如有懷疑，應勤查字詞典，尤其似是而非的字要更加小心，很多人把一些尋常字也容易弄錯，更別說用典了。不少人把告子說的「食色性也」張冠李戴，不查原文，是非常不負責的態度。寫作應是極嚴肅的事業，但臺灣這四十多年來，真不知道出了多少梨棗之禍。不過錯誤是在所難免的，如何把錯誤減至最低限度，是作者應該負起絕對的責任。

書的出版，經過編輯的審查、校對的斟字酌句，重重關卡，所有的榮譽、利益却都屬於作者，錯謬則是「手民」之誤。過去很多文化事業並不重視校對這個環節，認為校對是對字的工作，那完全是誤解。校對不僅是對，還要校，這非常難。校對人員，除豐富的文史知識，還要具有特別的敏銳能力。《烟塵》在作者校對中，編者發現作者把事件發生與作品發表時間倒置了。而發表時間附於文末，一般人不太注意這些細微地方，殊不知那正是一個大漏洞。類似的地方還很多，之所以要寫篇〈校後記〉，一方面重讀多年前的作品有些感觸；另一方面自己曾經當過編輯，深知校對之艱難，而很多文化事業主並不重視編校，乃有感而發耳。

稍有規模的書局，至少校對有三個部門，外文部門、文史部門、理科部門等等。

我曾擔任過「黎明文化公司」一段時間的編務，天無標點，單行不成頁，是曾經要求過的。《作家自選集》那套書，編輯、策劃、校對都掛了名，並非要替他們打知名度，而是向讀者負責。到了「源成圖書供應社」，編校掛名已成制式作業，同時在符號上除中式的「」、『』、（）之外，又增加了法式的〈〉、《》兩種，可用的符號便增加了許多，而法式符號也有嚴格要求，只有在書名、篇名、報刊名上，文字的引用、對話、註仍用中式，現在似已約定成俗，《烟塵》就是採用這個方法。

這個混合式符號的使用，不一定對，只要能約定成俗，讀者很快也就習慣的接受了。

《烟塵》收入近十年的作品，其間自然有風格的變化，自傳性的比例相當高，唯一的優點，可能便是得了一個「真」字，非我所見、非我所經歷者不寫，縱然有，比例也極少，可以算是寫實的作品的集結成書中寫實比例最高的一本。由這些體例不同的作品裏，可以看出生活的變化、風格的變化，也有幾篇現在認為是純美的散文，行文晦澀，讀起來除了美感，不能一針見血，便不如那些寫實，又能說理的散文了。

這就是笨的結果，只有笨的人，才老實巴嘰的把經過錄了下來，不過有一點好處，那就是不必再費時間去查證等等，浪費了讀者的時間。這本書能不能流傳下去，端看「真」到甚麼程度了。

曾讀過不少傳記，自傳總不如他傳好，這就客觀與否的問題。其中〈您不必再受苦了〉一篇，還意有未盡，為了不傷害弟妹們，有許多保留，談起這些，共產黨所造成的罪惡，和那些鄉人之愚蠢，真是罄竹難書，受苦又豈止我的親人而已，是整個國家和民族的問題。總之，《烟塵》是苦難的一些紀錄，也是抗議。

這是歷史的錯誤，這種歷史的錯誤使我們成為難以回溯的魚，正是曹鄴所說的：「田園已沒紅塵內，弟姪相逢白刃間」，在「進之梯媒退又難」之下，只好「强隨豪貴殢長安」了。校完《烟塵》，掩卷三嘆！也可以說，這是悲劇的一代吧！他們犧牲了享受，最後却成為「中國豬滾回去！」何其無情？又何其難堪？忍氣吞聲吸此間空氣、喝此間的水、吃此間的米，苟延此黑白無常未拘走的生命。

三民叢刊書目

①邁向已開發國家　孫　震著
②經濟發展啓示錄　于宗先著
③中國文學講話　王更生著
④紅樓夢新解　潘重規著
⑤紅樓夢新辨　潘重規著
⑥自由與權威　周陽山著
⑦勇往直前
・傳播經營札記　石永貴著
⑧細微的一炷香　劉紹銘著
⑨文與情　琦　君著
⑩在我們的時代　周志文著
⑪中央社的故事(上)
・民國二十一年至六十一年　周培敬著
⑫中央社的故事(下)
・民國二十一年至六十一年　周培敬著
⑬梭羅與中國　陳長房著
⑭時代邊緣之聲　龔鵬程著
⑮紅學六十年　潘重規著
⑯解咒與立法　勞思光著
⑰對不起，借過一下　水　晶著
⑱解體分裂的年代　楊　渡著
⑲德國在那裏？(政治、經濟)
・聯邦德國四十年　郭恒鈺、許琳菲等著
⑳德國在那裏？(文化、統一)
・聯邦德國四十年　郭恒鈺、許琳菲等著
㉑浮生九四
・雪林回憶錄　蘇雪林著
㉒海天集　莊信正著
㉓日本式心靈
・文化與社會散論　李永熾著

㉔臺灣文學風貌　李瑞騰著
㉕干儛集　黃翰荻著
㉖作家與作品　謝冰瑩著
㉗冰瑩書信　謝冰瑩著
㉘冰瑩遊記　謝冰瑩著
㉙冰瑩憶往　謝冰瑩著
㉚冰瑩懷舊　謝冰瑩著
㉛與世界文壇對話　鄭樹森著
㉜捉狂下的興嘆　南方朔著
㉝猶記風吹水上鱗
・錢穆與現代中國學術　余英時著
㉞形象與言語
・西方現代藝術評論文集　李明明著
㉟紅學論集　潘重規著
㊱憂鬱與狂熱　孫瑋芒著
㊲黃昏過客　沙究著
㊳帶詩蹺課去　徐望雲著

㊴走出銅像國　龔鵬程著
㊵件我半世紀的那把琴　鄧昌國著
㊶深層思考與思考深層
・轉型期國際政治的觀察　劉必榮著
㊷瞬間　周志文著
㊸兩岸迷宮遊戲　楊渡著
㊹德國問題與歐洲秩序　彭滂沱著
㊺文學關懷　李瑞騰著
㊻未能忘情　劉紹銘著
㊼發展路上艱難多　孫震著
㊽胡適叢論　周質平著
㊾水與水神　王孝廉著
㊿由英雄的人到人的泯滅
・中國的民俗與人文　金恆杰著
51重商主義的窘境
・法國當代文學論集　賴建誠著
52中國文化與現代變遷　余英時著
53橡溪雜拾　思果著

54 統一後的德國　郭恆鈺主編
55 愛廬談文學　黃永武著
56 南十字星座　呂大明著
57 重疊的足跡　韓秀著
58 書鄉長短調　黃碧端著
59 愛情・仇恨・政治　朱立民著
・漢姆雷特專論及其他
60 蝴蝶球傳奇　顏匯增著
・真實與虛構
61 文化啓示錄　南方朔著
62 日本這個國家　章陸著
63 在沉寂與鼎沸之間　黃碧端著
64 民主與兩岸動向　余英時著
65 靈魂的按摩　劉紹銘著
66 迎向眾聲　向陽著
・八〇年代臺灣文化情境觀察
67 蛻變中的臺灣經濟　于宗先著
68 從現代到當代　鄭樹森著

---

69 嚴肅的遊戲　楊錦郁著
・當代文藝訪談錄
70 甜鹹酸梅　向明著
71 楓香　黃國彬著
72 日本深層　齊濤著
73 美麗的負荷　封德屏著
74 現代文明的隱者　周陽山著
75 煙火與噴泉　白靈著
76 七十浮跡　項退結著
・生活體驗與思考
77 永恆的彩虹　小民著
78 情繫一環　梁錫華著
79 遠山一抹　思果著
80 尋找希望的星空　呂大明著
81 領養一株雲杉　黃文範著
82 浮世情懷　劉安諾著
83 天涯長青　趙淑俠著
84 文學札記　黃國彬著

⑧⑤訪草（第二卷）

陳冠學　著

本書是作者於田園生活中所見所感之作，內有田園畫，有家居圖，有專寫田園聲光、哲理的卷軸。喜愛大自然田園清新景象的讀者，將可從中獲得一份未曾預期的驚喜與滿足；另有一小部分有關人性與人生哲理的文字，則會句句印入您的心底。

⑧⑥藍色的斷想

・孤獨者隨想錄

A・B・C全卷

陳冠學　著

本書是作者暫離大自然和田園，帶著深沉的憂鬱面對人世之作。一路上你將有許多領略與感觸，時或有天光爆破的驚喜；但多數時候，你的心頭將披著一襲輕愁，甚或覆著一領悲情。這是悲觀哲學，卻是被熱情、關心與希望融化了的悲觀哲學。

⑧⑦追不回的永恆

彭歌　著

本書是《聯合報》副刊上「三三草」專欄的結集。作者以其犀利的筆鋒，對種種社會現象痛下針砭，冀望這些警世的短文，能如暮鼓晨鐘般，在這變亂紛乘的時代，起著振聾發聵的作用。

⑧⑧紫水晶戒指

小民　著

俗世間的珍寶，有謂璀燦的鑽石碧玉，有謂顯榮的列鼎封侯。其實生活就是人生最美的寶物，不假外求。非常喜愛紫色的小民女士，以她一貫親切、自然的文筆，輯選出這本小品，好比美麗的紫色禮物，要獻給愛好文學也愛好生活的您。

⑧⑨心路的嬉逐

劉延湘 著

本書筆調清新幽默，論理深刻而又能落實於生活踐履。走一趟作者精心安排的「心路」之旅，您將莞爾一笑，心情頓時開朗。而您也將發現，原以爲只是一條山間小路，結果卻是風景優美，鳥語花香的舒坦大道。

⑨⓪情書外一章

韓秀 著

情與愛是人類謳歌不盡的永恆主題，它爲空虛貧乏的現代生活加添了無數的色彩。本書記錄下了作者在日常生活中感受到的親情、愛情、友情及故園情，在書中點滴的情感交流裏，在這些溫馨的文字中，我們是否也能試著尋回一些早已失去的東西。

⑨①情到深處

簡宛 著

本書是作者旅美二十五年後的第二十五本結集。身爲一個教育家，作者以其溫婉親切的筆調，寫出篇篇充滿溫情的佳構，不惟感動人心，亦復激勵人性。將愛、生活與學習確實的體驗，眞正感受到人生的有情，生命也因此生意盎然。

⑨②父女對話

陳冠學 著

一位老父與五歲幼女徜徉在山林之間，山林蓊鬱，山泉甘冽，這裏自有一份孤獨的甘美。本書是記述作者父女在人世僻靜的一個角落，過著遺世獨立生活的文字畫。舉世滔滔，這應是一面明鏡，堪供讀者對照。

⑨③陳冲前傳

嚴歌苓 著

在好萊塢市場，多少人一夜成名直步青雲，又有多少人一朝雲中跌落從此絕跡銀海。身爲一個中國人，陳冲是經過多少的奮鬥與波折，身爲一個聰慧多感的女子，她又是經過多少的心路激盪，才能處於這洶湧波滔中。本書將爲您娓娓道出陳冲的故事。

⑨④面壁笑人類

祖慰 著

本書是有「怪味小說派」之稱的大陸作家祖慰，在巴黎面壁五年悟得的佳構。他的散文神遊八荒，情貫萬里，將理性的思惟和非理性的激情雜揉一起。讀其作品既能吸收大量的科普知識，又可汲取其飄逸文風的美感享受。

⑨⑤不老的詩心

夏鐵肩 著

夏先生一生從事文化工作，大半心力都用在鼓勵培植有潛能的青年人，助他們走上文學貢獻之路。而他本身亦創作出不少的長短佳文。本書收錄計有：詩詞小品、散文、方塊評論等。作者一顆不老的詩心，洋溢在篇篇佳構中。

⑨⑥雲霧之國

合山究 著

使中國風土之特殊性獨具一格的，與其說是天地的廣大，不如說是因塵埃、雲煙等而爲之朦朦朧朧的自然空間吧！精氣、神仙、老莊、龍、山水畫、奇書等，其產生是有如何玄妙的根源啊！就以「雲霧」爲起點，讓我們一起走進這美麗幻夢般的世界。

⑰北京城不是一天造成的

喜樂　著

打從距今七百五十多年前開始，北京城走進歷史的繁華紛亂。現在，且輕輕走進史册中尋常百姓的那頁，一盞清茶、幾盤小點，看純中國的揷畫、尋純中國的足跡。由博學多聞的喜樂先生做嚮導，就讓你我在古意盎然中，細聆歲月的故事。

⑱兩城憶往

楊孔鑫　著

霧裡的倫敦、浪漫的巴黎，除此之外，這兩城你可還留有其他印象。本書是作者派駐歐洲新聞工作二十多年的記錄。透過作者敏銳的筆觸，且讓讀者徜徉在花都、霧城的政經社會、文化藝術、風土人情以及歷史背景中。

⑲詩情與俠骨

莊因　著

一顆明慧的善心與眞摯的情感，經過俠骨詩情的鑄煉，將生活上的人情世事，轉化爲最優美動人的文句，呈現出自然明朗灑脫的風格。文學對於作者而言，不僅是興趣，更是他的生命，但他不泥古而創新，在其文章中俯首可拾古典與現代的完美融合。

⑳文化脈動

張錯　著

「我是一個文化悲觀者，因爲我個人一直堅持某種希臘式的古典禮範，而這種文學或文化古典禮範，已日漸有如夫子當年春秋戰國的禮崩樂壞。」作者就是以這顆悲憫的心，用詩人敏銳的筆觸，深刻而熱切的批判著臺灣的文化怪象。

⑩¹ 桑樹下

繆天華 著

本書是作者在斗室外桑樹蔭的綠窗下寫就的小品散文。作者試圖在記憶的深處，尋回那些感人甚深的、發人深省的，或者趣味濃郁的人文逸事，不惟激勵讀者高遠的志趣，亦能遠離消沉、絕望的深淵。

⑩² 牛頓來訪

石家興 著

本書爲作者三十多年來從事科學工作的心情寫照，包括思想、報導、論述、親情、遊記等等。文中處處流露出作者對科學的執著與熱愛，及超越科學之外的人文情懷，篇篇清新雋永，理中含情，情中有理，爲科學與文學的結合，作了一番完美的見證。

⑩³ 深情回眸

鮑曉暉 著

作者生長在一個顛沛流離的時代，雖然歷經千辛萬苦，但行文於字裏行間，卻不見怨天尤人；有的只是對以往和艱苦環境奮鬥的懷念及對現今生活的珍惜，以及世間人事物的觀照及關懷。做爲一本懷舊之作，或是清新的生活小品，本書皆爲上乘之作。

⑩⁴ 新詩補給站

渡也 著

你寫過新詩嗎？你知道如何寫一首具有詩味的新詩？本書是由甫獲得「創世紀四十周年創作獎」的詩人兼詩評論家渡也先生，深入而精闢的剖析一首新詩的形成過程，指導初學者從如何造簡單句到如何寫出一首詩，是一本值得新詩愛好者注意的書。

⑩⑤ 鳳凰遊

李元洛　著

一生從事古典與現代詩論研究的大陸學者李元洛先生，如何在放下嚴肅的評論之筆，轉而用詩人細膩的筆觸，摹寫山水大地的記行，以及人生轉蓬的寄悵，書中句句是箴語、處處有眞情，值得您細品。

⑩⑥ 文學人語

高大鵬　著

忙碌的社會分散了人們的注意力、淡化了人們對身旁人事物的感情，任由冷漠充塡在你我四周……而本書的作者以感性的筆觸，表達了自己對身旁人事物的眞心關懷，以平實的文字與讀者分享所遇所感，無疑是給每個冷漠的心靈甘霖般的滋潤。

⑩⑦ 養狗政治學

鄭赤琰　著

身處地理、政治環境特殊的香港，作者藉由動物的百態來反諷社會上種種光怪陸離的政治現象，在其輕鬆幽默的筆調背後，同時亦蘊含了嚴肅的意義。這一則則的政治寓言，讀之不僅令人莞爾一笑，更具有發人深省的作用，批判中帶有著深切的期盼。

⑩⑧ 烟　塵

姜　穆　著

作者是一位出生於貴州的苗族人，卻意外的捲入戰爭。在臺娶妻生子後，所抒發對戰亂、種族及親人的眞誠關懷。內容深沈、筆觸清新，充分顯露在生活的烈焰煎熬下，早已視一切如浮雲，淡泊名利，將其一生的激越昂揚盡付千里烟塵中。

⑩⑨河　宴　　鍾怡雯　著

人間繁華的請柬處處，不如赴一場難得的野宴。聽一回水的演奏、看一場山的表演，再來細細品味鍾怡雯為您端出來的山野豐盛清淡的饗宴——極盡可口的綠、十分道地的藍，以及不加調味料的白。

⑪⓪滬上春秋　　章念馳　著

章太炎，這位中國近代史上的思想家、政治家，曾因領導戊戌變法失敗而流亡海外。他雖是浙江餘姚人，卻有大半輩子的歲月是在上海度過。本書是由章太炎的嫡孫章念馳先生，從家族的口述和史料中，完整的敍述章太炎的這段滬上春秋。

⑪⑪愛廬談心事　　黃永武　著

每個人心中都有一枝彩筆，然而在趕遠路、忙上班的歲月裏，枕頭上的日升月降中，像拋來擲去的跳丸，彩筆就這樣褪去了顏色……本書作者在辭去沈重的教職和繁雜的行政工作後，重拾心中的彩筆，為您宣說一篇篇的文學心事。

⑪②吹不散的人影　　高大鵬　著

時代替換的快速，不知替換了多少人生舞臺上出現剎那的面孔；而人類，偏又是最健忘的族群。本書中所收錄的文章，均是作者用客觀的筆，為曾替人類社會或文化默默辛勤耕耘的「園丁」們，做最眞實的文字記錄。

⑬草鞋權貴

嚴歌苓 著

曾經叱吒風雲的老將軍，是程家大院的最高權威，九個承繼他刁鑽聰明的兒女，則個個心懷鬼胎……一個來自鄉下的伶俐女孩，被命運的安排，走入這權貴世家。威權的代溝、情份的激盪、所有內心的驕傲與傷痛，這會是怎樣的衝突，怎樣的一生？

⑭是我們改變了世界

張放 著

從事文學藝術的工作者是「人類靈魂的工程師」。如果作家不能提高廣大讀者的精神生活品質，而僅爲娛樂人心、滿足人們的好奇和刺激，那麼與馬戲團的小丑或兜售春藥的小販何異？故而作者不禁要問：是我們改變了世界，還是世界改變了我和你？

⑮夢裡有隻小小船

夏小舟 著

日本人參加婚禮愛穿黑色、日本料理味輕單調、日本人性格分ABCD、還有情書居然可以賣……於日本教書的大陸作家夏小舟，在本書除了告訴你作者旅日的見聞趣事外，也且隨她乘坐那夢裡的小小船，航行向那魂縈夢遷的故國灣港中。